明智小五郎事件簿　戦後編 Ⅲ

「サーカスの怪人」「妖人ゴング」

江戸川乱歩

集英社文庫

目次

＊前書き・コラム・年代記《クロニクル》は 平山雄一 著述

前書き（事件が起きなかった一九五一年）

平山雄一

『明智小五郎事件簿　戦後編』第二巻のあと、一九五一年には一つも事件が起きない。二十面相は戦後初登場以来毎年明智小五郎《あけちこごろう》に挑戦をしているにもかかわらず、この年だけがぽっかりとあいている。その二十面相側の理由はこれからお読みいただく「サーカスの怪人」に書いてあるので、お楽しみいただきたい。

ちなみに『明智小五郎事件簿』戦前編第十二巻の「年代記《クロニクル》」で、一九五一年には「おれは二十面相だ!!」が発生したと書いたが、これはポプラ社版をもとにした結果だ。「少年探偵団」シリーズには、初めて単行本になった光文社版と、出版社が変更になったポプラ社版の二つがあり、微妙に内容が違うところがある。乱歩《らんぽ》は同じ作品が出版されなおす毎《ごと》に手を加える癖があった。光文社版とポプラ社版の出版順が異なったので、光文社版をもとにした結果、「おれは二十面相だ!!」事件は一九五三年発生と判明し、一九五一年は空白期間となった。

ただ、二十面相が関係していない事件も記録されていないのは、気になる。明智小五郎は少年向け作品ではしばしば地方出張に出かけていて物語の後半になってから登場する場合もあり、「月と手袋」のように間接的に言及をされるしかない場合もある。さらには小林《こばやし》少年やポケット小僧が主人公の作品さえあるのだから、たとえ明智が東京にいなくても事件があったのかもしれないのに、不思議だ。しかもその前年の一九五〇年も、年後半とはっきりわかる事件も見当たらない。それはなぜだろうか。

この時期の日本は、一九五〇年六月二十五日から五三年七月二十七日に起きた朝鮮戦争で騒然としており、朝鮮半島の事情に詳しい元日本軍人も秘密裏に戦場に派遣されていた。占領軍の諜報《ちょうほう》機関であるキャノン機関は元日本軍諜報機関の人間を多数雇用していたといわれるので、第二巻でも言及したが、明智小五郎もその一員であったかもしれない。つまり明智も朝鮮戦争がらみで諜報活動に参加していたために、一九五〇年半ばから翌五一年は探偵として働けなかったのかもしれないのだ。第二次世界大戦中も明智は姿を消していたのはよく知られているが、朝鮮戦争の開始とほぼ同時にまた表舞台から姿を消したところをみると、やはり戦後も引き続き諜報活動に従事していたのではないかと、あらためて思わざるをえない。

では小林少年はなぜ出てこないのだろうか。第一巻で説明したように、戦前の「怪人二十面相」などに登場した初代小林少年はもちろん戦後には大人になってしまったので、二代目小林少年とバトンタッチしたのは間違いない。二代目は「青銅の魔人」が初登場である。しかしこの二代目小林少年だとて、いつまでも子供でいるわけではない。私は二代目小林少年は一九三二年生まれだと推定しているので、一九五〇年には十八歳になってしまう。問題の一九五一年には十九歳だから、高校を卒業して大学生になっていてもおかしくない。だから彼は一九五〇年いっぱいで少年探偵団を引退したのではないだろうか。そして三代目小林少年に引き継がれるのだが、明智が朝鮮戦争下の諜報活動で忙しく、十分な訓練ができなかったのが理由で、彼単独で事件を解決することがなかったのだろう。一九五一年は明智・小林コンビの「大空白時代」だったのである。

つまり第三巻の「サーカスの怪人」が、三代目小林少年のデビューなのだ。そういう意味でも小林少年にとってこの作品はエポックメイキングな作品なのだが、それにも増して二十面相にとって重要な作品である。それについては余計な説明をするよりも、小説を読んでいただいたほうがいいだろう。

明智小五郎事件簿　戦後編　Ⅲ

サーカスの怪人

1952年前半の冬

骸骨紳士

　ある夕がた、少年探偵団の名コンビ井上一郎《いのうえいちろう》君とノロちゃんとが、世田谷《せたがや》区のさびしいやしきまちを歩いていました。きょうは井上君のほうが、ノロちゃんのおうちへ遊びにいったので、ノロちゃんが井上君を送っていくところです。

　ノロちゃんというのは、野呂一平《のろいっぺい》君のあだなです。ノロちゃんは団員のうちでいちばん、おくびょうものですが、ちゃめで、あいきょうもので、みんなにすかれています。

　井上一郎君は、団員のうちで、いちばんからだが大きく、力も強いのです。そのうえ、おとうさんが、もと拳闘選手だったので、ときどき拳闘をおしえてもらうことがあり、学校でも、井上君にかなうものは、ひとりもありません。その大きくて強い井上君と、小さくて弱いノロちゃんが、こんなに仲がよいのはふしぎなほどでした。

ふたりは、両側に長いコンクリートべいのつづいた、さびしい町を歩いていますと、ずっとむこうの町かどから、ひとりの紳士があらわれ、こちらへ歩いてきました。ねずみ色のオーバーに、ねずみ色のソフトをかぶり、ステッキをついて、とことこと歩いてくるのです。

二少年は、その人のすがたを、遠くから、ひと目みたときに、なぜかゾーッと身がちぢむような気がしました。むこうのほうから、つめたい風が吹いてくるような感じで、からだが寒くなってきたのです。

しかし、夕ぐれのことですから、その人の顔は、まだ、はっきり見えません。ふたりは、そのまま歩いていきました。紳士と二少年のあいだは、だんだん近づいてきます。そして、十メートルほど近よったとき、やっと、紳士の恐ろしい顔が見えたのです。

ノロちゃんが、「アッ!」と、小さい叫び声をたてました。井上君は、それをとめようとして、グッと、ノロちゃんの腕をつかみました。

ああ、恐ろしい夢でも見ているのではないでしょうか。その紳士の顔は、生きた人間ではなかったのです。まっ黒な目。はじめは黒めがねをかけているのかと思いましたが、そうではなかったのです。目はまっ黒な二つの穴だったのです。鼻も三角の穴です。そして、くちびるはなくて、長い上下の歯が、ニュッとむき出しになっているのです。それは骸骨《がいこつ》の顔でした。骸骨が洋服をきて、ソフトをかぶり、ステッキをついて、歩いてきたのです。

二少年は、夕ぐれどきのお化けに出あったのでしょうか。あれを見てはいけないと思いました。あの顔を見ていると、恐ろしいことがおこるような気がしました。ふたりは、コンクリートべいのほうをむいて、立ちどまり、骸骨の顔を見ないようにしました。そして、はやく、いきすぎてくれればよいと、いのっていました。

ふたりのうしろを、いま、骸骨紳士が歩いていくのです。こと、こと、と靴の音がしています。その音が、ちょうど、ふたりのまうしろにきたとき、ぱったり聞こえなくなってしまいました。

骸骨紳士が立ちどまったのです。あのまっ黒な目で、ふたりのうしろすがたを、じろじろ見ているのではないでしょうか。

二少年は、そう思うと、恐ろしさに息もとまるほどでした。井上君には、ノロちゃんの、がくがくふるえているのが、よくわかります。

いまにも、うしろからつかみかかってくるのではないか、あの長い歯で、食いつかれるのではないか、そして、まっ暗な地の底の地獄へ、つれていかれるのではないかと思うと、生きたここちもありません。

しかし、なにごともおこらないで、すみました。やがてまた、ことり、ことりと、靴の音が聞こえはじめ、それが、だんだん遠ざかっていくのです。

その靴音が、ずっと遠くなってから、ふたりは、おずおずとふりむきました。そして、町のむこうを見ますと、骸骨紳士の歩いていくうしろすがたが、小さく見えています。

「ねえ、ノロちゃん、ぼくたちは少年探偵団員だよ。このまま逃げだすわけにはいかない。あいつのあとをつけてみよう。お化けなんているはずがないよ。きっと、あやしいやつだ。さあ、尾行しよう。あいてに気づかれぬように、尾行するんだ。」

ノロちゃんは、こわくてしょうがありませんけれど、強い井上君といっしょなら、だいじょうぶだと思いました。それで、井上君のあとについて、骸骨紳士を尾行しはじめたのです。

尾行のやりかたは、小林《こばやし》団長から、よくおそわっていました。あいての二十メートルほどあとから、いつあいてがふりむいても、見つからないように、電柱や、いろいろなもののかげに身をかくして、こんきよくついていくのです。

骸骨紳士は、ぐるぐると、町かどをまがりながら、どこまでも歩いていきます。あたりはもう暗くなってきました。だんだん、尾行がむずかしくなるのです。

そうして、一キロも尾行をつづけたでしょうか。ふと見ると、むこうに大きなテントがはってあって、音楽の音が、にぎやかに聞こえてきました。サーカスです。ひじょうに大がかりなサーカスが、そこの広いあき地に、かかっているのです。骸骨紳士は、そのサーカスの前へ近づいていきました。

おどろくほど、でっかいテントばりのよこには、なん台も大型バスが、とまっています。ゾウやライオンやトラなどをいれるための、頑丈な鉄のおりのついた大トラックもならんでいました。大型バスは、サーカスの曲芸師たちが寝とまりをしたり、楽屋につかったりしているのです。

大テントの正面の上には、ビロードに金文字で「グランド＝サーカス」と、ぬいとりをした幕がかかり、いろいろな曲芸の絵をかいた看板が、ずらっと、かけならべてあります。その下には馬がなん匹もつながれ、一方のかこいのなかには、大きなゾウが、鼻をぶらんぶらんと、動かしています。それらのありさまが、テントの天井からつりさげた、いくつもの明るい電球で、あかあかと照らされているのです。

ひるまは、その前は黒山の人だかりなのでしょうが、日がくれたばかりのいまは、二、三十人の人がばらばらと、立ちどまっているばかりです。

骸骨紳士は、人のいるところをさけて、大テントの横のほうへ、とことこ、と歩いていきます。そして、そのすがたは、テントのかげに見えなくなりました。二少年は、見うしなってはたいへんと、そのまがり角まで走っていって、そっと、のぞいて見ましたが、ふしぎなことに、そこにはだれもいないのです。

大テントの横手は、五十メートルもあるのですから、そのもうひとつむこうの角を、うしろのほうへまがるひまはなかったはずです。いくら走っても、そんな早わざができるはずはありません。テントのそとがわは原っぱですが、そこにも人かげがないのです。

骸骨紳士は、やっぱり化けものだったのでしょうか。化けものの魔法で、煙のように消えうせてしまったのでしょうか。

「わかった。あいつ、テントの下をくぐって、中へしのびこんだんだよ、そして、ぼくらを、まいてしまったんだよ。」

ノロちゃんが、すばやく、そこに気がついて叫びました。

「うん、そうかもしれない。ぼくらも、正面の入口から、中へはいって、しらべてみよう。あんな恐ろしい顔だから、すぐにわかるよ。」

井上君は、そういって、もうサーカスの入口のほうへ、かけ出していました。

客席の骸骨

ちょうどそのころ、サーカスの中では、まんなかの丸い土間に、はなやかな曲馬がおこなわれていました。テントのそとにつないであった七頭の馬が、うつくしい女の子を乗せて、ぐるぐると回っているのです。金糸銀糸のぬいとりのあるシャツを着た女の子たちは、馬の上で、いろいろな曲芸をやって見せています。

ふつうのサーカスの三ばいもあるような、広いテントの中は、むし暑いほどの満員の見物でした。見物席は板をはった上にござをしいて、見物はその上にすわっているのですが、正面の見物席のうしろの一だん高くなったところに、幕でかこった特別席が、ずっとならんでいます。ひとつのしきりに、六人ずつかけられるようになっていて、そういうしきりが、十いくつもならんでいるのです。

その特別席の前には、すわっている見物のあたまが、ずっと、まんなかの演技場まで、いっぱいならんでいるのです。特別席の中ほどのすぐ前のところに、おとうさんと、おかあさんにつれられた、ひとりの小学生がすわっていました。五年生か六年生ぐらいの少年です。

その少年が、ふと、うしろをふりむきました。見物はみんな演技場のほうを、むちゅうになって見つめているのに、この少年だけが、なぜか、ひょいとうしろを見たのです。どの天井も、左右も、幕でしきられた箱のような特別席が、ずっとならんでいます。どの席にも五、六人の男や女の顔がかさなりあっていましたが、まんなかへんの、ひとつのしきりには、まるで歯のぬけたように、がらんとして、だれもいないのです。そこだけ、へんにうす暗くて、ほら穴の入口のような感じなのです。

そのからっぽの席へ目がいったとき、少年は、なぜかゾーッとしました。うす暗いしきりのなかに、ボーッと、白いものが浮きあがって見えたからです。

それは大きな黒めがねをかけた人間の顔のようでしたが、すぐに、そうでないことがわかりました。黒めがねではなくて、二つの黒い穴なのです。鼻のあるところも、三角の穴になっていました。そして、その下に、白い歯がむき出しています。……骸骨です。骸骨の顔だけが、宙に浮いていたのです。

少年はギョッとして、そのまま、正面にむきなおりました。そして、サーカスの見物席に骸骨がいるはずはない、きっと、ぼくの目がどうかしていたのだ。と、じぶんにいい聞かせましたが、もう曲馬など目にはいりません。やっぱりもう一ど、うしろを見ないでは、いられなかったのです。

こわいのをがまんして、ヒョイとふりむきますと、やっぱり、そこには、骸骨の顔が浮いていました。いや、よく見ると浮いているのではなくて、骸骨がソフトをかぶって、オーバーを着て腰かけているのです。ソフトやオーバーが、ねずみ色なので、ちょっと見たのではわからなかったのです。顔だけが宙に浮いているように見えたのです。

なんど見なおしても、骸骨にちがいないので、少年はとうとう、隣のおとうさんのからだをゆすぶって、

「おとうさん、うしろに、へんなものがいる!」とささやき、そのほうを指さして見せました。

おとうさんは、びっくりして、うしろをふりむきました。それに気づくと、おかあさんもふりむきました。だれの目にも、それは骸骨としか見えないのです。

「アラッ！」

おかあさんが、びっくりして、おもわずかん高い声をたてました。

すると、その近くにいた見物の人たちが、みんな、うしろをふりむいたのです。そして、オーバーを着た骸骨を見たのです。

見物席いったいが、にわかに、ざわめきはじめました。大テントの中の千人いじょうの見物の顔が、全部うしろをむいたのです。そして、特別席のあやしいものを見つめました。もうだれひとり曲馬など見ている人はありません。

そのとき、まんなかの丸い演技場のはじのほうを、数人の人が走ってきました。さきにたっているのは、井上少年とノロちゃんです。そのあとからサーカスのかかりの人が三人、走ってくるのです。井上君は骸骨のいる特別席を指さして、「あすこだ、あすこだ。」と、おしえています。

そのさわぎに、演技場をぐるぐる回っていた七頭の馬も、ぴったりとまってしまいました。それらの馬の背なかで、曲芸をやっていた少女たちも、いっせいに特別席のほうを見つめています。

大テントの中の全部の人の顔という顔が、特別席を見つめたのです。

特別席の骸骨紳士は、何千の目に見つめられても、べつに、あわてるようすはありません。かれは、しずかにイスから立ちあがりました。そして、特別席の前のほうへ、ズーッと、出てきたのです。恐ろしい骸骨の顔が、電灯の光をうけて、くっきりと浮きあがりました。

それを見つめている千の顔は、まるで映画の回転が、とつぜん、とまってしまったように、すこしも動きません。声をたてるものもありません。大テントの中は、一瞬、死んだように、しずまりかえったのです。

骸骨紳士は、特別席のしきりの前にあるてすりにもたれて、ぶきみな白い顔を、ヌーッと、見物たちのほうへつき出しました。そして、にやりと笑ったのです。くちびるのない歯ばかりが、みょうな形に開いて、ゾッとするような笑いかたをしたのです。

見物席のあちこちに、「キャーッ！」という、ひめいがおこりました。息をころして怪物を見つめていた見物席が、稲のほが風にふかれるように、波だちはじめました。みんなが席を立って逃げだそうとしたからです。

そのとき、井上君とノロちゃんをさきにたてた、サーカスの男の人たちは、見物のあいだをかきわけて、骸骨紳士の席へ近づいていました。そのあとからは、べつのサーカスの人たちが、ふたりの警官といっしょにかけつけてきます。

「ウヘヘヘヘ……。」

なんともいえないきみのわるい笑い声が、大テントの中にひびきわたりました。骸骨紳士がみんなをあざけるように、大笑いをしたのです。そして、サーッと特別席のおくのほうへ、身をかくしました。

そのしきりのうしろにも、幕がさがっています。そこから、そとへ逃げだすつもりでしょう。

「アッ、逃げたぞッ。みんな、うしろへまわれッ！」

だれかが叫びました。サーカスの男たちは、特別席のはじをまわって、そのうしろへ走っていきます。

鏡の前に

骸骨紳士は、前とうしろからとりかこまれ、どこにも逃げ場所はなかったのに、こんどこそ、煙のように消えうせてしまいました。

かれのあらわれた席の両方にならんでいる特別席には、大ぜいの見物が腰かけていたのですから、そのほうへ逃げることはできません。前には千の目がにらんでいて、こちらもだめです。残るのはうしろだけです。しきりの幕をくぐって、特別席のそとへ逃げるほかはないのです。

しかしそちらには、サーカスの人たちがかけつけていました。また、特別席の横のほうにはすわる席があって、そこからは、特別席のうしろがよく見えるのですから、骸骨紳士が幕をくぐって逃げだせば、すぐにわかるはずです。ところが、その見物たちは、なにも見なかったというのです。サーカスの人たちも、特別席のうしろをくまなくさがしましたが、なにも発見できませんでした。

そのころには、大テントのそとにも、サーカスの人たちが、さきまわりをしていました。テントの下をくぐって逃げだすかもしれないと思ったからです。しかし、骸骨紳士は、そこへもあらわれません。まったく、かげもかたちもなくなってしまったのです。怪物は、吹きけすように消えうせたのです。

このさわぎで、見物の半分ぐらいは帰ってしまいましたが、勇敢な見物が残っていて、よびものの空中曲芸を見せろと、やかましくいいますので、演技をつづけることになりました。

そのとき、木下《きのした》ハルミという美しい女曲芸師が、大テントを出て、楽屋につかっている大型バスのほうへいそいでいました。ハルミさんは、空中サーカスの女王といわれている、この一座の花がたですが、空中曲芸をつづけることになったので、忘れものをとりにいくために、テントを出たのです。

大テントのそばのあき地には、車体の横に「グランド＝サーカス」と書いた大型バスが、いく台もとまっています。ハルミさんは、その一つに近づくと、バスのうしろについてある三だんほどの踏みだんをかけあがって、そこのドアを開きました。曲芸師たちは、さっきのさわぎで、みんな大テントのほうへいっているので、バスの中にはだれもいないはずです。

　だれもいないと思って、サッとドアを開いたのです。ところが、そこには、うす暗い電灯の下に、ねずみ色の服をきて、同じ色のソフトをかぶったままの男が腰かけていました。このバスは女ばかりの楽屋につかっているのですから、そこに男がいるなんて、思いもよらないことでした。ハルミさんは、ハッとしてその男を見つめました。

　バスの中には、両側に、ずっと棚のようなものがとりつけてあって、その上に、化粧をするための鏡がならべてあるのです。男は、その鏡の一つの前に腰かけて、じぶんの顔を鏡にうつしていました。ですから、こちらからは横顔しか見えないのですが、なんだか、いやなきみのわるいかんじです。

「あら、そこにいるの、だれ？」

　ハルミさんが、とがめるようにいいますと、男がヒョイとこちらをむきました。

　ああ、その顔！　目のあるところが、まっ黒な大きな穴になっていて、鼻も三角の黒い穴、その下に上下の歯がむき出している。あいつです。さっき特別席から消えた骸骨紳士が、こんな所にかくれていたのです。ハルミさんは、「キャーッ！」と叫んで、踏みだんをとびおり、大テントのほうへかけ出しました。

消えうせた怪人

ハルミさんがかけだしますと、骸骨紳士が、バスの中からヌーッとあらわれて、踏みだんをおり、ハルミさんのあとを追って、大またに歩いてくるのです。

ハルミさんは、うしろを見ないで走っているので、すこしも気がつきません。

骸骨紳士の足は、だんだん早くなり、しまいには、宙に浮くように足音をたてないで走りだしました。そして、ハルミさんのすぐうしろまで追いついて、いまにも、長い手をのばして、ハルミさんの肩をつかみそうになったではありませんか。

もしハルミさんが、うしろをふりむいたら、あまりの恐ろしさに、気をうしなってしまったかもしれません。それほど、骸骨紳士は、ハルミさんにくっつくようにして走っているのです。でも、なぜか、ハルミさんを、とらえようとはしません。ただ、くっついているばかりです。

さいわい、ハルミさんは、一どもうしろを見ないで、大テントの裏にたどりつき、そのまま中へかけこみました。

「助けてえ……、がいこつが……がいこつが……。」

大テントの裏口をはいると、幕でしきった通路になっていて、いろいろな曲芸の道具

がならべてあります。そこに立っていた道具がかりの木村《きむら》という男が、ハルミさんを、だきとめるようにして、

「アッ、びっくりするじゃありませんか。いったいどうしたっていうんです。」

と叫びました。

「あら、木村さん、バスの中に、あの骸骨がいたのよ。追っかけてきやしない？　ちょっと、そとをのぞいてみて。」

「エッ？　あいつがバスの中にかくれていたんですって。」

木村は、そういって、ハルミさんのはいってきた裏口から、そっと顔を出して、そとを見ていましたが、

「なんにも、いやしませんよ。あんた、気のせいじゃないのですか？　こわいこわいと思っているもんだから……。」

「いいえ、たしかにいたのよ。バスの中の鏡の前で、じっと、じぶんの顔を見ていたのよ。それがあの骸骨だったのよ。」

ハルミさんは、いいはります。

すると、通路の横にある団長室の幕があいて、サーカス団長の笠原太郎《かさはらたろう》が出てきました。

「なんだ。そうぞうしい。なにをさわいでいるんだ。」

笠原団長は四十歳ぐらいの、がっしりしたからだの男でした。むらさき色のビロードに、ピカピカ光る金のぬいとりをした、だぶだぶのガウンをきて、頭には、同じ色のビロードに赤いふさのついた、トルコ帽をかぶっています。

「アッ、団長さん、三号のバスに、さっきの骸骨がかくれているんです。それで、あたし、むちゅうで逃げてきたんです。」

「なにッ、骸骨が？　よしッ、みんなを集めろッ。そして、三号バスをとりかこんで、あいつを、ひっとらえるんだッ！」

団長が大きな声で命令しました。すると、道具がかりが、かけ出していって、サーカス団員の男たちを呼び集めてきました。そして、十何人の男たちが、三号バスをとりかこみ、入口からのぞいてみますと、バスの中にはだれもおりません。逃げだしたのだろうと、そのあたりを、くまなく捜索しましたが、なにも発見することができませんでした。

骸骨男は、いったい、どこへかくれてしまったのでしょう？　ハルミさんを、大テントの裏口まで追っかけてきたのですから、バスの中にいないのは、あたりまえですが、大テントのそとの広場をすみからすみまでしらべても、どこにも見あたらないというのは、どうしたわけでしょう。テントの中へしのびこめば、まだ開演中ですから、サーカス団員や見物たちの目につかないはずはありません。

またしても、怪物は、煙のように消えうせたのです。　骸骨男は、なにかふしぎな魔法をこころえてでもいるのでしょうか。

道化師の怪

そのあくる日の午前のことです。客を入れるまえに、見物席のまんなかの丸い演技場で、五人のおとなの道化師と三人の子どもの道化師が、新しい出しものの練習をしていました。

道化師のことですから、それぞれちがった、きみょうな服装をしています。赤と白のだんだらぞめの道化服をきて、同じとんがり帽子をかぶり、顔には、まっ白におしろいをぬり、くちびるをまっ赤にそめ、両のほおに、赤い丸をかいた男、赤地に白の水玉もようの道化服をきた男、どうたいに大きな西洋酒のたるをはめて、首と足だけを出し、たるの両がわに丸い穴をあけて、そこから両手を出しておどっている、たるのお化けみたいな男、じぶんの頭の五ばいもあるような、はりこの首をかぶって、チョコチョコ歩いている男、ひとめ見て、プッと吹きだすような変なかっこうをした男ばかりです。

三人の子ども道化師たちも、なんともみょうな姿をしていました。そのうちふたりが少年で、ひとりが少女でしたが、みんな十歳ぐらいの子どもで、それが、白と、赤と、赤白だんだらの大きなゴムまりの中にからだを入れて、首と手足だけをそとに出し、よちよちと歩いているのです。まるで、大きなまりが歩いているように見えるのです。

おとなの道化師たちは、「ほうい、ほうい。」というような変なかけ声をして、さかだちをしたり、とんぼがえりをしたり、たるを着ている男は、ごろんと横になって、そのへんを、ぐるぐる、ころがりまわったり、あるいは道化師どうし喧嘩《けんか》のまねをして、なぐりあいをしたり、なぐられた男は、おおげさに、ピョンと横だおしになって、ごろごろ、ころがったり、ありとあらゆる、こっけいなしぐさを練習するのでした。

それが、ひととおりすむと、こんどは、たるにはいった男だけは、べつにして、あとの四人のおとなが、四方にわかれて、ふしぎな玉なげをはじめました。

玉は、大きなゴムまりにはいった三人の子どもです。そのまりを両手で持ちあげて、「ヤッ！」とほうると、あいての道化師が、「ヨッ！」と受けとめる。ゴムまりの中にはいっている子どもたちは目が回って、ひどく苦しいのですが、それにならすために練習するわけです。

白と、赤と、赤白だんだらの巨大なまりが、四人の道化師によって、つぎつぎと、投げられたり、受けとめられたりして、見ていると、じつに美しいのです。ただ投げるばかりでなく、ごろ玉にしてころがしてやり、それを相手が受けとることもあります。そのときには、子どもの首と手足の出た玉が、ごろごろと、横にころがっていくのです。

しばらくすると、赤のゴムまりにはいっている少年がころがされて、ひとりの道化師に受けとめられたとき、大きな声で、

「ちょっと、待って……。」

と叫びました。

「なんだ、いくじのないやつだな。これくらいで、もう、まいってしまったのか。」

道化師が、しかるようにいいます。

「ううん、ぼく、こんなこと、へいきだよ。そうじゃないんだよ。いま、へんなものが見えたんだ。ちょっと、とめて……。」

「なに、へんなものだって?」

道化師はそういって、ゴムまりの回るのをとめてやりました。すると、少年はゴムまりから出ている右手で、むこうを指さしながら、

「あのたるだよ。あのたるの中から、いま、へんなものがのぞいたんだよ。」

四人のまり投げの道化師たちから、ちょっと、はなれたところに、大きな西洋酒のたるが、ちょこんとおいてあります。たるの化けものみたいな道化師が、たるの中で、すわってやすんでいるのです。首や手もひっこめてすわっているので、ただ大きなたるがおいてあるように見えるのです。

「へんなものがのぞいたって? どこに。」

道化師はたるのほうを見ましたが、べつに変ったようすもありません。

「なんにもありゃしないじゃないか。ぐるぐる回されて目が回ったので、そんな気がしたんだよ。あのたるの中には、丈吉《じょうきち》君が、すわって、なまけているばかりさ。」

「ううん、そうじゃない。ぼく、たしかに見たんだよ。あの中には、へんなやつがかくれている。お化けみたいなやつだよ。」

少年がいいはるので、道化師も思わず、そのたるを見つめましたが、すると、そのとき、びっくり箱の中から、人形の首がとび出すように、たるの上に、ヒョイととびだしたものがあります。

それを見ると道化師は思わず、「アッ。」と叫びました。そして、立ちすくんだまま、身うごきもできなくなってしまいました。「アッ。」といったときには、もう、そのへんなものは、たるの中へひっこんで、見えなくなっていましたが、ひと目見れば十分です。そいつは、まっ黒な大きな目をもっていました。鼻が三角の穴になっていました。上下の歯がむき出しになっていました。骸骨です。たるの中には道化師の丈吉でなくて、骸骨がかくれていたのです。

「おい、みんな!」

その道化師が、ほかの三人に目くばせをしました。そして、ぬき足、さし足、むこうにおいてあるたるのそばへ、近よっていきました。三人も、おずおずと、そのあとからつづきます。

たるのそばによって、おっかなびっくり、そっと上からのぞいて見ました。すると、そのとき、大きなたるが、いきなり、ごろんと横だおしになりました。

みんなが、アッとひるむまに、たるの中から、ぴったりと身についたまっ赤なシャツとズボン下の男がとび出して、恐ろしいいきおいで、むこうへ逃げていきます。そいつの顔は、あの恐ろしい骸骨でした。骸骨は道化師丈吉に化けて、まっ白な顔のお面をかぶって、さっきまで、みんなをごまかしていたのです。

空中のおにごっこ

まっ赤なシャツの骸骨男は、丸い演技場のむこうのはしまで走っていくと、そこにさがっている長い丸太にとびつきました。その丸太の両側には、三十センチぐらいのかんかくで、三センチほどの木ぎれが、うちこんであります。骸骨男は、その木ぎれに足をかけて、するすると丸太の上にのぼっていき、大テントの天井のぶらんこ台に、たどりつきました。そして、台の上から、下をのぞいて、あの長い歯で、にやにやと笑っているではありませんか。

道化師たちは身が重くて、とても丸太をのぼることはできません。空中サーカスの男たちを、呼ぶほかはないのです。

「おうい、三太《さんた》、六郎《ろくろう》、吉十郎《きちじゆうろう》、みんなきてくれえ。骸骨がぶらんこ台にのぼったぞう。あいつをひっとらえてくれえ。」

水玉もようの道化師が、ありったけの声で、空中サーカスの名人たちを、呼びたてました。

すると、楽屋口から、肉じゅばんに、金糸のぬいとりのあるさるまたをはいた屈強な男たちが、つぎつぎと、とび出してきました。

「あそこだ、ほら、あのぶらんこ台の上だ。」

道化師が、指さすところ、地上五十メートルの大テントの天井、ぶらんこ台の小さな板の上に、まっ赤なシャツをきた、へんなやつがうずくまっているのが、小さく見えました。

「やあい、おりてこうい！　でないと、おれたちがのぼっていって、つき落としてしまうぞう、そこから落ちたら、いのちがないぞう！」

空中サーカスの吉十郎が、両手で口をかこって、高い天井へどなりました。

すると、それに答えるように、天井から、

「ケ、ケ、ケ、ケ、ケ、ケ、……。」

と、お化け鳥のなくような声が、おりてきました。骸骨が、長い歯をぱくぱくやって、笑っているのです。

「ようし、いまにみろ！」

吉十郎は、ふたりのなかまを、手まねきして、天井から、ぶらさがっている、丸太の下までかけつけると、いきなり、それをのぼりはじめました。さすがは空中サーカスの名人たち、まるでサルのように、やすやすと、丸太をのぼり、天井のぶらんこ台にたどりつきました。

そして、そこにうずくまっている骸骨男を、とらえようとしたときです。まっ赤なシャツが、ぱっと、空中にもんどりうって、天井の横木からさがっているぶらんこに、とびうつりました。そして、ぶらんこは、みるみる、ツーッ、ツーッと、前後にゆれはじめたのです。

ぶらんこ台の上の三人の曲芸師は、もう、どうすることもできません。骸骨の乗ったぶらんこは、ますます、はげしくゆれるばかりです。

ごらんなさい！　ぶらんこは、もう、大テントの天井につくほど、はずみがついてきました。しかし、そのとき、ぶらんこをとりつけた横木の丸太の上を、ひとりの男がヘビのように、はいだしてきたではありませんか。空中サーカスの名人吉十郎です。かれは、横木の上に身をよこたえ、両手を、ぶらんこの縄にかけて、ゆれるぶらんこを、上に引きあげようとしているのです。

その力で、ぶらんこは、きみょうなゆれかたをしました。このまま引きあげられたら、骸骨男は、ぶらんこから、ふり落とされて、五十メートル下の地面へ、たたきつけられるほかはありません。

しかし骸骨男もさるものです。それと気づくと、とっさに、パッと、身をひるがえして、ぶらんこからはなれました。まっ赤なシャツが、宙におどりあがったのです。

下から見あげている道化師たちは、思わず、「アッ！」と声をたてて、手にあせをにぎりました。ぶらんこをはなれた骸骨男は、そのまま、サーッと、地上へ落ちてくるように見えたからです。落ちれば、むろん、いのちはありません。

「ケ、ケ、ケ、ケ、ケ、ケ、……。」

あのお化け鳥の笑い声が、天井から、ふってきました。でも、ふってきたのは声だけで、骸骨男のからだは、ぶらんこから五メートルもへだたった天井の横木へ、みごとに、とびついていました。

地面の道化師たちの口から、「ワアッ！」という声があがりました。

それから、高い天井の、丸太をくんだ足場の上の恐ろしい鬼ごっこが、はじまりました。

逃げるのは、まっ赤なシャツの骸骨男、追っかけるのは三人の空中曲芸師、足場をつたって、右に左に逃げる骸骨男を、さきにまわって、待ちうけたり、ぴょんと丸太から丸太へとんで、足を引っぱろうとしたり、きわどいところまで、追いつめるのですが、骸骨男は、いつも、するりと身をかわして、たくみに逃げてしまいます。人間わざとは思えないほどです。

やがて、吉十郎と、もうひとりの曲芸師が、一本の丸太の上を、前とうしろから、じりじりと近づいていきました。骸骨男は、はさみうちになったのです。いくら魔物でも、もう逃げるみちはありません。吉十郎の手が、グッとのびました。ああ、骸骨男は、いまにも、つかまれそうです。うしろの曲芸師の手も、足のほうへ、のびてきました。もう絶体絶命です。

その瞬間、骸骨男のからだが、するっと下へ落ちてきました。もうだめだと思って、とびおりたのでしょうか。

いや、そうではありません。かれのまっ赤なシャツのからだは、宙にとまっています。ああ、わかった。かれは長いほそびきを用意していたのです。ほそびきのはしについていた鉄のかぎを丸太にひっかけて、ほそびきを下にたらし、それを伝っておりてくるのです。

吉十郎は、そのほそびきを、たぐりあげようとしましたが、そのときには、骸骨男は、もう地上七メートルほどのところまで、すべり落ちていました。そして、パッと手をはなすと、地面へとびおり、そのまま、大テントの裏口のほうへ、矢のようにかけ出していきました。

アッとおどろいた道化師たちが、とまどいしながら、そのあとを追っかけます。天井の三人の曲芸師も、骸骨男ののこしたほそびきを伝って、地上におりると、おそろしいいきおいで、追跡をはじめました。しかし、骸骨男のすがたは、もう、どこにも見えないのでした。

キャーッと叫んで

道化師のできごとがあってから、三日ほどたつと、またしても、恐ろしいことがおこりました。

それは、昼間のことで、サーカスの大テントの中は、満員の見物で、うずまっていました。そして、テントの天井の、目もくらむほど高いところで、空中サーカスがはじまっていたのです。

テントの天井の両方で、ぶらんこがゆれていました。いっぽうのぶらんこには吉十郎が、もう一つのぶらんこには、人気もののハルミさんが、ふたりとも足をまげて、さかさまにぶらさがり、恐ろしいいきおいで、空中をいったりきたりしていました。

ぶらんこにさがったふたりは、サッと、近づいたかと思うと、またスーッとはなれていくのです。

ころあいを見て、吉十郎が、「ハッ。」と声をかけました。ハルミさんも、それにこたえて、「ハアッ。」と叫びました。そして、ぶらんこにかけていた足を、まっすぐにのばすと、ハルミさんのからだは、ぶらんこをはなれて、空中におどりだしたのです。

下の見物席では、何千という顔が上をむいて、手にあせをにぎって、これを見つめています。

両手をのばして、空中におよいだハルミさんに、吉十郎のぶらんこが、サーッと近づいてきました。吉十郎は両手をひろげて待っています。ハルミさんは、その手をつかみさえすればいいのです。

「キャーッ……。」

ハルミさんの口から、恐ろしいひめいがほとばしりました。

そのとき、ハルミさんは、空中をとびながら、吉十郎の顔を見たのです。そして、吉十郎だとばかり思っていたのが、そうでないことに気づいたのです。

それは骸骨の顔だったのです。あのいまわしい骸骨の顔が、グウッと、こちらへ、おそいかかってきたのです。

ハルミさんは、あまりのこわさに、あいての両手にすがりつくのもわすれて、ひめいをあげながら、下へ落ちていきました。

五十メートルの高さから、まっさかさまに落ちていくのです。見物席から、ワアッ……という声がおこりました。

そのまま地面に落ちたら、ハルミさんは死んでしまいます。

ああ、あぶない！　ハルミさんの白いからだは、だんだん速度をまして、矢のように、落ちているではありませんか。

しかし、ハルミさんのからだは、地面までとどきませんでした。地面の十メートルほど上で、まるでゴムマリのように、ピョンピョンとはずんだのです。……そこには、太い網が、いっぱいにはってあったからです。

ハルミさんは助かりました。やがて、網の上に、むくむくと起きあがり、網のはしまで歩いていって、そこから地面にとびおりました。

サーカスの人たちが、四方から、そこへかけより、ハルミさんをだいて、楽屋へはこぼうとしました。

「あたし、だいじょうぶよ。それよりも、あれを、あれを！」

ハルミさんは、そういって、天井のぶらんこを指さします。

みんなが上を見あげました。

骸骨の顔になった吉十郎は、どこへいったのか、もうすがたが見えません。ただ、ぶらんこだけが、はげしくゆれているばかりです。

「吉十郎さんの顔が、骸骨になったのよ。それで、あたし、びっくりして……。」

下からは、それがはっきり見えなかったので、みんなは、なぜ、ハルミさんが吉十郎の手につかまらなかったのかと、ふしぎに思っていたのです。

「おうい、吉十郎がテントの上へのぼったぞう……。」

サーカス団員のひとりが、そんなことを叫んで、かけよって来ました。

吉十郎は、ぶらんこの綱をつたって天井の丸太にのぼりつき、そこから、テントのあわせめをくぐって、テントの上へ出てしまったのです。

ほんとうの吉十郎なら、そんなへんなまねをするはずがありません。あれは、やっぱり、骸骨男だったのでしょうか。

それから大さわぎになり、空中曲芸のできる男たちが、天井にのぼりついて、テントの屋根をしらべましたが、もう吉十郎に化けた男のすがたは、どこにも見えないのでした。

「あれが骸骨男だったとすると、吉十郎は、いったい、どうしたんだろう？」

ひとりの団員が、そこに気づいて、吉十郎の部屋に使っている大型バスにかけつけて、しらべてみました。

すると、バスの中のかたすみに、手足をしばられ、さるぐつわをかまされた吉十郎が、ころがっていたではありませんか。

さるぐつわをとって、たずねますと、

「うしろから、パッと、鼻と口をおさえられた。おそろしくいやな臭いがしたと思うと、それっきり、なにもわからなくなってしまった。」

というのです。骸骨男は、吉十郎に、麻酔薬をかがせてしばっておいて、吉十郎の衣装をつけて、ぶらんこに乗り、ハルミさんをおどろかせたのです。

それにしても、骸骨男は、ぶらんこの下のほうに、網がはってあるのを知っていたはずです。ハルミさんを落としても、けがもしないことが、わかっていたはずです。それなのに、どうして、あんなまねをしたのでしょう。ただ、ハルミさんをこわがらせるためだったのでしょうか。あの怪物が、なんのために、こんなことをするのか、それがまだ、よくわからないのでした。

窓の顔

そのばん、八時ごろのことです。笠原サーカス団長のふたりのかわいい子どもが、団長用の大型バスの中で、おとうさんの団長の帰ってくるのを待っていました。サーカスは、いまおわったばかりで、おとうさんは、まだ帰ってこないのです。

にいさんは笠原正一《しょういち》といって、小学校六年生、妹はミヨ子といって、小学校三年生です。団長の子どもですから、ほかのサーカスの子どもとはちがって、曲芸はあまりしこまれないで、学校の勉強にせいをだすようにいいつけられていました。でも、ふたりとも、曲芸もいくらかできるので、ときたま、サーカスに出ることもあります。

　サーカス団は、日本じゅうまわるので同じ学校をつづけることはできません。いくさきざきの小学校へ転入して、長くて三ヵ月、短いときは一ヵ月ぐらいで、またほかの学校へかわるのです。ふつうの子どもには、そんなに学校をかわるのは、とてもつらいのですが、正一君も、ミヨ子ちゃんも、なれっこになってなんとも思っていません。ふたりのおかあさんは、三年ほどまえになくなって、いまは、おとうさんだけなのです。

　こんどは東京の中で、場所をかえて、長く興行することになっていますので、三ヵ月いじょう同じ学校にかよえるわけです。ふたりは、たいへんよろこんでいました。

　その学校で、正一君と同じクラスに、少年探偵団員のノロちゃん（野呂一平君）がいたことは、まことにふしぎなえんでした。ノロちゃんは人なつっこい子ですから、新しくはいってきた笠原正一君と、まっさきにお友だちになってしまいました。

　そのことから、この『サーカスの怪人事件』に、少年探偵団が、ふかい関係をもつことになるのです。

　さて、大型バスの中には、団長とふたりの子どものベッドがとりつけられてあり、いっぽうの窓ぎわには、長い板がついていて、そこが正一君たちの勉強の机にもなり、また、その上に、鏡などがおいてあって、化粧台にもなるのです。あまり明るくない車内の電灯が、そこをてらしています。

正一君とミヨ子ちゃんは、そこのベッドに腰かけて、おとうさんの帰りを待っていましたが、ふと気がつくと、ミヨ子ちゃんが、かわいい目をまんまるにして、うしろのガラス窓を、見つめていました。そして、にいさんの正一君に両手で、しがみついてくるのです。

正一君も、ギョッとして、その窓を見ました。

窓のそとはまっ暗です。闇の中に、ボーッと、白いものが、ただよっています。それが、だんだん、窓ガラスへ近づいてくるのです。近づくにつれて、はっきりしてきました。

アッ、骸骨です！

あの恐ろしい骸骨がやってきたのです。

ふたりはベッドをとびおりて、だきあって、バスのすみに身をちぢめました。

骸骨は、窓ガラスに、ぴったりと、顔をつけて、こちらを見ています。黒い穴のような目、三角の穴になった鼻、長い歯をむき出した口、その口がキューッとひらいて、けらけらと笑っているではありませんか。

正一君もミヨ子ちゃんも、あまりのこわさに声をたてることもできないで、まるで磁石でひきつけられるように、窓の骸骨を、じっと見つめていました。どうきが恐ろしくはやくなり、のどがからからにかわいて、いまにも死ぬかと思うばかりです。しばらくすると、骸骨の顔が、窓ガラスから、スーッとはなれていきました。たちさったのでしょうか？　いや、そんなはずはありません。入口のほうへまわって、ドアをあけてはいってくるのかもしれません。

やがて、こつ、こつ、こつと、足音が聞こえてきました。きっと骸骨の足音です。アッ、音がかわりました。バスの後部の出入り口においてある木の段をあがる音です。いよいよ、骸骨がはいってくるのです。正一君とミヨ子ちゃんは、そう思っただけでも、息がとまりそうでした。

ドアのとってが、クルッとまわりました。そして、ギーッとドアの開く音。アッ、暗やみの中に立っています。ボーッと、人のすがたが立っています。

「おまえたち、そんなところで、なにをしているんだ？」

ドアからはいってきたのは骸骨ではなくて、おとうさんの笠原さんでした。

正一君とミヨ子ちゃんは、「ワアッ。」と叫んで、おとうさんに、とびついていきました。そして、いま、窓のそとから骸骨がのぞいたことを、ふるえながらつげるのでした。

「なにッ、骸骨が？」

笠原さんは、いきなり、バスのそとへとび出していきました。そして、そのへんにいたサーカス団員たちを集めて、懐中電灯で照らしながら、あたりを、くまなく捜しましたが、怪人のすがたはどこにも見えないのでした。骸骨男は、いつでも、すがたを消す術をこころえているのですから、どうすることもできません。

少年探偵団

骸骨男がなんのためにサーカスにあらわれるのか、その目的はすこしもわかりませんが、こんなことが知れわたったら、見物がこなくなってしまうので、笠原団長は警察にうったえて、どうかして、このお化けみたいな怪物を、とらえようとしました。

警察でも大ぜいの制服、私服の警官を、サーカスにはいりこませて、手をつくして怪物の捜索をしましたが、なんの手がかりを、つかむこともできないのでした。

笠原正一君は、なんだか、じぶんたちきょうだいが怪物にねらわれているような気がして、こわくてしかたがありませんので、学校で、友だちのノロちゃんにそのことを話しますと、ノロちゃんは、それを少年探偵団長の小林君にしらせました。そこで、いよいよ、少年探偵団がこの怪事件にのりだすことになったのです。

この事件の主任は、警視庁の中村《なかむら》捜査係長でしたが、小林少年は中村警部とは、したしいあいだがらなので、警部にあって、少年探偵団に、正一君とミヨ子ちゃんの見はりをやらせてくれとたのみました。

「そうか。野呂君と団長の子どもと仲よしなのか。それなら、昼間とよいのうちだけ、きみたちに見はりをたのもう。警察でも見はっているけれども、おとなでは目につくからね。きみたちのような少年諸君のほうが、あいてにさとられなくていい。それに、きみの腕まえは、わたしもよく知っているからね。

しかし、夜なかはだめだよ。まあせいぜい、夜の八時ごろまでだね。そのあとは、わたしの部下にかわらせる。きみの団員は小学五、六年から、中学一、二年の子どもだ。そんな子どもに、夜ふかしをさせちゃ、おとうさんたちにしかられるよ。

それから、わたしの部下たちが、いつも近くにいるからね。もし、あやしいやつをみつけたら、よびこの笛をふくんだよ。子どものくせに、怪物に手むかったりしたら、ひどいめにあうかもしれないからね。いいかい？　わかったね。」

中村警部は小林少年に、くどくどと、いいきかせるのでした。

小林君も、ひごろ明智《あけち》先生から、いわれているので、そのことは、よくこころえていました。大ぜいの団員の中から、からだが大きくて力の強い少年で、おとうさんや、おかあさんが、ゆるしてくださるものだけを、六人えらび出し、小林君が隊長になって見はりをやることにしました。

骸骨の顔が、窓からのぞいた日のよくじつです。小林少年と六人の団員は、学校から帰ると、せいぞろいをして、正一君とミヨ子ちゃんのバスのまわりに集まりました。

みんな変装をしています。浮浪少年のようなきたない服を着て、顔も黒くよごしています。明智探偵事務所には、そういう変装用のきたない服が、たくさんそなえてあるので、小林君が、それを持ちだして、みんなに着かえさせたのです。

バスのおいてある原っぱには、いちめんに草がはえ、小さな木もありますし、バスがたくさんならんでいるのですから、かくれるところは、いくらでもあります。

少年団員のあるものは、小さな木のかげに、あるものは、バスの車体の下に、あるものは、長くのびた草の中に、腹ばいになり、また、あるものは、バスの後部の出入り口の木の階段のかげに身をかくすというふうに、はなればなれになって、四方から正一君のバスを見はっていました。

昼間はなにごともなく、やがて、夜になりました。少年たちは、べんとうのかわりにポケットに入れてきた、パンをかじって、じっと、かくればにがまんをしています。

あたりが、まっ暗になってきました。見あげると、空に星がキラキラかがやいています。むこうの大テントの中には、あかあかと電灯がついて、バンドの音が、はなやかに聞こえてきます。まだサーカスはおわらないのです。やがて、最後のよびものの空中曲芸が、はじまるところでしょう。

浮浪児に変装した小林少年は、正一君のバスの出入り口の木の階段のかげに、身をかくして、ゆだんなく、あたりを見まわしていました。バスの中には、正一君とミヨ子ちゃんが、机がわりのだいで、本を読んでいるのです。

しばらくすると、むこうの大テントの中の電灯が、だんだん暗くなっていきました。サーカスがおわったのです。見物たちの帰っていく足音や、話し声が、ざわざわと聞こえてきます。

それからまた、しばらくすると、サーカス団の人たちが、それぞれのバスへ帰ってくるのが、うす明かりにながめられました。正一君たちのバスへも、おとうさんの笠原さんが帰ってきました。笠原さんはむろん、少年探偵団が、見はりをしていることをよく知っているので、バスの階段をのぼるとき、そこにかくれている小林少年をみつけて声をかけました。

「ごくろうですね。うちの正一たちのために、きみたちがこんなにしてくれるのは、なんとお礼をいっていいか、わかりませんよ。しかし、もう夜もふけたから、こんやは帰ってください。あとは警察のほうで、見はりをしてくれますから。」

と、やさしくいうのです。小林君は、

「はい、もうじき帰ります。」

と答えましたが、笠原さんが、バスの中にはいってドアをしめても、持ちばを動くようすがありません。中村警部は八時ごろに帰れといいましたが、少年たちは八時半までがんばろうと、もうしあわせていたのです。いまはまだ八時ですから、もう三十分見はりをつづけるつもりなのです。

あたりは、しいんと、しずまってきました。大テントの電灯が消えたので、空の星が、いっそうはっきり見えます。そのへんは、にぎやかな商店街から遠いので、八時でも深夜のようにしずかなのです。

じっとかくれていると、時のたつのがじつに長く感じられます。八時半までのわずか三十分が、二、三時間に思われるのです。

しかし、やっと、腕の夜光時計が八時半になりました。そこで、小林君は、みんなを集めて帰ろうかと、考えていますと、そのとき……、バスの中から、キャーッというひめいが聞こえて、いきなりバスのドアがあき、二つの小さいかげが、木の階段をころがり落ちてきました。正一君とミヨ子ちゃんです。

小林君は、とっさに立ちあがり、ふたりをだきとめるようにして、どうしたのだと、たずねますと、正一君は、

「あいつがバスの中にいる。骸骨が、ぼくらにつかみかかってきた。早く逃げなけりゃあ……。」

と、声もたえだえにいうのでした。ああ、これはいったい、どうしたことでしょう。だれもバスの中へ、はいったものはありません。それなのに骸骨男があらわれたという正一君たちは、夢でも見たのでしょうか。

ぬけ穴の秘密

小林少年は、すぐに、よびこの笛をふいて警官隊にしらせました。するとむこうの闇の中から、あわただしい靴音がして、五人の警官がかけつけてきました。

「バスの中に骸骨男がいるんです。はやくつかまえてください。」

小林君が、叫びました。

「よしッ。」

警官のひとりが、バスのうしろの出入り口へ突進しました。

「おいッ、あけろ！　ここをあけろ！」

警官は、にぎりこぶしで、出入り口のドアをたたいて、どなっています。

いつのまにかドアがしまって、ひらかなくなっていたのです。怪物が、中から鍵をかけてしまったらしいのです。

しかし、バスの中にいるのは、骸骨男だけではありません。正一君と、ミヨ子ちゃんのおとうさんの笠原さんも、いるはずです。骸骨男は、笠原さんをひどいめにあわせているのではないでしょうか。

すると、そのとき、バスの中から恐ろしい音が聞こえてきました。なにかがたおれる音、めりめりと、板のわれる音、どしん、どしんと、重いもののぶっつかる音！

笠原団長と骸骨男が、とっくみあってたたかっているのにちがいありません。もの音

ものは、ますますはげしくなるばかりです。大型バスが、ゆれはじめたほどです。

「窓だ！　窓をやぶるんだ。」

警官のひとりが、どなりました。

「じゃあ、肩にのぼらせてください。ぼくが、やぶります。」

少年探偵団の井上一郎君が、その警官のそばへかけよりました。井上君は団員のうちで、いちばん力が強く、おとうさんに拳闘までおそわっている勇敢な少年でした。

「よしッ！　肩ぐるまをしてやるから、窓ガラスを、たたきやぶれ！」

警官は井上君を、ひょいと、だきあげて、じぶんの肩にまたがらせました。

井上君はナイフのえで、いきなりバスの窓ガラスを、たたきやぶって大きな穴をあけ、そこから手を入れて、とめがねをはずして、ガラッと窓をひらきました。

のぞいてみると、バスの中は、電灯が消えてまっ暗です。もう、かくとうはおわったらしく、ひっそりとして、なんの音も聞こえません。

「おじさん、だいじょうぶですか？」

井上君が、どなりました。すると闇の中から、「うう……。」という苦しそうな声が、聞こえてきました。

ああ、笠原団長はやられてしまったのでしょうか。そして、骸骨男は、闇の中にうずくまって、はいってくるやつに、とびかかろうと、待ちかまえているのではないでしょうか。

そのとき、人の動くけはいがしました。いつまでも、ごそごそと動きまわっているのです。

「ふしぎだ。消えてしまった。暗くてわからない。あかりを、あかりを！」

笠原団長の声のようです。

「懐中電灯をください。」

井上君がいいますと、警官が懐中電灯を渡してくれました。井上君は、それをつけて、窓からバスの中を照らしました。

まるい光の中に、よつんばいになっている笠原さんが、照らしだされたのです。その光におどろいたように、笠原さんは、よろよろと立ちあがりました。

ああ、そのすがた！　パジャマは、もみくちゃになって、ところどころ破れ、顔にも、手にも、かすりきずができて血が流れ、パジャマにも、いっぱい血がついています。

その血だらけの顔が、懐中電灯の光の中に、大うつしになって、ヌーッとこちらへ近づいてきました。

「それを、かしてくれ……。」

井上君は、いわれるままに、懐中電灯を笠原さんに渡しました。

笠原さんは、それをふり照らして、バスの中をあちこちしらべていましたが、

「ふしぎだ。消えてしまった。どこにもいない……。」

とつぶやいています。

「骸骨男がいなくなったのですか。」

井上君が、たずねます。

「うん、いなくなった。消えてしまった。」

その問答を聞いた警官が、下からどなりました。

「ともかく、入口のドアを、あけてください。かぎがかかっているのです。」

笠原さんは、よろよろと、ドアのほうへ近づくと、かぎ穴にはめたままになっていたかぎを、カチッとまわし、ドアをひらきました。

待ちかまえていた警官たちが手に手に懐中電灯を持って、バスの中へなだれこんできました。

しかし、いくら捜しても骸骨男はいないのです。

笠原さんは顔の血をふきながら説明しました。

「わたしが、ベッドでうとうとしていると、あいつは、いきなり、のどをしめつけてきたのです。むろんあいつですよ。骸骨の顔をした怪物です。

わたしは、びっくりしてはね起き、あいつと、とっ組みあいました。わたしも、そうとう力は強いつもりですが、あいつの腕ときたら、鋼鉄の機械のようです。

死にものぐるいのたたかいでした。だが、わたしは、むこうのすみへおしつけられたとき、すきを見て両足で、あいつの腹を、力まかせにけとばしたのです。

さすがの怪物も、よほどこたえたとみえて、こちらのすみに、ころがったまま、起きあがることもできません。わたしは、その上から、とびついていったのです。

ところが、そのとき、ふしぎなことがおこりました。上からおさえつけると、あいつのからだが、スーッと小さくなっていったじゃありませんか。そして、いつのまにか、消えてなくなってしまったのです。……じつにふしぎです。わたしは、わけがわかりません。」

警官たちもそれを聞くと、顔見あわせてだまりこんでしまいました。

骸骨男は人間にはできない化けものの魔法を、こころえていたのでしょうか。化けものか、幽霊でなければ、きゅうに、からだが小さくなったり、消えてしまったりできるものではありません。

「アッ！　へんですよ。ここを見てください。」

懐中電灯を持って、バスの中をはいまわってしらべていた井上君が、叫ぶようにいいました。

警官たちが近づいて、井上君の指さすところを見ますと、バスの床板に、六十センチほどの四角な切れめがついていることが、わかりました。

「おしてみると、ぶかぶかしてます。ほら、ね。」

井上君が、力をこめて、そこをおしますと、グーッと下へさがっていくのです。

「アッ、ばねじかけの落とし穴だ。あいつは、ここから逃げたんだな！」

警官がそう叫んで足をふみますと、そこにぽっかり四角な穴があきました。

骸骨男のからだが、小さくなったように思ったのは、怪物がそこから下へぬけだしていったからです。まっ暗なので、そこに穴のあることがわからなかったのでしょう。

やっぱり怪物は、お化けや幽霊ではありませんでした。悪がしこい人間なのです。まえもって、ちゃんと、そういうぬけ穴をつくっておいてから、バスの中へあらわれたのです。

これでみますと、いままでに、たびたび消えうせたのも、みな、これに似たトリックをつかったのにちがいありません。

巨大なかげ

それから、警官隊と少年探偵団員は、懐中電灯をふり照らして、バスのまわりの原っぱを、くまなく捜しまわりましたが、なにも発見することができませんでした。骸骨男は、すばやく、どこかへ逃げさってしまったのです。

そこで、みんなはひとまず、ひきあげることになりましたが、ふたりの少年が最後まで残って、だれもいなくなった、まっ暗な大テントのそばを歩いていました。少年探偵団長の小林君と団員の井上君です。

「ぼくは、どうしてもわからないことがあるんだよ。あいつが、ぬけ穴から出たのはたしかだけれど、それからさきがふしぎなんだ。」

小林君が、深い考えにしずんで、ひくい声でいいました。

「え、それからさきって?」

井上君が、聞きかえします。

「ぬけ穴をぬければ、バスの下へおりてくるはずだね。」

「うん。そうだよ。」

「ところが、あのとき、バスの下へは、だれも出てこなかったのだよ。」

「え、どうして、それがわかるの?」

「ぼくが、ずっと、バスの下にかくれていたからさ、きみがおまわりさんの肩にのって、窓をやぶるまえからだよ。」

「へえ、団長は、ずっとバスの下に、かくれていたの?　どうりで、みんながさわいでいるのに、団長のすがたが見えなかったんだね。」

「そうだよ。だれかひとりは、バスの下を見まもっていたほうがいいと思ったのさ。だから、ぬけ穴から、あいつが出てくれば、ぼくが、見のがすはずはなかったんだよ。」

「ふうん、へんだなあ。やっぱり、あいつは忍術つかいかしら？」

「そうかもしれない。そうでないかもしれない。明智先生にきかなければわからないよ。でも、ぼく、なんだかこわくなってきた。ほんとうにこわいんだよ。」

勇敢な小林団長が、こんなにこわがるなんて、めずらしいことでした。井上君は、びっくりしたように小林少年のよこ顔を見つめました。

すると、そのときです。ふたりの目の前に、恐ろしい夢のような、じつに、とほうもないことがおこりました。

闇の中にサーカスの大テントが、ボーッと白く浮きだしています。そのテントのかげから、なんだか灰色の巨大なものが、ヌーッとあらわれてきたのです。三十メートルほどむこうから、人間の何十倍もある巨大なものが、こちらへ近づいてくるのです。

小林、井上の二少年は、ギョッとして、そのばに立ちすくんでしまいました。

巨大な灰色のものは、ゆっくり、こちらへやってきます。もう十五メートルほどに近づきました。

「あッ、あれはゾウだよ。サーカスのゾウが、おりから逃げだしたのかもしれない。」

小林君がささやきました。

なるほど、それは一ぴきの巨大なゾウでした。しかし、ゾウとわかると、またべつのこわさに、おそわれるのです。踏みつぶされたり、鼻で巻きあげられたりしたら、たいへんだという、こわさです。

ふたりは、いきなり逃げだそうとしました。

すると、「ケ、ケ、ケ、ケ……。」というゾッとするような笑い声が、どこからか聞こえてきたではありませんか。

ふたりは逃げながら、思わずふりかえりました。

巨ゾウの背なかの上に、ふらふらと動いているものがあります。そいつが、笑ったのです。

「アッ、骸骨……。」

それは、あの骸骨男でした。いつも着ているオーバーや洋服をぬいで、はだかで、ゾウの背なかにまたがっているのです。

はだかといっても、人間のからだではありません。ぜんしん骸骨のからだなのです。白いあばらぼね、腰のほね、細ながい手足のほね、学校の標本室にある骸骨とそっくりです。そのほねばかりが、ゾウの背なかで、ふらふらとゆれているのです。

あいつは、からだまで骸骨だったのでしょうか。ほねばかりのからだに、洋服を着て、靴をはいて、ステッキをついて歩いていたのでしょうか。

ふたりの少年は、あまりのふしぎさに、三十メートルほどのところに立ちどまったまま、ぼうぜんとして、この奇怪なものを見まもっていました。

巨ゾウは少年たちには目もくれず、大テントにそって、のそのそと歩いていきます。その背なかに、白い骸骨がゾウに乗って、さんぽでもしているように、のんきそうに、ふらふらと、ゆれているのです。

「アッ、わかった。あいつ、黒いシャツを着ているんだよ。シャツに白い絵のぐで、骸骨の形がかいてあるんだよ。」

「なあんだ。じゃあ、やっぱり人間なんだね。」

「そうだよ。でも人間だとすると、骸骨よりも恐ろしいよ。化けものや幽霊よりも、もっと恐ろしいのだよ。」

小林君は、いかにも、こわそうにささやくのでした。

「ケ、ケ、ケ、ケ、ケ……。」

　ゾウの上の骸骨が、また、ぶきみな笑い声をたてました。そして、なにか白いものを、サーッとこちらへほうってよこしたではありませんか。

それは四角な西洋封筒のようなものでした。まっ暗な空中をひらひらと飛んで、二少年とゾウとのなかほどの地面に落ちました。

そして、二少年が、あっけにとられて立ちすくんでいるあいだに、巨ゾウはテントにそって、だんだんむこうへ遠ざかっていき、灰色の巨体が、闇の中へボーッととけこんで、見えなくなってしまいました。

それを見おくると、二少年は恐ろしい夢からさめたように、闇の中で顔を見あわせました。

「テントの中に、おまわりさんがふたり残っているから、すぐに知らせよう。」

ふたりは、いそいで、地面に落ちている封筒のようなものをひろいあげると、大テントの入口にむかってかけだしました。

テントの中の幕でしきった小べやのようなところに、ふたりの警官が腰かけていました。そこだけに、小さな電灯がついています。

二少年は、警官のそばへいって、いまのできごとをくわしく話し、ひろった封筒を、さし出しました。

警官のひとりが、それを受けとって開いて見ますと、中には、つぎのような異様な文章を書いた紙がはいっていました。

笠原太郎君

数日中に恐ろしいことがおこる。きみは、そのきみの手でじぶんの子どもを殺すことになるのだ。それがきみの運命だから、どうすることもできない。いくら用心しても、この運命をまぬがれることはできないのだ。

ふたりの警官は、それを読むと、びっくりして顔を見あわせました。

「すぐに本庁へ知らせなければいけない。それから、笠原さんにも、これを見せておくほうがいいだろう。」

ひとりの警官は、本庁へ電話をかけるためにとびだしていきました。残った警官は、二少年をつれて、笠原さんの大型バスへいそぎました。

笠原さんは、顔や手にほうたいをして、バスの中のベッドに寝ていましたが、警官がはいってくるのを見て、ベッドの上に起きなおりました。そして、警官からことのしだいを聞き、恐ろしい手紙を読むと、まっ青になってしまいました。

「すぐに警官隊を呼んで、あいつをつかまえてください。ゾウに乗っていたとすれば、まだそのへんに、うろうろしているかもしれません。わたしはゾウのバスをしらべてみます。そのバスには、ゾウ使いの吉村《よしむら》という男が番をしているのです。どうしてゾウを盗みだされたか、わけがわかりません。」

それから笠原さんは、警官や少年たちといっしょに、ゾウのおりになっている大型バスへかけつけましたが、番人の吉村というゾウ使いは、さるぐつわをはめられ手足をしばられて、遠いところにころがされていました。そして、ゾウは、いつのまにか、もとのバスにもどっていました。骸骨男は、ゾウをもどしておいて、はやくもどこかへ逃げさったのです。なんというすばしっこい怪物でしょう。

それにしても、骸骨が残していった手紙は、いったい、どういういみなのでしょうか。

小林少年は、そんなばかなことが起こるはずがないと思いました。しかしそう思う下から、なんともいえないぶきみな考えが、むらむらとわきあがってくるのを、どうすることもできないのでした。

ふしぎなじゅうたん

笠原さんは、骸骨男の手紙を読んでから、すっかりおびえてしまって、バスの中などでくらさないで、もっと、厳重な家に住むことにしました。

さいわい、おなじ世田谷にアメリカ人の住んでいた西洋館があいていましたので、すぐに、そこを借りることにして、ふたりの子どもといっしょに、その西洋館にひっこしをしました。そこから毎日、サーカスの大テントへかようつもりなのです。

笠原さんは、じぶんたち親子と女中さんだけではこころぼそいので、サーカス団員の中から、力が強く勇気のある三人の男をえらんで、西洋館に住まわせることにしました。

そして、三人が交代で、昼も夜も、正一君たちの部屋の見はりばんをすることになったのです。

さて、ひっこしをすませた、あくる日のお昼ごろのことです。

笠原さんが、これからサーカスへいこうとしているところへ、電話がかかってきたので、受話器を耳にあてますと、きみの悪いしわがれ声が聞こえてきました。

「うふふふ……、バスではあぶないと思って、西洋館へ逃げこんだな。うふふふ……、だが、おれは魔法つかいだ。どんなところへだって、しのびこむよ。うふふふ……、それよりも、気をつけるがいい。きみのかわいい子どもを、じぶんで殺さなければならない運命なのだ。それは家をかえたくらいで、のがれられるものではない。うふふふふ……気のどくだが、きみは、そういう運命なのだよ。」

そして、ぷっつり電話がきれてしまいました。

笠原さんは青くなって、二階の正一君とミヨ子ちゃんの部屋へかけつけました。その部屋の前には、ひとりのサーカス団員が、イスにかけてがんばっています。

「いま、骸骨男から電話がかかってきた。もうここへひっこしたことをしっている。ゆだんはできないぞ。しっかり、番をしてくれ。だが、子どもたちは、だいじょうぶだろうな。」

「だいじょうぶです。窓には鉄ごうしがはまってますから、そとからは、はいれません。

入口はこのドアひとつです。ほら、聞こえるでしょう、歌の声が。正一ちゃんも、ミヨ子ちゃんも、元気に歌をうたっていますよ。」

「うん、そうか。」

笠原さんはドアをひらいて、ちょっと、中をのぞくと、安心したようにうなずいて、

「だが、わしはこれから、サーカスのほうへ出かけるから、あとは、くれぐれもたのんだぞ。いいか。」

「はい、三人でかわりあって、じゅうぶん見はっていますから、ご心配なく。」

団員は、さも自信ありげに答えるのでした。

笠原さんは、そのまま出かけていきました。サーカスは夜までやっていますから、帰りはおそくなるでしょう。

その日の四時ごろのことです。西洋館の門の前に、一だいのトラックがとまって、ふたりの男が、電柱ほどもある太い棒のようなものをトラックからおろし、それをかついで玄関へやってきました。

ベルをならしたので、サーカス団員のひとりがドアをあけますと、ふたりの男はいきなり、その棒のようなものを、西洋館の中へかつぎこみながら、

「こちらは、近ごろ、ひっこしをされた笠原さんでしょう。みの屋《や》から、これをおとどけにきました。」

「エッ、みの屋だって？　それは、いったい、なんだね？」

サーカス団員が、めんくらったように聞きかえしました。

「じゅうたんですよ、三部屋ぶんのじゅうたんですよ。」

長さは二メートルあまり、太さは電柱よりも太いような、でっかい棒は、三部屋ぶんのじゅうたんを、かたく巻いたものでした。

サーカス団員は、へんな顔をして、

「じゅうたんを注文したことは聞いていないね。まちがいじゃないかね。」

「いいえ、まちがいじゃありません。この町には、ほかに笠原という家はないのです。それに、ひっこしをした家も、ここ一けんです。まちがいありませんよ。」

「だが、ぼくは聞いていないので、代金をはらうわけにはいかないが……。」

「代金ですか？　それなら、もうすんでいるんですよ。前ばらいで、ちゃんといただいてあります。それじゃ、ここへおいていきますすよ。」

ふたりの男は、そのでっかい棒を、玄関の板の間のすみへ横にころがしておいて、さっさと帰っていきました。

サーカス団員は、きっと笠原さんが注文したのだろうと思ったので、笠原さんの帰るまで、そのままにしておくことにしました。

やがて、なにごともなく日がくれ、正一君とミヨ子ちゃんと三人の団員は、食堂に集まって、ばんごはんをたべていました。

ちょうどそのころ、玄関の板の間のうす暗いすみっこで、ふしぎなことが起こっていたのです。

そこに、横だおしになっている棒のように巻いたじゅうたんが、まるで生きもののように動きはじめたではありませんか。

じゅうたんの棒が、しずかにごろんところがって、巻いてあるじゅうたんのはじがとけ、またもうひとつ、ごろんところがると、とけたじゅうたんが倍になり、三どめに、ごろんところがったとき、中から、なにか、まっ黒なものがはいだしました。

それは人間の形をしていました。ぴったり身についた黒シャツと黒ズボン、黒い手ぶくろに、黒い靴下、ぜんしん、まっ黒なやつです。

そいつが、立ちあがって、こちらをむきました。その顔！　やっぱりそうでした。骸骨です。骸骨の顔です。

骸骨男は、じゅうたんの中にかくれて、しのびこんだのです。なんという、うまいかくれ場所でしょう。そとからは、三まいの大きなじゅうたんが、かたく巻いてあるように見えますが、中は、人間ひとり、横になれるほどの空洞になっていたのです。

まっ黒な骸骨男は、廊下の壁をつたって、奥のほうへしのびこんでいきます。食堂の前をとおって、台所へ。しかし、食堂にいたおおぜいの人はだれも気がつきません。

ああ、ぶきみな骸骨男は、いったい、なにをしようというのでしょう。

消えうせた正一君

その夜の八時。笠原さんはまだ帰ってきません。正一君とミヨ子ちゃんは、もう、ベッドにはいりました。ふたりの部屋のドアの前には、昼間とはべつのサーカス団員が、大きな目をギョロギョロさせて、ゆだんなく見はりをつとめています。

ところが、しばらくすると、ふしぎなことがはじまりました。

団員の大きな目が、だんだん細くなっていくのです。しまいには、まったく目をつぶってしまって、こっくりと、首が前にかたむきました。

びっくりして、パッと目をひらき、ちょっとのあいだは、しゃんとしていましたが、また、まぶたが合わさって、こっくりとやります。

そんなことを、なんどもくりかえしているうちに、その団員は、とうとう、ぐっすり、寝こんでしまい、イスからずり落ちて、へんなかっこうで、いびきをかきはじめました。

そのとき、一階の食堂でも、おなじようなことが起こっていました。ふたりの団員が食堂にのこり、見はりの順番がくるのを待ちながら話をしていたのですが、ふたりとも、いつのまにか、こっくり、こっくりと、いねむりをはじめていたのです。

台所では女中さんが、おさらを洗ってしまって、やれやれと、そこのイスに腰をおろしたかと思うと、これも、こっくり、こっくりです。

家じゅうがみんな寝こんでしまいました。これは、いったい、どうしたことでしょう？　さっき食事のあとで、おとなたちはコーヒーを飲みました。なんだか、ひどくにがかったようです。女中さんも、台所で同じコーヒーを飲みました。ひょっとしたら、なにものかが、コーヒーの中へ、ねむり薬をまぜておいたのではないでしょうか。いや、なにものかではありません。もし、そんなことをしたやつがあるとすれば、あのじゅうたんの中から出てきた骸骨男にきまっています。

こちらは、寝室の中の正一君です。ミヨ子ちゃんは、まだ小さいので、むじゃきに寝いってしまいましたが、正一君は、なんだかこわくて、なかなか眠れません。このあいだ、バスの中へあらわれた骸骨男の顔を思いだすと、恐ろしさに、からだがふるえてくるのです。

ドアのそとには、力の強い団員ががんばっていますし、窓には、頑丈な鉄ごうしがついているのですから、あいつが寝室の中へはいってくる心配は、すこしもありませんが、それでもなんだか、こわくてしょうがないのです。

ふと、聞き耳をたてると、こつこつと音がしていました。ギョッとして、思わず、息をころしました。

こつこつ、こつこつ……。

「おとうさんだよ。ここをあけておくれ。」

ドアのむこうがわなので、なんだか、ちがう人の声のように聞こえました。でも、こわくてしょうがなかったときですから、おとうさんと聞くと、とび起きてドアにかけより、かぎをまわして、それをひらきました。用心のために、中からかぎがかけてあったのです。

ドアが、スーッとひらきました。

そして、そこに立っていたのは、おとうさんではなかったのです。いままで、そのことばかり考えていた、あいつです。身の毛もよだつ骸骨男です。

正一君は、アッといって、いきなりベッドのほうへ逃げだしました。しかし、あいてはおとなです。すぐに、うしろからとびかかって、正一君をだきすくめてしまいました。

正一君は、無我夢中であばれましたが、とても、かなうはずはありません。骸骨男は、どこからか、大きなハンカチのようなものをとりだして、それを正一君の口と鼻におしつけました。

いやな臭いがしたかと思うと、気がとおくなっていきました。正一君は、もう目をふさいでいましたが、暗いまぶたのうらに、あのいやらしい骸骨の顔が千ばいの大きさで、にやにや笑っていました。世界じゅうが、骸骨の巨大な顔で、いっぱいになったのです。

正一君が、ぐったりすると、骸骨男はべつのふろしきのようなものを取りだして、正一君にさるぐつわをはめ、それから用意していたほそびきで、手と足を念いりにしばりました。

同じ部屋のベッドにねているミヨ子ちゃんは、ぐっすり眠っていたので、このさわぎを、すこしもしりませんでした。それほど、骸骨男は、手ばやく、しずかに、ことをはこんだのです。

さっきのコーヒーにねむり薬をまぜたのは、やっぱり骸骨男でした。廊下では、イスからずり落ちたサーカス団員が、まだ眠りこけています。一階にいる人たちも同じありさまなのでしょう。骸骨男は、だれにじゃまされる心配もなく、思うままのことがやれるわけです。

かれは、しばりあげた正一君をこわきにかかえると、ゆうゆうと階段をおりて、玄関の板の間にもどり、じぶんがかくれていたじゅうたんの空洞の中へ、正一君を入れて、もとのとおりに巻きつけ、それから、ひもでしばって、とけないようにしました。

そして、玄関のドアのところへいくと、ポケットから、まがったはり金《がね》をとりだし、かぎ穴にさしこんで、しばらく、こちゃこちゃやっていましたが、やがて、カチンと音がして、錠がはずれ、ドアがひらきました。このはり金は、どろぼうが、錠やぶりにつかう道具なのです。

骸骨男はそとに出ると、ドアをしめ、また、あのはり金をつかって、そとからかぎをかけ、そのまま、どこかへたちさってしまいました。

笠原さんがサーカスから帰ってきたのは、それから三十分もたったころでした。

玄関のベルをおしましたが、だれもドアをあけてくれません。なんども、なんども、ベルをおしました。それでもなんのこたえもないのです。

笠原さんは、心配になってきました。るすのまに骸骨男がやってきて、家じゅうのものをしばって、動けなくしたのではないだろうか。そして、正一とミヨ子を、どうかしてしまったのではあるまいか。そのとき、ふと、じぶんのポケットにあいかぎがはいっていることを思いだしました。いそいで、それを取りだし、ドアをひらいて、家の中にとびこみ、大声で、団員の名を呼びながら、奥のほうへはいっていきました。

食堂までくると、ふたりの団員が、しょうたいもなく眠っていることがわかりました。台所をのぞいてみると、女中さんまで眠っているのです。

二階の子どもたちの部屋が心配です。笠原さんは、とぶように二階へかけあがり、正一君たちの寝室の前にいってみますと、そこにも、見はりの男が、床にたおれて、寝こんでいるではありませんか。

ドアをひらいて、寝室にとびこみました。ミヨ子ちゃんは寝ていました。しかし、正一君のベッドは、もぬけのからです。

「ミヨ子、ミヨ子、起きなさい。にいさんはどこへいったのだ?」

ミヨ子ちゃんは、びっくりして目をさましましたが、さっきのことは、なにも知らないで寝ていたので、にいさんがどこへいったのか、答えることができません。それでも、おとうさんが、こわい顔をして、どなりつけるので、とうとう泣きだしてしまいました。

ミヨ子ちゃんにたずねてもわからないので、笠原さんは、廊下にもどって、たおれているサーカス団員のからだを、はげしくゆすぶり、大声で、その名を呼びました。

すると、やっとのことで男は目をさまし、ぼんやりした顔で、あたりを見まわしています。

「おいッ、どうしたんだ。正一のすがたが見えないぞ。きみは、なんのためにここで、番をしていたんだ。」

「アッ、団長さんですか。ぼく、どうしたんだろう。へんだな。どうして眠ってしまったのか、さっぱり、わけがわかりません。正ちゃんがいませんか。」

「なにを、いっているんだ。きみだけじゃない。下でも、みんな眠りこんでいる。いったい、これは……。」

笠原さんは腹がたって、口もきけないほどです。

「アッ、そうか。それじゃあ、あれがそうだったんだな。」

団員が、とんきょうな声をたてました。

「エッ、あれって、なんのことだね？」

「ねむり薬です。あのコーヒーにはいっていたのです。ばかににがいコーヒーだった。」

「ねむり薬？　うん、そうか。して、だれがそれをいれたんだ。」

「わかりません。はこんできたのは女中です。しかし、女中の見ていないすきに、だれかが、いれたのかもしれません。」

「だれかって、戸じまりはどうしたんだ。だれかが、そとからはいることができたのか。」

「いや、戸じまりは厳重にしてありました。みんなで見まわって、たしかめたから、まちがいありません。そとからは、ぜったいに、はいれないはずです。」

それでは、どうして、コーヒーの中へ、ねむり薬がはいったのでしょう。また、正一君がいなくなったのは、なぜでしょう。

「よしッ、それじゃ、すぐに、みんなをたたき起こして、正一をさがすんだ。ひょっとしたら、家の中のどこかにいるかもしれない。」

そして、みんながたたき起こされ、西洋館の中はもちろん、庭から塀のそとまで、くまなくしらべましたが、正一君はどこにもいないことが、あきらかになりました。

さて、そのあくる日の朝はやくのことです。きのうの運送屋のふたりの男がやってきて、あのじゅうたんはまちがえて配達したのだからといって、玄関のすみにころがしてあった、棒のように巻いたじゅうたんを受けとると、おもてのトラックにつんで、たちさってしまいました。

こちらは、だれも注文したおぼえがないのですから、取りもどしにきたのはあたりまえだと思っていました。そのじゅうたんの中に、正一君がとじこめられているなどと、だれひとり、うたがってもみなかったのです。

骸骨男のトリックは、まんまと成功しました。それにしても、かわいそうな正一君は、これから、どんなめにあわされるのでしょう？　あの手紙にあったように、おとうさんの手にかかって殺されるというような、とほうもないことが、起こるのではないでしょうか？

名探偵明智小五郎

明智探偵事務所の書斎で、明智小五郎《こごろう》と小林少年が話していました。

小林君は、笠原正一少年がゆくえ不明になったことを、報告しているのです。

みんなが、ねむり薬でねむらされたのです。正一君はそのあいだに、つれだされたらしいのですが、何者が、どこから、つれだしたのか、まったくわかりません。家じゅうの戸にはみんなかぎがかかっていて、どこにも出入り口はなかったのです。正一君は、煙のように、戸のすきまからでも出ていったとしか考えられません。犯人はむろん、あの骸骨男です。あいつがまた魔法をつかったのです。

明智探偵なら、このなぞがとけるにちがいないというように、小林君は先生の顔を、じっと見つめるのでした。

「あいつは、笠原さんが自分の手で、正一君を殺すのだと、いったのだね。」

「そうです。それが恐ろしいのです。」

明智探偵は、しばらく考えていましたが、ふと思いついたようにたずねました。

「きのうは、ひっこしで、まだいろいろな荷物がはこびこまれていたわけだね。なにか大きな荷物が、いちど持ちこまれて、またそのまま、持ちだされたというようなことは、なかっただろうか。」

小林君は、それをきくと、ハッとしたように目をみはりました。

「そういえば、へんなことがありました。正一君たちの見はりばんをするために、あそこにとまっているサーカス団員が、こんなことを話していたのです。きのう、運送屋が、じゅうたんの巻いたのを持ってきたのだそうです。こちらは、注文したおぼえがないといっても、代金をいただいているからといって、むりにおいていったのだそうです。ところが、けさになって、その運送屋が、またやってきて、きのうのじゅうたんは、あて名をまちがえたのだといって、とりかえしていった、というのです。」

「それじゃ、きみは、そのじゅうたんを見たわけではないね。」

「ええ、ぼくがあそこへいったときには、もう、運送屋が、取りもどしていったあとでした。」

明智探偵はそれを聞くと、すぐにデスクの上の電話の受話器をとって、笠原さんのうちを呼びだしました。

「こちらは明智探偵事務所ですが、笠原さんはおいでですか……。え、お出かけになった？　……あなたは？　ああサーカス団のかたですね。いま小林君に聞いたのですが、きのう、じゅうたんが持ちこまれたそうですね。あなたはそれを、ごらんになりましたか。ああ、あなたが受けとったのですか。じゅうたんは巻いてあったのですね。その大きさが知りたいのですが、長さは？　……二メートルぐらいですね。太さは？　……五十センチ？　そんなに太かったのですか。ああ、三部屋ぶんですね。わかりました。……ところで笠原さんは、いつごろ出かけられたのですか……いましがた？　サーカスへいかれたのですか。え？　そうじゃない？　どこです？　射撃場ですって？　銃の射撃を練習しておられるのですか。その射撃場はどこにあるのです？　世田谷区の烏山《からすやま》町。芦花《ろか》公園のむこうですね。烏山射撃場というのですね。その射撃場の電話番号はわかりませんか。え？　三二一の五四九〇ですね。いや、ありがとう。」

明智探偵はいちど受話器をかけると、すぐにまたはずして、いま聞いたばかりの番号を呼びだしました。

「烏山射撃場ですか？　あなたは？　……ああ、射撃場の主任さんですね。射撃の練習はもうはじまっていますか。え、まだですって。そこへ、グランド＝サーカスの笠原さんがいっておられますか。え？　まだきておられない？　きょうは何人ほど、練習にこられるのですか。……三人ですか。笠原さんもそのひとりですね。わかりました。ぼくは私立探偵の明智小五郎です。いますぐに自動車でそちらへいきます。三十分はかかるでしょう。ぼくがいくまで、射撃の練習をはじめないでください。ぜったいに射撃をやってはいけません。わかりましたか。人の命にかかわることです。殺人事件が起こるかもしれないのです。かならず、ぼくがいくまで待ってください。わかりましたね。」

明智探偵は、くどいほど念をおして電話をきりました。

「先生、お出かけになるのですか。」

小林君が、めんくらったように、たずねました。小林君には、明智先生が、なにを考えているのか、すこしもわからないのです。

「うん、大いそぎで、自動車を呼んでくれたまえ。そして、きみもいっしょにいくのだ。ぼくの考えちがいかもしれない。しかし、いって、たしかめてみるまでは、安心ができない。ひょっとしたら、正一君がおとうさんの笠原さんに、殺されるかもしれないのだ。」

「エッ？　正一君が？　それじゃあ、骸骨男のいったとおりになるかもしれないのですね。」

「そうだよ。だから大いそぎだ。すぐに車を呼びたまえ。」

射撃場の怪事件

笠原さんは、ときどき、サーカスのぶたいに、出ることがあります。ながい年きたえた腕で、空中曲芸でもオートバイの曲乗りでも、なんでもできるのです。なかでも射撃術は名人で、遠くから助手のくわえているタバコをうち落とすことができます。助手の顔をすこしもきずつけないで、タバコだけをうち落とすのです。またトランプのカードをまとにして、ハートならハートのしるしを、上からじゅんばんに、ひとつひとつ、いぬいて見せることもできるのです。

ですから、笠原さんは、射撃の腕がおちないように、日をきめて射撃場にかよい、練習をしているのですが、きょうは、ちょうどその練習日なので、烏山射撃場へやってきたのです。

ほんとは、正一君のことが心配で、射撃どころではないのですが、警察にもとどけたし、小林少年に、明智探偵に話してくれるようにもたのんだので、そういう専門の人たちが、正一君のゆくえを捜してくれるのを、待つほかはありません。

笠原さんが、いくらやきもきしても、しかたがないのです。それに、家にいて、くよくよしていては、気がめいるばかりですから、ちょうど練習日だったのをさいわいに、おもいきって射撃場へやってきたわけです。

烏山射撃場は小さな事務所のたてもののほかは、なにもない広い林の中です。いっぽうに、たまよけの高い土手がつづいて、その前に白い砂が山のようにつんであり、その砂の中ほどに、三つのまとが立っているのです。

笠原さんはいつも、その三つのまんなかのまとで、練習することにしていました。あとの二つは、ほかの人がつかうのです。

笠原さんは事務所から銃を持ちだすと、射撃のスタンドに立って銃にたまをこめ、いまにも練習をはじめようとしていました。

そこへ、事務所の主任が、あたふたと、かけつけてきたのです。そして、両手をふりながら、

「待ってください。待ってください。」

と、叫びました。

「どうしたのです。なぜとめるのです。」

笠原さんが、ふしん顔で、聞きかえしました。

「すこし、わけがあるのです。すみませんが、十分ほどお待ちください。事務所でおやすみねがいたいのです。」

「十分ぐらいなら待ってもいいが、わけをきかせてもらいたいね。わしも、いそがしいからだだからね。」

「二十分ほど前に電話がありまして、いまから三十分もしたら、そこへいくから、それまで、ぜったいに射撃をやってはいけないというのです。」

「ふうん、いったい、だれがそんな電話をかけてきたんだね。」

「有名な私立探偵の明智さんです。人の命にかかわることだから、かならず待っているようにと、たびたび、念をおされました。」

「エッ、明智探偵がそんなことをいったのか。おかしいな。こんなところで、人の命にかかわるような事件が起こるはずはないのだが……しかし、明智さんがそういったとすれば、待ったほうがいいだろうな。よろしい。事務所で、しばらくやすんでいることにしよう。」

笠原さんはそういって、銃を持ったまま、主任といっしょに、事務所のほうへ、もどっていきました。

しばらくすると、事務所の前に、自動車がとまって、明智探偵と小林少年がおりてきました。

主任が出むかえ、事務所の中にあんないしますと、小林少年が、そこにやすんでいる笠原さんを見つけて、明智探偵にひきあわせました。

「明智先生ですか、はじめておめにかかります。小林君や少年探偵団の人たちには、いろいろ、ごやっかいになっています。」

笠原さんが、ていねいにあいさつしました。

「小林君から聞きますと、お子さんがゆくえ不明になられたそうで、ご心配でしょう。これからはわたしも、およばずながら、おてつだいするつもりですよ。」

「ありがとうございます。名探偵といわれるあなたが力をかしてくだされば、こんな心じょうぶなことはありません。それにしても、あなたは、電話で、射撃の練習をしてはいけないと、おいいつけになったそうですが、それは、どういうわけでしょうか。」

「ちょっと心配なことがあるのです。……わたしの思いちがいかもしれませんが、しらべてみるまでは安心できません。」

「しらべるといいますと？」

「この射撃場のまとをしらべるのです。……だれか、シャベルを持って、わたしについてきてくれませんか。」

明智探偵は、主任にたのみました。主任はそこにいた若い男に、そのとおりにするように命じました。

明智探偵はその男をつれて、まとの立っている白い砂山のほうへ、歩いていきます。そのあとから、小林少年と、笠原さんと、主任と、それから射撃の練習にやってきたふたりの紳士とが、ぞろぞろとついていきます。

まとのところへくると、明智は、シャベルを持った男に、三つならんでいるまんなかのまとのうしろの砂を、ほるように命じました。

男はシャベルを白い砂山に入れて、さっく、さっくと砂をかきのけていきます。

すると、五、六ど、シャベルをつかったばかりで、砂の下から、みょうなものがあらわれてきたではありませんか。

「それを、きずつけないように、そっと砂をのけてください。」

明智がさしずをします。男が、シャベルをよこにして、しずかに砂をのけていくにつれて、そのみょうなものは、だんだん大きくあらわれてきました。

「やっぱりそうだ。これはじゅうたんを巻いたものですよ。さあ、みなさん、手をかしてください。これをそとへ引きだすのです。」

そこで、みんなが力をあわせて、長いじゅうたんの棒を、砂のそとへ引きずりだしました。

明智は、巻いたじゅうたんのあちこちを、手でたたいてしらべたあとで、しばってあるひもをといて、じゅうたんをころがしながら、ひろげていきました。

「アッ!」

みんなが、おもわず叫び声をたてました。ごらんなさい。じゅうたんのまんなかが、空洞になっていて、そこにひとりの少年が、とじこめられていたではありませんか。

「アッ、正一だ。おい正一。しっかりするんだ。明智さん、これが、かどわかされたわたしの子どもですよ。」

笠原さんは、手足をしばられた正一君をだきおこし、縄をとき、さるぐつわを、はずしてやりました。

「正一、だいじょうぶか? どこもけがはしていないか。」

すると、気をうしなったように、ぐったりしていた正一君が、目をひらいて、ワッと泣きだしながら、おとうさんの胸にしがみついてきました。

「よし、よし、もうだいじょうぶだ。安心しなさい。これからはもう、けっしてこんなめにはあわせないからね。」

正一君は、べつにけがもしていません。じゅうたんには、ちゃんと空気のかようすきまが作ってあったので、息がつまるようなこともなかったのです。

「明智先生、ありがとう。あなたのご注意がなかったら、わしは、この子をうち殺していたところです。わしがいつも使う、まんなかのまとのすぐうしろに、この子がいたわけですからね。よかった、よかった。明智先生は、正一の命の恩人です。正一、先生にお礼をいいなさい。　おまえは明智先生と、それから小林君のおかげで、命びろいをしたんだよ。」

それにしても、なんという恐ろしい思いつきでしょう。じゅうたんの棒の中にかくれて、笠原さんの家にしのびこみ、そのじゅうたんに正一君をとじこめて、笠原さんの射撃のまとのうしろの砂山にうずめておくとは！　悪魔でなければ、考えられない悪だくみです。

それを、たちまち気づいて、射撃をとめさせた明智探偵の知恵は、たいしたものです。名探偵の名にはじぬ、じつにすばやいはたらきでした。

幽霊のように

それからというもの、笠原さんの西洋館の警戒は、いっそう厳重になりました。サーカス団員だけでなくて警視庁のうできの刑事が三人ずつ、夜昼こうたいで、笠原邸につめることになったのです。

そうなると、台所のしごともふえるので、いままでの女中さんのほかに、明智探偵のしょうかいで、ひとりの若い女中さんが、住みこむことになりました。その新しい女中さんは、まだ十五、六のかわいい少女でしたが、なかなかしっかりもので、じつによく働きます。しかし、この女中さんには、へんなくせがありました。まよなかに、家の中を歩きまわるのです。だれにも気づかれないように、こっそりと、歩きまわるのです。

射撃場の事件があってから五日ほどたった、あるまよなかのことです。少女の女中さんは、またしても、じぶんの寝室をぬけだして、二階の廊下をまるで泥坊《どろぼう》のように、足音をしのばせて歩いているのでした。

女中さんは、廊下のまがり角にきたとき、ふと、立ちどまりました。かすかな音が聞こえたからです。廊下の角に、身をかくして、音のしたほうを、そっとのぞいてみました。

すると、うす暗い廊下のむこうから、へんなものが歩いてくるではありませんか。刑事さんが見まわりをしているのかと思いましたが、そうではありません。刑事さんが、あんなものすごい顔をしているはずがないのです。そいつは、ぴったり身についた黒いシャツを着て、顔は、ああ、あの骸骨とそっくりだったのです。

骸骨男です。またしても骸骨男は、厳重な戸じまりをくぐりぬけて、家の中へ、はいってきたのです。むろん、正一君かミヨ子ちゃんを、ねらっているのにちがいありません。女中さんは、声をたてて、みんなを呼ぼうか、どうしようかと、考えているようでしたが、なにか決心したらしく、いきなり、まがり角から、ひょいと、とびだしました。そして、骸骨男のまえに立ちふさがったのです。

この大胆なふるまいには、骸骨男のほうがおどろいてしまいました。もし、声でもたてられたら、一大事です。骸骨男は、アッと、小さく叫んで、いきなり、逃げだしました。

勇敢な女中さんは、そのあとを追っていきます。いったい、この女中さんは、なにものでしょう。どうして、こんな大胆なことができるのでしょう。少女に追っかけられているとわかると、骸骨男は、いっそうあわてたようです。かれは、すこし廊下を走ると、いきなり、ある部屋のドアをひらいて、その中に逃げこみました。

少女は、すぐに、そのドアの前に、かけつけたのですが、さすがに、ドアをひらくのをためらいました。骸骨男がドアのうちがわに待ちかまえていて、とびかかってくるのではないかと思ったからです。

少女は、ソッとかぎ穴から、のぞいてみました。かぎ穴からは部屋のいちぶしか見えませんが、そこには、だれもいないのです。ドアのうしろに、かくれているようすもありません。

思いきって、ドアのとってをまわしてみました。かぎはかかっていません。そっとひらきました。一歩、部屋の中へはいりました。……部屋はからっぽでした。

その部屋は、だれも住んでいない空き部屋で、すみにベッドがおいてあるだけです。

少女は、そのベッドのそばへいってクッションをたたいてみたり、ベッドの下をのぞいたりしましたが、どこにも人のすがたはありません。

窓には鉄ごうしがはまっています。この部屋には戸だなもありません。人のかくれる場所はまったくないのです。

骸骨男が、この部屋へ逃げこんだことはまちがいありません。それでいて、部屋の中にはだれもいないのです。幽霊のように消えうせてしまったのです。

少女は、おおいそぎで二階をおり、懐中電灯を持って、裏口から庭へ出ていきました。

骸骨男が、二階の窓から逃げたとすれば、その下の庭へおりたにちがいありません。そのすがたを見きわめようとしたのです。

しかし、庭にも、なんのあやしい人かげもありません。すばやく、逃げさってしまったのでしょうか。しかし、それなら、庭のやわらかい土の上に、足あとが残っているはずです。

少女は、空き部屋の窓の下の地面を、家のはしからはしまで、懐中電灯で照らしながら、念いりに、見てまわりましたが、足あとは一つもありません。

笠原さんの家は一けんやですから、隣の屋根へとびうつって、逃げるというようなことはできません。また、空き部屋のがわは、一階のほうが、すこし出ばっていて、せまい屋根がついているので、骸骨男は、むろん、その屋根から、地面へおりたはずです。

少女は、その屋根のがわの地面を、くまなく、しらべたのです。しかも、そこには、足あとらしいものが、まったく残っていなかったのです。

もしや、そのせまい屋根の上に身をふせて、かくれているのではないかと、すこし遠くへいって、屋根の上を見わたしましたが、それらしいかげも見えません。夜ふけでも、空のうす明かりで、人がいるか、いないかはわかるのです。

骸骨男は、やっぱり、下におりて、逃げさったとしか考えられません。しかも、やわらかい地面に、ひとつも足あとを残さないで、逃げさったのです。

頑丈な窓の鉄ごうしを、ぬけ出したのも、じつにふしきですが、すこしも足あとを残さないで、地面を歩いていったとすれば、これもふしぎです。あいつは、やっぱり幽霊のように、地面に足をつけないで、ふわふわと、空中を飛んでいったのでしょうか。

少女は家の中にもどって、みんなに、このことをしらせましたので、大さわぎになりました。三人の刑事がさきに立って、二階の空き部屋をしらべましたが、壁にも、天井にも、床にも、ぬけ穴などないことがわかりました。窓の鉄ごうしにも、いじょうはありません。

それから、みんなで、懐中電灯をふり照らしながら、庭や塀のそとをくまなく捜しましたが、骸骨男が逃げさったらしいあとは、どこにも残っていないのでした。

恐ろしい夢

それから、二日めの、まよなかのことです。

正一少年は、おとうさんの笠原さんと、同じ部屋に、ベッドをならべて眠っていました。

妹のミヨ子ちゃんは、まだ小さいのだから、もしものことがあってはと学校もやすませて、台東区《たいとう》にある笠原さんのしんせきのうちへ、あずけてあるのです。ですから、寝室には、ミヨ子ちゃんのすがたは見えません。

この寝室は、二日まえ骸骨男が逃げこんだ、あの二階の空き部屋の隣にあるのです。やっぱり、窓には、頑丈な鉄ごうしがはめてあります。

ドアのそとの廊下には、刑事とサーカス団員が、長イスに腰かけて、がんばっています。三人の刑事と、三人の団員がかわりあって、朝まで見はりばんをつとめるのです。

これでは、骸骨男がしのびよるすきがありません。正一君はあんぜんです。たとえ見はりの目をかすめて、寝室にはいれたとしても、正一君の隣のベッドには、力の強い笠原さんが寝ているのです。正一君を、むざむざ、骸骨男の思うままにさせるはずがありません。

そのとき、正一君は、恐ろしい夢を見ていました。うす暗い空から、豆つぶのようなものが、いっぱい、ふってくるのです。それが、下へ落ちてくるほど、だんだん、大きくなってきます。ピンポンの球ぐらいの大きさの白いものが、たくさん、正一君の頭の上に落ちてくるのです。

よく見ると、その白いものには、まっ黒な目と、三角の黒い鼻と、歯をむき出した口がありました。骸骨の首です。何十、何百ともしれぬ骸骨の首が、ふってくるのです。

正一君は、死にものぐるいで逃げだしました。しかし、いくら走っても骸骨の雨はやみません。どこまでいっても、空は骸骨でいっぱいなのです。

正一君は、走りつかれて、地面にたおれてしまいました。その頭の上へ骸骨がふってくるのです。ピンポンの球が、ちゃわんほどの大きさになり、おぼんほどの大きさになり、スーッと、目の前に、せまってくるのです。

やがて、骸骨の顔は、目の前におおいかぶさるほどの大きさになりました。それにかくされて、ほかの骸骨は、もう見えません。巨人のような、たった一つの骸骨の顔が、正一君をおしつぶさんばかりに近づいてきたのです。

正一君はキャーッと叫びました。すると、骸骨の恐ろしい口が、パクッとひらいて、いきなり、正一君の肩に食いついてきたではありませんか。

「これ、正一、どうしたんだ。しっかりしなさい。」

おとうさんの笠原さんが、ベッドをおりて、うなされている正一君を起こしてくれたのです。

「こわい夢でも見たのか。」

骸骨に食いつかれたと思ったのは、おとうさんが、正一君の肩をつかんで、ゆり動かしていたのです。

「ああ、ぼく、こわい夢見ちゃった。でも、もうだいじょうぶ。」

正一君が、元気な声で答えましたので、おとうさんは、そのまま、寝室のいっぽうにあるドアをひらいて、洗面室へはいっていきました。

正一君は、おとうさんを安心させるために元気なことをいいましたが、ほんとうは、こわくてしょうがないのです。眠れば、またこわい夢を見るのかと思うと、目をふさぐ気になれないのです。

「どうして、おとうさんは、こんなにおそいのだろう。なぜ、はやく洗面室から帰ってこないのだろう？」

正一君がふしぎに思っていますと、その洗面室の中で、どしんと、もののたおれるような音がして、「ううん。」という、うめき声が聞こえてきました。

正一君はギョッとして、ふとんの中に、もぐりこみましたが、そのまま、しいんとしてなんのもの音も聞こえません。

「どうしたんだろう。おとうさんが、洗面室でたおれたのかしら。」

おずおず、ふとんから顔を出して、そのほうを見ました。

「アッ？」正一君は、心臓がのどまで、とびあがってくるような気がしました。

あいつがいるのです。あの恐ろしい骸骨男が、部屋のすみから、こちらへ、歩いてくるのです。ぴったり身についた、黒いシャツとズボン、黒い手ぶくろ、黒い靴下、顔は、いま墓場から出てきたような骸骨です。

正一君はベッドの上に起きあがって、逃げだそうとしましたが、逃げることができません。ヘビにみいられたカエルのように、じっと、怪物の顔を見つめたまま、わき見ができないのです。声をたてることも、身うごきすることも、できないのです。

「うふふふふ……、こんどこそ、もう逃がさないぞ！　おれのすみかへ、いっしょにくるのだ！」

骸骨の長い歯の口が、がくがくと動いて、そこから、きみの悪い声が聞こえてきました。

それからどんなことがあったか？　正一君は、もう、無我夢中でした。

さっきの夢のつづきのように、骸骨の顔が、目の前いっぱいに、近づいてきたのです。

正一君は、もう死にものぐるいです。やっと声が出ました。

「キャーアッ……。」と、つんざくようなひめいをあげました。そして、めちゃくちゃに手と足を動かして、ていこうしました。

しかし、骸骨男は鉄のような腕で、正一君をベッドから引きずりおろし、床にころがして、その上に馬のりになると、まるめた布を口の中におしこみ、てぬぐいのようなもので、口のところをしばってしまいました。さるぐつわです。正一君は、もう声をたてることができません。

そうしておいて、どこからか、二本のほそびきを取りだすと、正一君の手をうしろにまわして、しばりあげ、足もしばってしまいました。

正一君のからだが、スーッと宙に浮きあがりました。骸骨男がだきあげて、こわきにかかえたのです。そうして、どこかへ、つれていくのでしょうが、怪物は、いったい、どうして、この寝室から出るつもりなのでしょう。

ドアのそとには、刑事とサーカス団員ががんばっています。窓には鉄ごうしがはめてあります。洗面室は、寝室から出入りできるばかりで、ほかに出口はありません。いよいよ、骸骨男が魔法をつかうときがきたのです。

それにしても、さきほど洗面室へはいっていった笠原さんは、なにをしているのでしょう。なぜ、正一君を助けにきてくれないのでしょう。

しかし、笠原さんは、洗面室から出られない、わけがあったのです。正一君がひどいめにあっていることは、よくわかっていても、助けにこられない、わけがあったのです。

空気の中へ

さっきの正一君のひめいは、むろん廊下まで聞こえました。そこの長イスにがんばっていた、刑事とサーカス団員は、ハッとして立ちあがったのです。

刑事は、つかつかとドアの前にいって、とってをまわしました。しかし、中からかぎがかかっていて、どうすることもできません。

あいかぎはあるのですが、それをどこかへおいて、骸骨男にぬすまれては、たいへんだというので、二つとも笠原さんが持っていました。寝室の中からは、ひらくことができますが、そとからはぜったいに、あけられないのです。

「笠原さん、ここをあけてください。いまの叫び声は、どうしたのです。なにか、あったのですか。」

刑事が、大声でよびかけましたが、中からは、なんのへんじもありません。しいんと、しずまりかえっています。

「おかしいな。ひょっとしたら……。」

「たしかに、あれは、正一さんの叫び声でした。ぐずぐずしてはいられません。やぶりましょう！　このドアをやぶって、中へはいりましょう！」

サーカス団員が、息をはずませていいました。

「よし、それじゃ、ぼくがドアをやぶりますよ。」

刑事は、そういったかと思うと、廊下のはしまであとずさりして、いきおいをつけて、ドアにぶっつかっていきました。すると、恐ろしい音がしましたが、ドアはびくともしません。ひじょうに頑丈なドアです。

そのさわぎに、ほかの刑事や団員も、下からかけあがってきました。あのかわいらしい女中さんも、そこへやってきました。みんな、しんけんな顔つきです。骸骨男のことを考えているからです。あの幽霊のような骸骨男が、ふしぎな魔法で、寝室の中へしのびこんだかもしれない。そして正一少年をひどいめにあわせているのかもしれないと、思ったからです。

刑事は、二ど、三ど、ドアにぶつかっていきました。そのたびに、めりめりという音がして、三どめには、ドアの板がやぶれ、すこし、すきまができました。

そのすきまにむかって、また、ぶつかっていきます。だんだん穴が大きくなりました。そこへ手をかけて、力まかせに、板をはがし、とうとう、人間が出入りできるほどの、穴をあけてしまいました。

刑事とサーカス団員たちは、ひとりひとり、その穴から寝室の中へはいっていきました。

「オヤッ！　だれもいないじゃないか。」

寝室はからっぽになっていました。正一君も、おとうさんの笠原さんも、どこかへ消えてしまって、二つのベッドの上には、毛布やふとんが、みだれているばかりです。みんなは、ベッドの下や、たんすのうしろなどをさがしまわりました。しかし、どこにも人かげはないのです。

刑事たちは、二つの窓をひらいて、鉄ごうしをしらべましたが、かわったことはありません。ちゃんと、窓わくにとりつけてあります。そこからだれかが出ていったなどとは、どうしても考えられないのです。

あのかわいらしい女中さんは、部屋のすみに立って、そのようすをながめていましたが、ハッとしたように、聞き耳をたてました。なんだか、みょうな音がしたからです。人のうなっているような音です。どうやら、洗面室のドアの中からのようです。

女中さんは、そのドアを、そっとひらいてみました。

「アラッ、たいへん！　こんなとこに、団長先生が……。」

団長先生とは笠原さんのことです。うちのものは、笠原さんを、そうよんでいるのです。

みんなが、そこへ、集まってきました。

笠原さんは、パジャマの上から手足を、ぐるぐるまきにしばられ、タオルで、さるぐつわをはめられて、洗面台の下にたおれていました。そのさるぐつわの下から、うめき声をたてていたのが、女中さんの耳にはいったのです。

みんなで、なわとさるぐつわをときますと、笠原さんは、

「あいつは、どこにいます。つかまりましたか。」

といいながら、キョロキョロと、あたりを見まわすのです。

「あいつって、だれです。だれかいたのですか。」

刑事のひとりが、たずねました。

「骸骨のやつです。わしがこの洗面室へはいったかと思うと、あいつが、うしろから組みついてきたのです。あいつの腕は鉄のように強くて、とてもかないません。またたくまに、しばられてしまいました。……しかし、正一は？　あいつは正一を盗みだしにきたにちがいないのだが、正一は、ぶじですか。どこにいます。」

「いや、それが……正一さんは、どこかへいなくなってしまったのです。むろん、骸骨男のすがたも見えません。」

「そんなばかなことはない。正一はちゃんと、むこうのベッドに寝ていたのです。それに、あんなひめいをあげたじゃありませんか。骸骨男に、ひどいめにあわされたのです。そのふたりが、消えてなくなるなんて、そんなはずはない。ドアは、きみたちが、やぶらなければならなかったほど、ちゃんと、しまりがしてあった。窓には鉄ごうしがはま

っている。この部屋には、天井にも、壁にも、床にも、ぬけ穴なんて一つもない。骸骨男と正一は、いったいどうして出ていったのです？」

「わたしたちも、それがわからないので、とほうにくれているのですよ。まるで、空気の中へとけこんでしまったとしか考えられません。」

刑事が答えました。

それから、笠原さんもいっしょになって、みんなで、寝室の中はもちろん、家じゅうの部屋、庭から塀のそとまで、くまなくしらべましたが、骸骨男がとおったらしいあとは、どこにもないのでした。それらしい足あとも、まったく、ありません。

怪人骸骨男は、またしても、みごとな魔法をつかいました。かんぜんな密室の空気の中へ、とけこんでしまったのです。

しかし、このお話は、怪談ではありません。骸骨男はお化けのように見えますが、この世にお化けなんて、いるはずはないのですから、いくら、ふしぎに見えても、やっぱり人間のしわざにちがいないのです。

人間なれば、煙のように消えることは、できないはずです。これには、なにか思いもよらない秘密のトリックがあるのです。ああ、それは、いったい、どんな秘密なのでしょうか。

魔法のたね

正一君が、骸骨男といっしょに、消えうせてしまったあくる日には、骸骨男の捜査本部が、警察署におかれたので、お昼すぎには、笠原さんも刑事たちも、そのほうへ出かけ、笠原さんのお家《うち》には、るすばんのほかはだれもいなくなってしまいました。

そのすきを見すまして、あの探偵ずきのかわいい女中さんは、そっと二階にあがり、正一君がつれさられた寝室にしのびこみました。そして、部屋の中をすみからすみまで見てまわったあとで、窓の鉄ごうしを、とくべつ念いりにしらべました。

鉄ごうしの下がわのわくは、二本のボルトでとめてあることがわかりました。ボルトというのは、鉄の棒のさきにねじがきってあって、そこへ、ナットという六角形の金物《かなもの》をはめて、スパナ（ねじまわし）でしめつけるようになっているものです。

「へんだなあ。こんな鉄ごうしのとめかたって見たことがないよ。」

女中さんは、男の子のような声で、ひとりごとをいいながら、こんどは、鉄ごうしの上のほうをしらべていましたが、

「あッ、わかった！」

と叫ぶと、いきなり寝室をかけだし、どこからかスパナをさがしだして、もどってきま

した。そして、スパナを持った右手を、窓の鉄ごうしのすきまからそとに出し、下がわのわくのしめつけてある六角のナットのねじをもどして、二つのナットをはずしてしまいました。そして、両手を鉄ごうしにかけて、グッとおしてみますと、スーッと、むこうへひらいていくではありませんか。鉄ごうしの上のほうが、ちょっと見たのでは、わからないような、ちょうつがいになっていて、鉄ごうしぜんたいが、むこうへひらくのです。

鉄ごうしの右がわのわくも、左がわのも、そとから四つずつのナットで、しめつけてあるように見えますが、それはにせもので、ただナットだけが、とりつけてあって、ボルトはないのです。ですから、下がわの二つのナットさえはずせば、鉄ごうしが、上のちょうつがいで、いくらでもむこうへひらくようになっているのです。

「これで、寝室のなぞがとけたぞ！」

女中さんは、また、男の子の声でひとりごとをいいましたが、すぐに、隣の空き部屋へとんでいって、そこの窓の鉄ごうしをしらべました。すると、そこにも同じしかけがしてあって、下がわの二つのナットをはずせば、鉄ごうしがひらくようになっていました。

まえのばんに、骸骨男が、この部屋に逃げこんで消えてしまったのは、この鉄ごうしのそとに出て、ナットをもとのようにしめておいて、一階とのあいだにあるせまい屋根の上にしゃがんで、かくれていたのでしょう。

そして、女中さんが、懐中電灯で庭の足あとをしらべたときには、また、部屋の中にもどって、かくれていたのにちがいありません。

それから、正一君をつれさったときも、寝室のほうの鉄ごうしをひらいて逃げたのでしょうが、しかし、あのとき庭をしらべても、やっぱり足あとがなかったのは、なぜでしょう。このときは、人がいっぱいいたので、もう一ど寝室へもどるというようなことは、できなかったはずです。

女中さんは、そんなことを、心の中で考えていましたが、どうも、ふにおちないところがあります。そこでふと思いついて、鉄ごうしから、窓の下の屋根へ出てみる気になりました。

庭にめんしたがわだけ、一階のほうが出っぱっていて、そこに一メートルほどのはばの屋根が、ずっと、つづいているのです。

女中さんは、その屋根の上を、ネコのように四つんばいになって、隣の寝室の窓のほうへ、はっていきましたが、ちょうど、こちらの空き部屋と寝室とのあいだの壁の前で、みょうなことを発見しました。そこの屋根が、はば五十センチ、長さ二メートルほど、ほかの屋根と色がちがっているのです。さわってみますと、そこだけ、かわらでなくて、鉄の板でできているらしいのです。見たところは、形も、色もかわらとそっくりですが、鉄の板をかわらをならべたような形にして、かわらと同じ色をぬったものだということがわかりました。

女中さんは、そのほそ長い鉄の板に、手をかけて、ひっぱってみました。するとこれも、ちょうつがいになっていて、ふたのようにひらくのです。うすい鉄の板ですから、そんなに重くはありません。

「ああ、あいつは、ここにかくれていたのかもしれない。」

女中さんは、鉄の板の下が、ほそ長い空洞になっていて、人間が横になってかくれられるのにちがいない、と思いました。

そこで、力をこめて、その鉄の板を、グッとひらいたのですが、ひらいたかとおもうと、女中さんは「アッ！」と声をたてて、そのまま、身うごきもできなくなってしまいました。

じつに、おどろくべきものを発見したのです。ああ、これは、どうしたことでしょう。その空洞の中には、手足をしばられ、さるぐつわをはめられた、ひとりの少年が、ぐったりとなって、横たわっていたではありませんか。

それは正一君でした。骸骨男にさらわれたとばかり思っていた正一君が、こんなところに、かくされていたのです。

いったい、これは、どうしたわけでしょうか？　骸骨男は、正一君を、つれさったのではないのです。すると、あいつは、まえのばんに空き部屋で消えたときと、同じように、家の中へ、もどったのでしょうか。そうにちがいありません。庭に足あとが残っていなかったのが、なによりの証拠です。

さあ、わからなくなってきました。骸骨男は、一ども、そとへ逃げなかった。いつも家の中にもどって、どこかにかくれていた。しかしそれなら、あの大ぜいの人たちに見つからぬはずはありません。骸骨男はどうして、みんなの目をくらますことができたのでしょうか？

女中さんは、屋根の空洞に横たわっている正一君を、助けだすこともわすれて、このふしぎななぞをとくために、一生懸命に考えました。目をつむり、全身の力を頭に集めて、いっしんふらんに考えました。

そうして、考えているうちに、女中さんの顔が、だんだん、青ざめてきたではありませんか。目はおびえたように、まんまるにひらき、口はすこしあいたままで、まるで人形のように、からだが動かなくなってしまったのです。

「ああ、恐ろしい。そんなことがあっていいものだろうか。」

女中さんは、ふるえ声で、ひとりごとをいいました。やっぱり男の子の声です。

「そうだ。きっとそうだ。よしッ、ためしてみよう。もし、そうだったとしたら……。」

女中さんはそういって、屋根の鉄の板を、ソッとしめてしまいました。正一君を助けださないことに決心したのです。正一君には気のどくだけれども、ある恐ろしい事実をたしかめるためには、このままにしておかなければならないと、考えたのです。

そして、かわいい女中さんは、まだ、青ざめた顔のまま、部屋の中へもどり、鉄ごうしのナットを、もとのとおりにしめてから、階段をおりていくのでした。

洞窟の怪人

その日の夕がた、笠原さんの家の玄関へ、大きなトランクをさげたひとりの男が、たずねてきました。

だぶだぶした背広をきて、とりうち帽をかぶり、鼻のひくい、目じりのさがった、口の大きなおどけたような顔の三十五、六の男です。

そのとき、笠原さんは、捜査本部から帰って家にいましたので、玄関に出て、用向きをたずねますと、その男は、

「あっしは、旅まわりの腹話術師です。おやかたのグランド＝サーカスの余興に、つかっていただきたいと思いまして。腹話術は東京の名人たちにも、ひけはとらないつもりです。ひとつ、ためしに、やらしてみていただけませんでしょうか。」

とたのむのでした。

「そうか。いま、家はとりこみちゅうだが、腹話術師はひとりほしいと思っていたところだ。あがってやってみるがいい。」

笠原さんは、そういって、腹話術師を応接間へとおしました。

そして、家じゅうのものを、そこへ集めて、腹話術を見物することになったのです。

刑事さんたちは、もうこのうちにおりませんので、サーカス団員三人と、女中さんたちとが見物人です。

「おや、ひとり女中がたりないね。ああ、あの新しくきた若いのがいない。どうしたんだね。」

笠原さんがたずねますと、いちばん年うえの女中さんが、答えました。

「あの子は、お昼すぎに、まっ青な顔をして、からだのぐあいがわるいから、ちょっと、うちへ帰らせてもらいますといって、出ていったまま、まだ帰らないのでございます。」

「ああ、そうか。あの子は、なんだかへんな子だね。」

笠原さんは、そういったまま、腹話術師に、芸をはじめるように命じました。腹話術師は、持ってきた大トランクをひらいて、十歳ぐらいの子どもの大きさの人形を、二つとりだしました。一つは日本人の男の子、一つは黒んぼの男の子です。

その両方を、かわるがわるつかって、いろいろとおもしろい腹話術を、やってみせるのでした。そして、ひととおり芸がおわると、

「うん、なかなかうまいもんだ。よろしい。きみをサーカスに入れることにしよう。その給金の話なんかもあるから、わしの居間へいって、ゆっくり、相談しよう。さあ、こちらへきたまえ。」

笠原さんは、そういって、応接間を出ていきます。腹話術師は二つの人形を大トランクにしまって、それをさげて、笠原さんのあとにつづきました。

それから三十分もたったでしょうか。腹話術師は、給金の話もつごうよくきまったとみえて、ニコニコしながら、玄関へ出てきました。そして、笠原さんに見おくられて、れいの大トランクをさげて、門のそとへたちさりました。

門から五十メートルもいったところに、一台のりっぱな自動車が待っていて、腹話術師は、それに乗りこみ、自動車は西のほうにむかって出発しました。

旅まわりの腹話術師が、こんなりっぱな自動車を待たせておくなんて、なんだか、おかしいではありませんか、それほど、お金もちのはずはないのです。

それよりも、もっとへんなのは、腹話術師が車に近づいてきたとき、自動車のうしろの荷物を入れる場所、これも大カバンと同じなまえで、トランクというのですが、そのトランクのふたが、二センチほど持ちあげられて、そこから二つの目が、じっと、そとをのぞいていたことです。自動車のトランクの中に、なにものかが、しのびこんでいるのでしょうか。

腹話術師は、それともしらず、運転手にさしずをして、西へ西へと走らせました。

やがて京浜《けいひん》国道に出て、横浜《よこはま》をとおりすぎるころには、もうすっかり日がくれて、あたりは、まっ暗になっていました。

それから、また、車は西へ西へと走ります。あたりが、だんだんさびしくなり、山みちにさしかかってきました。ぐるぐるまわった、登り坂です。どうやら、大山《おおやま》の入口に、さしかかったようすです。

笠原さんの家を出てから、三時間もたったころ、やっと、自動車がとまりました。うっそうと木のしげった山の中です。いったい、腹話術師は、こんなところへきて、なにをするつもりなのでしょう。

かれは、れいの大トランクをさげて、自動車をおりました。

「おい、きみ、懐中電灯を照らして、さきに歩きたまえ。」

運転手にそう命令して、じぶんは大トランクを、「よっこらしょ。」と、肩にかつぎました。よほど重いトランクのようです。

そして、懐中電灯の光をたよりに、ふたりは、森の中へ、わけいっていくのでした。

まっ暗な山みちに、からっぽになった自動車が、とりのこされていました。が、ふたりのすがたが、森の中へはいっていくと、その自動車のうしろのトランクのふたが、スーッとひらいて、中からひとりの人間が出てきました。

十五、六歳の男の子です。その子どもが、自動車のヘッドライトの前をよこぎるときに、ちらッと見えたのですが、顔はまっ黒で、かみの毛はぼうぼうとのび、ぼろぼろの服を着たこじきのような少年です。

そのこじき少年も、腹話術師たちのあとを追って、森の中へはいっていきました。

トランクをかついだ腹話術師と運転手が、ぐねぐねまがった森の中のほそ道を百メートルもすすむと、そこに小さな、炭やき小屋がたっていました。

小屋の中には、だれか人間がいるらしく、ぼんやりと石油ランプの光が見えています。

腹話術師はその小屋の前にくると、トランクをおろして小屋の板戸を、とん、とんとんとん、とん、とんとんとん、とへんなちょうしをつけてたたきました。このたたきかたが暗号になっているのかもしれません。すると中から、板戸がギーッとひらいて、もじゃもじゃ頭に、ぶしょうひげをまっ黒にはやし、カーキ色のしごと服をきた、四十あまりの炭やきみたいな男が、ヌッと顔を出し、恐ろしい目で、こちらを、じろじろと見るのでした。

「おれだよ。なかまだよ。ところで、やっこさんのようすはどうだね？」

腹話術師が、らんぼうな口をききました。

「ああ、おまえか。やっこさんは、あいかわらずよ。だまりこんで、考えごとをしている。もうひところのように、あれなくなったよ。」

「めしは食わしてるだろうな。」

「うん、そりゃあ、だいじょうぶだ。うえ死になんかさせやしないよ。」

「よし、それじゃあ、やっこさんに、おめにかかることにしよう。」

腹話術師は、そういって、また、大トランクをかついで、小屋の中にはいりました。

小屋の中は三坪《つぼ》ほどのせまい部屋で、いっぽうの土間には、まきやしばが、うずたかくつんであり、板の間には、うすべりをしいて、そのまんなかに、いろりがきってあります。そして、すすけた天井から、つりランプがさがっているのです。

「じゃあ、いつものように、案内したまえ。」

腹話術師がいいますと、炭やき男は部屋のすみへいって、うすべりをはがし、その下の板を、とんとんとたたいて、グッと持ちあげました。そこが一メートル四方ほどのあげぶたになっているのです。

そのふたの下には、深いほら穴があって、石をつんだ階段が見えています。

「きみ、やっぱり懐中電灯を照らして、さきへおりてくれ。」

腹話術師は、運転手にそう命令して、じぶんは、そのあとから大トランクをかついで、一段、一段と下へおりていくのでした。

石の階段を、十二ほどおりると、こんどは、横穴になっていました。立って歩けるほどのトンネルです。そこをすこしいくと、正面に頑丈な板戸がしまり、大きな錠でしまりができていました。

かぎでその錠をひらきますと、そのむこうに、まっ暗な部屋があり、なにか、かすかに動いているようです。

運転手が、そこへ、パッと懐中電灯の光をむけました。

その光の中にあらわれた人間！　これが人間といえるでしょうか。髪もひげものびほうだいにのびて、そのあいだから、まっ青なやせおとろえた老人の顔がのぞいています。ぼろぼろになった服の胸がはだけて、あばらぼねが、すいて見え、まるで骸骨のようです。

ああ、このあわれな老人は、なにものでしょう？　また、あやしい腹話術師の正体は？　かれの大トランクの中にはいっているのは、はたして人形ばかりだったでしょうか？

こじき少年

自動車のトランクの中からはい出した、こじきのような少年は、腹話術師たちのあとをつけました。そして、ふたりが、炭やき小屋にはいったのを見とどけると、その小屋の窓のそとに、からだをくっつけて、戸のすきまから、じっと、小屋の中をのぞいていました。

腹話術師と運転手が、小屋の床板をはずして、地の底へおりていくのが見えました。この小屋には地下室があるのです。こじき少年はそれを見ると、しばらく考えていましたが、やがて、なにを思ったのか、小屋の入口の板戸の前までいって、そとから、とんとん、とん、とん、とたたきました。

「だれだッ、戸をたたくやつは？」

中から、炭やき男のふとい声が、どなりました。

こじき少年は、くすくす笑いながら、ひとことも、ものをいわないで、また、だん、だん、だんと、こんどは、もっとはげしく戸をたたくのでした。

「だれだッ！　うるさいやつだな。いまごろ、なんの用があるんだ。まて、まて、いまあけてやるから……。」

男の声が戸口に近づいて、板戸が、ガラッとひらかれました。

「オヤッ、へんだな。だれもいないじゃないか。おい、いま戸をたたいた人、どこにいるんだ？」

男は、暗がりのそとを見まわしながら、ふしぎそうにいいました。

しばらく待っても、だれも出てこないので、男は戸をしめて、小屋の中へもどりましたが、すると、またしても、だん、だん、だんと、おそろしい力で戸をたたくものがあるのです。

「ちくしょう。うるさいやつだ。さては、いたずらだな。たぬきのやつめ、人間をからかいにきやあがったな。よし、ひっつかまえてくれるから、待っていろ！」

ガラッと戸がひらいて、ひげむじゃの炭やき男が、そとへ、とびだしてきました。むこうの木のしげみの中で、がさがさという音がしています。男は腕まくりをして、そのほうへ、かけだしていきました。

そのすきに、小屋の横にかくれて、長い糸で、むこうの木の枝をゆすっていたこじき少年が、糸をはなして、こっそり、戸口からすべりこみ、さっきのぞいておいた床のあげぶたのところへいくと、それをあげて、すばやく地下室へすがたをかくしてしまいました。

「やっぱり、たぬきのやつだ。どっかへ逃げてしまやあがった。いたずらたぬきにも、こまったものだな。」

男は、ぶつぶついいながら小屋へもどってきましたが、あげぶたは、もとのとおりに閉まっているので、こじき少年が、地下室へおりていったことは、すこしも気づきません。そのまま、いろりのそばに、あぐらをかいて、たばこをふかしはじめました。

こじき少年は、足音をたてないように注意して、地下室の階段をおり、つきあたりの戸のそばに立って、耳をすましました。

すると、戸のむこうから、腹話術師らしい声が聞こえてくるのです。

「笠原さん、おもしろいおみやげを持ってきたぜ。いま、このトランクから出して、見せてやるからな。」

オヤッ！　笠原さんが、いつのまに、こんな山の中へきているのでしょう？　少年はふしぎに思って、板戸のすきまから、中をのぞいてみました。頑丈な板戸ですが、たてつけがわるくて、ほそいすきまができているのです。

のぞいてみると、そこには、じつに異様な光景が、くりひろげられていました。

正面にすわっているのは、やせおとろえた老人でした。しらがまじりのかみの毛は、クシャクシャとみだれ、口ひげも、ほおひげも、のびほうだいにのびて、まるで、ながわずらいの病人のようです。

よくふとった腹話術師が、その老人の前に大トランクをおいて、いま、ひらこうとしているところです。いっぽうのすみには運転手が立って、懐中電灯でトランクを照らしています。笠原さんのすがたは、どこにも見えません。

少年は胸をどきどきさせて、すき見をつづけました。

「さあ、これがおみやげだッ！」

腹話術師が、パッと、トランクのふたをひらきました。アッ！　トランクの中にはひとりの少年が、きゅうくつそうに足をまげて、閉じこめられているではありませんか。

腹話術師は、その少年をだきあげてトランクから出し、老人の前のコンクリートの床にほうりだしました。

手と足をしばられ、口には、さるぐつわをはめられています。

「アッ！　笠原正一君だッ！」

こじき少年が、思わずつぶやきました。

こじき少年よりも、もっとおどろいたのは、やせおとろえた老人です。老人はよろよろと立ちあがって、そこにころがされている少年のそばによりました。

「おお、おまえは正一ではないか。ああ、わしばかりでなく、おまえまでが、こんなめにあわされるとは！　悪人！　悪人！　きさまは、なぜ、わしたちを、こんなに苦しめるのだッ？　そのわけをいえ。さあ、そのわけをいってくれ！」

老人は、せいいっぱいのしわがれ声をふりしぼって、叫ぶのでした。

「それはおまえさんの心にきいてみるがいい。おれは、あの人の部下だから、くわしいことは知らない。あの人は、おまえさんに、よっぽどのうらみがあるらしいよ。」

腹話術師が、そっけなく答えました。「あの人」とは、いったいだれのことでしょう。

「わしには、それが、まったくわからないのだ。おまえたちの親分は、いったい何者だ。わしにはすこしも心あたりがない。わしを、こんなところへ閉じこめておいて、グランド＝サーカスの団長になりすました男が、何者だか、まったくわからないのだ。そのうえ、こんどは、わしの子どもまで、こんなひどいめにあわせるとは……。」

「べつに、ひどいめにあわせたわけじゃない。おまえさんと、親子いっしょに住ませてやるために、この子を、ここへつれてきたんだよ。そのうちに、妹のミヨ子も、ここへつれてきてやるよ。ハハハハ……。」

腹話術師は、相手をばかにしたような笑い声をたてるのでした。

それを、じっとのぞいていたこじき少年は、なんともいえない、ふしぎな気もちがしました。いったい、これはどういうわけなのでしょう。このやせおとろえた老人が、ほんとうの笠原団長で、あのもうひとりの笠原さんは、にせものだとでもいうのでしょうか。

骸骨男の正体

このあと、地下室でどんなことが起こったか。それは、のちにわかるのですから、お話をとばして、それから三日めのできごとにうつります。その三日めの午後でした。笠原団長の西洋館へ、名探偵明智小五郎がたずねてきました。

明智は骸骨男のことで、お話ししたいことがあるというので、笠原さんは、ていねいに応接室にとおしました。ふたりがテーブルをはさんで、イスにかけますと、そこへ女中さんが、コーヒーをはこんでくるのでした。

「明智さん、あなたがおせわくださった若い女中が、三日ばかりまえ、からだのぐあいが悪いといって、うちへ帰ったままもどってきませんので、きのうも、あなたの事務所へ、お電話したのですが、ひどくぐあいが悪いのでしょうか。」

笠原さんが、心配そうな顔でたずねました。

「いや、これには、ちょっと、わけがあるのですよ。あの子は、べつに病気ではありません。しかし、もう二どと、ここへは帰ってこないでしょう。」

明智が、みょうなことをいいました。

「エッ？　それはどういうわけですか。」

笠原さんは、へんな顔をして聞きかえします。

「あとでお話ししますよ。それよりも、きょうは、おもしろいものを持ってきましたから、まずそれをおめにかけましょう。」

明智はそういって、持ってきたふろしきづつみをとくと、中から、びっくりするようなものを取りだしました。

「アッ、それは……。」

「骸骨男のかぶっていたどくろ仮面です。わたしは、とうとう、これを手に入れました。いや、それればかりではありません。骸骨男の秘密が、すっかり、わかってしまったのです。」

といって明智探偵は、笠原さんの顔を、じっと見つめました。

「エッ、骸骨男の秘密が……。」

笠原さんは、おどろきのあまりイスから立ちあがりそうにしました。なんだか、顔の色がかわっているようです。

明智は、骸骨の頭をテーブルの上において、説明をはじめました。

「あいつは、これをかぶって、みんなをこわがらせていたのです。ほら、こうして、かぶるのですよ。」

明智は、骸骨の頭を両手で持って、じぶんの頭へ、すっぽりとかぶせました。すると、まるで明智が、とつぜん、恐ろしい骸骨男になったように見えるのでした。

「こういうふうにして、化けていたのですよ。ほんとうに、骸骨の顔をもった男がいたわけではありません。頭からかぶるのですから、この骸骨は人間の顔より、ずっと大きいのです。それで、いっそう恐ろしく見えたのです。むろん、こしらえたものです。」

笠原さんは、それを聞いても、べつにおどろくようすもなく、腕ぐみをして、じっと目をつぶって、まるで眠ってでもいるように見えるのでした。明智は話しつづけます。

「骸骨男は、サーカスのテントの中でも、大型バスの中でも、またこの家でも、たびたび、煙のように消えうせましたね。その秘密は、このどくろ仮面にあったのです。どこかへ、ちょっとかくれて、どくろ仮面をぬいでしまえば、まったくべつの人になれるのですからね。

そのとき、べつの洋服を用意しておいて、着かえてしまえば、いっそうわからなくなります。犯人はきっと、べつの服装を用意しておいたのですよ。

まず、この家の二階の部屋から、骸骨男が消えうせた秘密、二どめには、骸骨男と正一君とが、消えてしまった秘密を、お話ししましょう。その秘密は、わたしの少年助手の小林君が発見したのですよ。あなたにもお知らせしないで、わたしは小林君を、ここへ女中として住みこませたのです。」

「エッ、小林君が女中に？」

笠原さんは、つむっていた目をひらいて、ふしぎそうに聞きかえしました。

「小林君が女の子に変装したのです。そして、この家の女中になって、いろいろと、さぐりだしたのです。」

明智はここで、二階の窓の鉄格子が、ちょうつがいで開くようになっていること、屋根に、かくれ場所ができていることなど、女中に化けた小林少年の発見した秘密を、くわしく話して聞かせました。

「ところが、そういうしかけがあったにしても、どうしてもわからない謎が、ひとつ残るのです。屋根のかくれ場所は、人間ひとりしかはいれません。正一君を、そこへかくすと、骸骨男のかくれ場所がなくなってしまうのです。庭におりなかったことは、足あとがないので、はっきりしています。骸骨男は、いったい、どこへ、かくれてしまったのでしょう？

あのとき刑事たちが、家の中は、すみからすみまでしらべました。しかしあやしいやつは、ひとりもいなかったのです。これはいったい、どうしたわけでしょう。そこに恐ろしい秘密があったのですよ。」

明智はここで、ことばをきって、笠原さんの顔を見つめました。笠原さんはつぶっていた目を、パッと開いて、明智の顔を見ながら、なぜか、にやにやと笑うのでした。

「で、その秘密が、やっとおわかりになったのですね。」

「そうです。秘密いじょうのことがわかりました。笠原さん、犯人はいつでも、みんなの目の前にいたのです。それでいて、だれもその人をうたがわなかったのです。

なぜ、うたがわなかったかというと、その男は、犯人にねらわれている被害者だとばかり、みんなが思いこんでいたからです。

グランド＝サーカスは、あんなにたびたび骸骨男があらわれたので、客がこなくなってしまいました。そのため、いちばん、そんをするのは、笠原さん、あなたでした。

骸骨男は正一君をねらいました。その正一君は、あなたの子どもです。ここでも、いちばん苦しむのは、あなただったのです。

そのあなたが、どくろ仮面をかぶり、骸骨男に化けていたなんて、だれも、考えつかないことでした。そこに、あなたの恐ろしい秘密があったのです。

いつも、骸骨男が消えたあとに、あなたがあらわれています。しかし、だれもうたがわなかったのです。あなたと骸骨男と同じ人だなんて、どうして想像できるでしょう。

いつか、大型バスの中から骸骨男が消えたのも、バスの床に、かくし戸がついていたというのはごまかしで、じつは、きみが、ひとりしばいをやって、取っくみあっているように見せかけたのです。きみと骸骨男とは、ひとりなんだから、取っくみあえるはずがありませんからね。

この秘密をといたのも、小林君でした。三日まえ、あなたの部下の腹話術師が、正一君をかくしたトランクを自動車に乗せて、大山の山中の炭やき小屋へいったとき、小林君は、こじき少年に変装して、あの自動車のうしろの荷物を入れるトランクの中に、かくれていたのですよ。そして、炭やき小屋の地下室に、だれが閉じこめられているかということを、すっかり、さぐりだしてしまいました。

笠原さん、もう警察にもわかってしまったのです。あなたの部下の腹話術師と、運転手と、炭やきに化けた男はとらえられ、地下室に閉じこめられていた、ほんとうの笠原さんと正一君は助けだされました。

おっと、ピストルなら、こちらのほうが、はやいですよ。それに、きみは、人を殺すのは、きらいなはずだったじゃありませんか。」

明智は、すばやく、ポケットから、小型の黒いピストルを出して、膝の上で笠原のほうにむけました。

笠原は、追いつめられた、けだもののような顔で、じっと、明智をにらみかえしていました。ピストルを出そうとしたら、先手をうたれたので、ポケットに入れた手を、そのままにして、ぶきみな笑い声をたてました。

「ウフフフフ……、さすがは名探偵だねえ。よくもそこまで、しらべがとどいた。それにしても、小林というちんぴらは、じつにすばしっこいやつだ。おれも、あの子どもが、女中に化けているとは、すこしも気がつかなかったよ。

ところで、明智君。おれを、どうしようというのだね。証拠がなくては、どうすることもできないじゃないか。」

笠原は、ふてぶてしく、そらうそぶいて見せるのでした。

「証拠なら、おめにかけよう。ちょっと女中さんを呼んでくれたまえ。」

女中さんがくると、明智は、玄関のそとに待っている人を、呼び入れてくるようにたのみました。しばらくして、女中さんの案内で、ひとりの老人が応接室へ、はいってきました。ちゃんとした新しい背広をきていますが、やせおとろえた顔は、あの地下室に閉じこめられていた老人に、ちがいありません。

老人は一年間、あの地下室に閉じこめられていたので、すっかりやせおとろえ、年よりのように見えますが、じつは、ここにいる笠原と同じくらいの年ごろで、もとはよくふとっていたのです。

「笠原君、そこへこられたのが、グランド＝サーカスのほんとうの持ちぬしの笠原太郎さんだよ。そちらの笠原さん。一年のあいだ、あなたに化けていたのは、この男です。」

明智が、きみょうな紹介をしました。

ほんとうの笠原さんは、つかつかと、テーブルのそばに近より、にせの笠原は、すっくと、イスから立ちあがって、まっ正面からにらみあいました。たっぷり二分間ほど、ふたりとも、まっ青になって、からだをぶるぶるふるわせながら、にらみあっていました。

「ああ、明智さん、わしには思いだせません。十五年まえの遠藤平吉《えんどうへいきち》は、こんな顔ではなかった。しかし、こいつは、変装の名人だから、どんな顔にでもなれるのでしょう。いまのこいつの顔は、一年まえのわしと、そっくりです。」

ほんとうの笠原さんが、しわがれ声でいうのです。

「わしは、きのう、明智さんに、いろいろ話を聞いているうちに、やっと、思いだした。わしを、こんなひどいめにあわせるやつは、遠藤平吉のほかにはない。遠藤とわしとは、青年時代に、グランド＝サーカスの曲芸師だった。ところが、わしが、そのグランド＝

サーカス団長の二代目をゆずられたので、遠藤はひどく、わしをうらんで、サーカスをとびだしてしまった。

いや、そればかりではない。わしは、三年まえに、遠藤が悪いことをして、警察につかまったときに、証人になって、こいつがやったにちがいないと申したてたことがある。遠藤は、それをまたうらんだ。それで、こいつは、わしを、ほろぼしてしまおうとしたのだ。わしばかりではない、わしの子どもまで、ひどいめにあわせて、わしを苦しめたのだ。」

ほんとうの笠原さんは、そこまで、いっきにしゃべって、ちょっと口をつぐむと、かわって明智が立ちあがりました。

「きみの本名が遠藤平吉ということは、ぼくも三年まえにきいた。しかし、いまのきみには、かぞえきれないほど、名まえがある。顔も、そのときどきに、まったく、ちがってしまう。

きみは二十の顔を、いや、四十の顔をもっているのだッ!」

そういって、明智探偵は、まっこうから、にせ笠原の顔に、人さし指をつきつけました。

「おい、二十面相! それとも四十面相《しじゅうめんそう》と呼んだほうが、お気にいるかね。いずれにしても、とうとう、きみの運のつきがきたのだ。この家のまわりは、二十人の警官にとりかこまれている。きみはぜったいに、逃げだすことができないのだ！」

名探偵と二十面相

「きみは笠原さんに深いうらみがあったので、グランド＝サーカスが、いちばんさかんになったときを見すまして、いよいよ、復讐《ふくしゅう》をはじめたのだ。しかし、きみの目的は、そればかりじゃなかったね。」

明智探偵が、こわい顔で、二十面相をにらみつけました。すると二十面相は、ふてぶてしく笑いながら、

「アハハハハ……、もちろんだよ。おれの目的は、ほかにあった。おれには、笠原よりも、にくいやつがいる。だれだと思うね。いうまでもない、きみだよ。明智小五郎だよ。」

笑い顔が、パッとかわって、恐ろしい表情になりました。二十面相は、ぎりぎりと歯ぎしりをしているのです。

「おれはきみのために、かぞえきれないほど、ひどいめにあっている。いつでも、きみがじゃまをするのだ。そして、おれは牢屋《ろうや》につながれる。だがね、明智君。おれには、牢屋の鉄ごうしなんかないもどうぜんだ。ゆうゆうと牢屋をぬけ出すのだ。なんのため

だと思うね？　ほかでもない、きみに復讐がしたいからさ。きみをアッといわせて、かぶとをぬがせてやりたいからさ。

わかったかね、明智君。こんどの骸骨男も、ほんとうは、きみがあいてだった。むろんおれは、人殺しはきらいだ。あの射撃場の事件でも、ほんとうに正一を殺す気はなかった。きみに腕だめしをさせてやったのさ。

もし、きみがぼんくらで、あのときおれをとめにこなかったら、おれはわざとねらいをはずしてうつつもりだったよ。ウフフフフ……、それともしらないで、きみは、あわてふためいて、射撃場へやってきたね。」

それを聞いて、明智は、ニコニコと笑いました。

「そうだったのか。それほどきみは、ぼくと知恵くらべがやりたいのだね。そんなら、知恵くらべは、いまだよ。きみはここから、逃げられるかね？　逃げる知恵があるかね？

この部屋には、ぼくと笠原さんがいる。きみはひとりだ。それにこれを見たまえ、ぼくは、ちゃんとピストルを持っている。そして、この家のまわりは、二十人の警官が取りまいているのだ。いや、そればかりじゃない。ぼくのほうには、もっと奥の手がある。どんな奥の手だかは、いまはいえないがね。

どうだ、きみの知恵で、このかこみをやぶって、逃げだすことができるかね？」

「ウフフフフ……、おい、明智君、きみは勝ちほこったような顔をしているね。だが、だいじょうぶかい？　きみのほうに、奥の手があれば、おれにだって奥の手がないはずはないよ。たとえば、この西洋館だ。きみたちは、事件がおこってから、いそいでこのうちを買ったと思っているだろうが、そうじゃない。ここはずっとまえから、おれのかくれがのひとつなんだ。でなければ、二階の窓の鉄ごうしが、ちょうつがいで開いたり、屋根に人間のかくれる穴があったりするはずがないじゃないか。

ウフフフフ……、どうやら、すこしばかり、きみがわるくなってきたらしいね。そうだよ。この家には、どんなしかけがあるか、わからないのだよ。用心したまえ。おい、明智君、なんだか顔色がよくないじゃないか。」

二十面相は、あくまで、人をくっています。

しかし、明智はへいきなものです。明智のほうでは、二十面相の秘密をすっかり知っているからです。

「で、その秘密のしかけをつかって、逃げるというのかね。ハハハハハ……、まあ、やってみるがいい。」

「え？　やってもいいのかね。」

「いいとも、やってみたまえ。」

「よしッ、それじゃあ、こうだッ！」

二十面相が立ちあがって、パッと、二、三歩うしろにさがったかと思うと、カタンと音がして、たちまち、そのすがたが消えうせてしまいました。

いや、消えうせたのではありません。応接室の床に落としぶたがあって、それが開き、二十面相のからだは、地下室へ落ちていったのです。

それを見ると、明智探偵は、窓のそばへとんでいって、持っていたピストルを空にむけて、ダーンと発射しました。なにかのあいずです。

ふくろのネズミ

明智探偵が、落としぶたのところへ、ひきかえすと、ばねじかけのそのふたは、もとのとおりに閉まっていました。

「明智先生、どうしてもあきません。下からかぎをかけたのでしょうか。」

ほんものの笠原さんが、そこにしゃがんで、両手の指で落としぶたを開こうと、ほねおっていました。

「いや、そうじゃない。ボタンをおせばいいのです。どこかに、小さなおしボタンがあるはずです。」

明智はそういって、しきりに、そのへんを捜していましたが、テーブルの下の床に、そのボタンがあるのを発見して、グッと、スリッパでふみつけました。

するとカタンと音がして、落としぶたが開き、そこに、まっ暗な四角い穴が開きました。

そのとき廊下に、どやどやと足音がして五人の警官が、かけつけてきました。まっさきに、明智探偵の心やすい警視庁の中村警部の顔が見えました。

「ピストルのあいずがあったので、やってきた。アッ！　やっぱり地下道へ逃げたな！」

「そうだ。きみたちも、いっしょに、きてくれたまえ。……アッ、そうだ。ひとりだけ、ここに、番をしているほうがいい。入れちがいに逃げられては、こまるからね。」

いったかと思うと、明智はいきなり、まっ暗な四角い穴の中へ、とびこんでいきました。

穴の下には、はしごもなにもないので、穴のふちにぶらさがって、パッと、とびおりるほかはないのです。

中村警部は、ひとりの警官を、そこにのこし、あとの三人といっしょに、つづいて地下道にとびおりました。みなピストルをとりだして、いざといえば発射する用意をしています。

そのとき、まっ暗な地下道に、ひとすじの青白い光が、パッと、ひらめきました。明智が懐中電灯をつけたのです。

その光で見ると、地下道はトンネルのように、ずっとむこうまでつづいています。そのむこうのまがり角へ、チラッと人影がかくれました。二十面相が逃げていくのです。

「二十面相まてッ！」

中村警部のどら声が、地下道にこだまして、ものすごくひびきました。

明智の懐中電灯をたよりに、みんなはトンネルのまがり角までかけつけました。むこうを、二十面相が逃げていくのが見えます。

二十面相は、走りに走って、とうとうトンネルのいきどまりまできました。そこに鉄のとびらが閉まっています。二十面相は、ポケットから鍵を取りだして、そのとびらを開きました。

ここさえ出れば、草ぼうぼうの原っぱです。どちらへでも、逃げられます。

ところが、そのとびらを開いたかと思うと、二十面相は、「アッ！」といって立ちすくみ、いきなり、うしろへ走りだしました。

どうしたのでしょう。うしろには明智と四人の警官が、待ちかまえているではありませんか。

いや、逃げだしたはずです。その鉄のとびらのむこうには、ここにも五人の警官が待ちかまえていて、とびらが開くと、ドッとトンネルの中へなだれこんできたからです。

トンネルは一本道です。前からも、うしろからも警官隊です。どこにも逃げるところはありません。二十面相はとうとう、ふくろのネズミになってしまいました。

もうだいじょうぶです。しかし、あいてには、まだ、どんな奥の手があるかもわかりません。けっして、ゆだんはできないのです。

警官たちは、トンネルの両方から、そのまんなかにいる二十面相を、じりじりと、はさみうちにしていきました。

オヤッ、どうしたのでしょう。いくら懐中電灯で照らしても、二十面相のすがたが見えません。トンネルには、どこかに、枝道《えだみち》でもあるのではないでしょうか。

「アッ、ここにいた。つかまえたぞッ！」

どなり声が、トンネルの空洞に、こだましました。

「どこだッ？」

「ここだ、ここだ。」

声をたよりに、明智が懐中電灯を照らしながら、近づいていきますと、とつぜん、パッと、だれだかの手が、懐中電灯をたたき落としました。そのひょうしに、光が消えてしまって、あたりは、しんの闇になりました。警官隊は、ひとりも懐中電灯を用意していなかったので、もうどうすることもできません。

闇の中で、恐ろしいこんらんが、おこりました。

「おいッ、なにをするんだ。ぼくだよ、ぼくだよ。みかただよ。」

警官の声です。みかたどうしが、取っくみあっているのです。

「おいッ、みんな、入口をかためろ！　闇にまぎれて、逃げられるかもしれんぞッ。」

中村警部がどなりました。

「だいじょうぶです。入口のそとには、ぼくらの仲間を、ふたり残しておきました。ちゃんと見はっていますよ。」

警官のひとりが答えました。

「だれか、懐中電灯を持ってきたまえ。こんなに暗くては、どうすることもできない。」

中村警部の声に、ひとりの警官が、鉄のとびらのほうへ、いそいでかけだしていきました。

闇の中のこんらんは、まだつづいています。

「ワッ！　いたい。ぼくだよ、ぼくだよ。」

「二十面相！　どこにかくれている。出てこいッ！」

「アッ、そこにうずくまってるのはだれだッ？」

「ぼくだよ。まちがえるなッ。」

「いたいッ！　こんちくしょう。」

「うぬッ！　二十面相だなッ。さあ、こい！」

闇の中の、そんなさわぎが、五分ほどもつづいたでしょうか。すると、やっと入口のほうから、怪物の目玉のような懐中電灯の光が二つ、こちらへ近づいてきました。

ひとりの警官が、両手で、二つの懐中電灯をふり照らしながら、かけてきたのです。

奥の手

中村警部は、懐中電灯の一つを受けとって、立ったり、しゃがんだりしている警官のすがたを、つぎつぎと照らしていきました。

ところが、光の中にあらわれたのは、明智探偵と警官ばかりで、二十面相のあのガウンすがたは、どこにもありません。

「諸君！　みんなもとにもどって、両方の入口をかためてくれたまえ。ぼくと明智君だけで、もういちど、念いりに捜してみる。」

中村警部はそういって、警官たちを、両方の入口へたちさらせ、明智とふたりが、一つずつ懐中電灯を持って、トンネルの中を、ずっと歩いてみました。しかしどこにも、あやしいすがたはないのです。

「消えてしまった。あいつ、また忍術をつかったな。明智君、いったいこれは、どうしたことだろう。」

中村警部が、残念そうにいいました。

「ともかく、そとへ出てみよう。ぼくは、あいつの魔法の種が、わかったような気がする。」

明智はそういって、さきに立って、鉄のとびらのほうへ歩いていきました。

とびらのそとに、コンクリートの階段があって、それをのぼると、原っぱの草むらのなかに出ました。

穴の入口は、人間ひとり、やっとくぐりぬけられるほどの、せまいもので、それが草におおわれているのですから、地下道の入口とは気がつきません。この入口をつかわないときは、ふたがしてあるとみえて、それらしいひらべったい石が、そばにおいてありました。

その原っぱには、七人の警官が立っていました。さっきトンネルの中へはいってきた五人と、見はりばんをしていたふたりです。

もう夕がたで、あたりはうす暗くなっていました。

「きみたちのうち、ここに残って見はりをしていたのは、だれだね。」

明智がたずねますと、ふたりの警官が前に出てきました。

「きみたちは、ずっと、この入口を見はっていたのだね。」

「はい、そうです。」

「で、さっき、中へはいったのは何人だったね。」

「五人か、六人です。アッ、そうです。たしか六人でした。」

「六人だって。しかし、ここには、きみたちのほかに、五人しかいないじゃないか。」

「いいえ、もうひとり、さきに出てきた人があります。」

「ああ、それは懐中電灯を捜しにきた警官だろう。」

「いや、ちがいます。あの人は、どっかへいって、懐中電灯をかりだしてきて、また穴の中へはいっていきました。ついさっき、そこから出ていったのは、べつの巡査です。」

「おかしいね。ぼくはさっき、地下道の中で、こちらからはいってきた警官の人数を、ちゃんと、かぞえておいた。たしかに五人だった。その五人はここにいる。そのほかに、ひとり出ていったとすると、五人が六人にふえたことになるね。いったい、きみたちは、そのひとりで出ていった警官の顔を、よく知っているのかね。」

「いいえ、知らない人です。きょうは警視庁と所轄《しょかつ》警察のものと、ごっちゃになっていますので、顔を知らない人も、たくさんいるのです。」

「ふうん、それで、その巡査は、どこへいったのだね。」

「わかりません。その人は、中村警部さんの命令で、近くの交番へ電話をかけにいくのだといって、むこうへ走っていきました。」

「そりゃ、へんだぞ。ぼくは電話をかけろと、命令したおぼえはない。」

中村警部が、びっくりして、どなりました。

「で、その巡査は、手になにか持ってなかったかね。」

明智がたずねますと、警官はうなずいて、

「持ってました。なんだか、ふろしきづつみのようなものを、わきの下にはさんでいました。」

「わかった。そいつが二十面相だよ。」

明智がしずかにいいました。

「エッ、その警官が二十面相だって?」

中村警部が、びっくりして聞きかえします。

「うん、そうだよ。そのほかに考えようがない。あいつは、こんなときの用意に、警官の制服を手に入れて、トンネルの中のどこかへ、かくしておいたのだ。

さっき、ぼくの懐中電灯をたたき落としたのも、あいつにちがいない。まっ暗になって、みんなが、どうし打ちをやっているすきに、あいつはガウンをぬいで、警官の服にきかえたのだ。そしてガウンをまるめて、ふろしきづつみのようにして、こわきにかかえ、なにくわぬ顔で、出ていったのだ。

二十人からの警官がきているのだから、みんな顔見知りとはかぎらない。制服をきて警官の帽子をかぶっていれば、仲間だと思ってしまう。それに、もうこんなにうす暗くなっていて、顔もはっきり見えやしないのだからね。」

明智の説明に、中村警部は「ううん。」とうなってしまいました。警官に化けて逃げだすなんて、なんという悪知恵のはたらくやつでしょう。

「だが、それなら、早く手配をしなけりゃあ。非常警戒をしなけりゃあ。」

中村警部があわてるのを、明智はしずかに、手でおさえるようにして、

「中村君、だいじょうぶだよ。安心したまえ。これがあいつの奥の手なら、ぼくのほうには、それより上の奥の手が、ちゃんと用意してあるんだ。あいつは、きっと、つかまえてみせるよ。」

明智は、さも自信ありげに、きっぱりと、いいきるのでした。

怪老人

お話は、すこし前にもどって、二十面相が警官の制服を着こみ、地下道の入口に番をしていたふたりの巡査を、うまくごまかして、裏の原っぱを、町のほうへいそいでいるときです。その原っぱに、ふしぎなことが起こりました。

原っぱには、人間の腰までかくれるほど、草がいっぱいはえているのですが、その草むらが、風もないのに、ざわざわと、動きはじめたのです。それも一ヵ所ではありませ

ん。あちらでもこちらでも、動いているのです。

草むらに、なにか動物がかくれていて、いちどに動きだしたのでしょうか。大きなヘビが草をわけて、はっているような、きみのわるい、動きかたです。

その動物は、警官に化けた二十面相のあとを追って、進んでいくようにみえます。あちこちの草の動きが、そのほうへそのほうへと、うつりかわっていくのです。

「ねえ、きみ、あのおまわりさん、あやしいよ。キョロキョロあたりを見まわして、逃げていくじゃないか。あとをつけてみよう。」

「うん、あいつ、ひょっとしたら、骸骨男の二十面相かもしれないぜ。明智先生は、たとえ警官でも、見のがしてはいけないっていわれたからね。」

そんなささやき声が、動いている草むらの中から、聞こえてきました。

すがたは見えないけれども、ひとりは小林少年、もうひとりは井上一郎君の声でした。

草むらの中を、はうようにして進んでいたのは、けだものではなくて、少年探偵団員だったのです。草むらは、ほうぼうで動いているのですから、その人数は、ふたりや三人ではありません。すくなくとも十人ぐらいの少年たちが、草むらに身をかくして、あやしい人間が出てくるのを、待ちかまえていたのです。

もう、夕がたで、あたりはうす暗くなっていました。その夕やみの中を、あやしい警官は、草をわけて走っていましたが、原っぱの中の小島のように、こんもりと、ひくい木のしげったところへくると、いきなり、そのしげみの中へ、とびこんで、すがたをかくしました。

「いよいよ、へんだな。みんなで、あのまわりを取りかこんで、見はっていることにしよう。」

「じゃ、みんなに連絡してくるよ。」

井上君が、草の中をはっていって、近くにいる団員にそのことをささやきました。すると、その団員が、つぎの団員にささやき、たちまち、小林少年の命令が、みんなにつたわりました。そして少年たちは、草むらに身をかくしたまま、木のしげみを、グルッと取りかこんで、あやしい警官をとり逃がさないように、見はりをつづけるのでした。

しばらくすると、がさがさと木の枝が動いて、しげみの中から、思いもよらぬひとりの老人があらわれました。

ねずみ色の背広に、ねずみ色のとりうち帽子をかぶった、しらがあたまの老人です。背中をまるくして、ステッキにすがって、草むらの中を、とぼとぼと、むこうへ歩いていきます。

「へんだぞ。変装したのかもしれない。しらべてみよう。」

小林少年は、井上君にそうささやいておいて、そっと木のしげみに近づき、かさなりあった枝をわけて、その中へしのびこみました。

よく捜してみても、そこにはもう、だれもいません。やっぱり、あいつは、老人に変装して逃げだしたのです。警官のすがたのままでは、気がついて、追っかけられる心配があるからでしょう。むろんこういうときの用意に、しげみの中へ、老人の服をかくしておいたのにちがいありません。

そんなら、警官の服がここに残っているはずだと、あたりを捜してみますと、木のしげみの奥にそれがまるめて、つっこんであるのを発見しました。

ふろしきづつみのようにして、こわきにかかえていた、ガウンのまるめたのも、いっしょにおいてありました。

小林君は、いそいで、しげみをとび出すと、井上君にささやきました。

「巡査の服が残してあるよ。だから、あの老人が二十面相だ。追跡しよう。……もうひとりいるといいな。」

「それじゃあ、ノロちゃんをつれていこうか。」

「うん、それがいい。そして、あとの団員たちには、明智先生に、このことをつたえるようにいってくれたまえ。」

井上君は、すぐそばの草むらにかくれていた、ノロちゃんの野呂一平君を呼び、そこにいたもうひとりの少年に、みんなに明智先生のところへいくように、連絡をたのみました。

そして、小林、井上、野呂の三少年は、やっぱり草の中に身をかがめて、大いそぎで、あやしい老人のあとをつけるのでした。

青い自動車

怪老人は、原っぱを出て、大通りまでくると、そこを走っていたタクシーを呼びとめて、乗りこみました。

ものかげにかくれて、それを見ていた三少年は、相手に逃げられてしまっては、たいへんですから、いそいで大通りにとび出しましたが、さいわい、すぐうしろから、からのタクシーが走ってきましたので、小林少年は手をあげて、それを呼びとめ、三人いっしょに乗りこみました。

「ぼくはこういうものです。犯人を追跡しているのです。あの青い車を見うしなわないように、つけてください。」

小林君は、そういって、運転手に名刺をわたしました。

運転手は、へんな顔をして、その名刺を見ていましたが、びっくりしたように、うしろをむいて小林君の顔をながめました。

「じゃあ、あんたが、明智探偵の有名な少年助手の小林さんかい。わかったよ。あの車、見うしないはしないから安心しな、だが、あいつは大ものかい？」

まだ若い元気な運転手は、目をかがやかせてきくのでした。

「うん、大ものだよ。いまにわかるよ。たのむよ。相手に気づかれないようにね。」

二十面相の車は青いボディー、小林君たちのは黒いボディー、その二台の自動車の追っかけっこがはじまりました。

東京の町で、自動車を尾行するのは、けっしてやさしいしごとではありません。たくさんの自動車が、むこうからも、こちらからも、すれすれになって走っているのです。ほかの自動車にあいだへはいられたら、むこうが見えなくなってしまいます。四つ角で赤信号が出たら、青になるまで止まっていなければなりません。そのあいだに、あいては遠くはなれてしまいます。

しかし、小林君たちの乗った車の運転手は、頭のいいすばしっこい青年でした。それに名探偵の助手と聞いていさみたっているので、じつにうまく運転して、けっして相手を見うしないません。執念ぶかく青い車のあとを追いつづけました。

二十分も走ると、小林君は、ハッとしました。むこうに、見おぼえのあるグランド＝サーカスの大テントが見えてきたからです。

二十面相が笠原さんに化けて、その団長をつとめていたサーカスです。

かれは、もとのふるすへもどって、いったい、なにをしようというのでしょう。

青い車はサーカスの前でとまり、怪老人がおりていくのが見えました。

こちらの車は、相手に気づかれぬよう、ずっと、てまえにとめて、三少年もおりました。

怪老人は、テントの中へはいっていきました。

いよいよへんです。サーカスには、まだ見物がいるのです。楽屋にも、たくさんのサーカス団員が出番を待っています。二十面相はその大ぜいの中へはいっていって、どうするつもりなのでしょう。

小林少年はそれを見ると、ノロちゃんに、なにかささやきました。すると、ノロちゃんは、大いそぎで町のほうへ走っていきました。笠原邸にいる明智探偵に、電話でこのことを、知らせるためです。

あとに残った小林、井上の二少年は、怪老人のはいっていったテントの裏口に近づき、そっと中をのぞいてみました。

もうそこには、怪老人のすがたはありません。ひとりのサーカス団員が、きょとんとした顔で立っていました。

小林君は、その団員のそばへ近づいていって、話しかけました。

「ぼくをおぼえてますか。明智探偵の助手の小林です。」

すると、若い団員は、にっこりして、

「おぼえているよ。で、なにか用事があるのかね。」

「いま、背中のまがったおじいさんが、はいっていったでしょう。」

「うん、はいっていった。笠原団長からの使いだといってね。」

「あれは、たいへんなやつですよ。」

小林君はそういって、団員の耳に口をよせ、しばらく、なにかささやいていました。

それを聞きおわると、団員はまっ青になってしまいました。笠原団長が怪人二十面相だったと聞いて、腰をぬかさんばかりにおどろいたのです。

「で、いまはいっていったじいさんが、その二十面相だというのか。」

「そうです。まちがいありません。いま電話で知らせましたから、じきに警官隊がかけつけてきます。それまで、逃がさないようにしておきたいのです。みんなに知らせないで、おもな人だけにそういって、あの老人のゆくえを捜してください。どんな恐ろしいたくらみがあるかわかりませんからね。」

そこで団員は、楽屋へはいっていって、副団長格の空中曲芸師に、そのことをつたえ、四、五人で、そのへんをしらべてまわりましたが、怪老人のすがたは、どこにもありません。楽屋にいた大ぜいのものが、ひとりも老人を見ていないのです。

では、客席のほうへまぎれこんだのかと、円形の馬場をひとまわりしてみましたが、見物席にもそれらしいすがたは見えません。怪老人はテントの裏口へはいったかと思うと、そのまま消えてしまったのです。

大曲芸

怪老人が消えてから十分もたったころ、見物席に、恐ろしいざわめきがおこりました。見物たちは、さきをあらそって、大テントのそとへ逃げだそうとしています。そのこんざつは、ひととおりではありません。

ころんで、泣きさけぶ子ども、ひめいをあげる若い女の人、おしつぶされそうになって、入口をめざす人のむれ、わきかえるようなさわぎです。

そんななかにも、見物席にふみとどまっている勇敢な人たちもありました。その人たちの目は、いっせいに、大テントの天井を見つめています。

高い高い天井の空中曲芸のぶらんこ台に、ポックリと異様なもののすがたが見えました。あいつです。あのいまわしい骸骨男です。ぴったりと身についた黒いシャツとズボン、顔は骸骨そっくりの、あの怪物です。二十面相は背中のまがった老人から、とくいの骸骨男にはやがわりをしたのです。骸骨の仮面と黒シャツは、いくつも用意してあって、サーカスの中の秘密のかくし場所にも、ひとくみ、かくしてあったのでしょう。

空中では、骸骨男がぶらんこに乗って、いきおいよくふりはじめました。だんだん高く、しまいには、テントの天井につくほどもはげしく。そして、それが、いちばん高くあがったとき、パッとぶらんこをはなれて、空中におどりだしました。下には網がはってありません。そのまま落ちれば命はないのです。

残っていた見物たちは、アッと声をたてて、手に汗をにぎりました。

しかし、骸骨男は落ちなかったのです。天井に横たわっている丸太にとびついていました。そして、丸太から丸太へと、まるでサルのように身がるにとびうつっていきます。とうとう、むこうがわのぶらんこ台までたどりつきました。そのぶらんこ台からは、曲芸師が下におりるための長い綱がさがっています。骸骨男は、その綱にとびついたかと思うと、スウッと、地面の近くまですべりおりてきました。それから、その長い綱を、ぶらんこのようにふりはじめたのです。

だんだん、いきおいがついてきました。長い綱のふりこですから、サアッ、サアッと、円形の馬場を横ぎって、見物の頭の上までとんできます。そして、むこうへふったときには、正面の楽屋の入口までとどくのです。

サアッ、サアッ、……巨大な時計のふりこです。さきに骸骨のぶらさがったふりこです。じつにみごとな光景でした。こわいけれども、美しい光景でした。

その大ふりこが、むこうの楽屋口に近づいたとき、骸骨男は、またしても、パッと手をはなしたではありませんか。

骸骨男の黒いからだは、綱をはなれて、矢のようにとびました。なにかにぶっつかったら、おしまいです。

しかし骸骨男はよほど曲芸の名人とみえて、宙をくるくるとまわりながら、楽屋の入口の白いカーテンの前に、ひょいと立ちました。そして、パッとカーテンをまくると、そのまま、楽屋の中へ消えてしまったのです。

サーカス団員たちは、みんなまんなかの砂場に出て、骸骨の空中曲芸を見あげ、口々になにかわめいていましたが、怪人が、楽屋に消えたのを見ると、「ワアッ。」と叫んで、そのあとを追いました。

しかし、カーテンのむこうには、もうだれもいません。出没自在の怪人は、またしても、どこかへ消えてしまったのです。

みんなが、そのへんをうろうろしながらさわいでいますと、楽屋の奥から、でっかいものがあらわれました。ゾウです。ゾウが歩いてくるのです。

見ると、ゾウの頭の上に、骸骨男がまたがっているではありませんか。手には猛獣をならす、長いムチを持っています。

あいにく、ゾウ使いの男が、そのへんにいないので、どうすることもできません。みな、ワアワアとさわぐばかりです。

ピシッ、ムチがなりました。その音にゾウがかけだしたのです。楽屋口のカーテンをくぐって、円形の馬場へ走りだしたのです。

見物席に、ワアッという声があがります。勇敢な見物たちも、これを見ては逃げださずにはいられません。そう立ちになり、入口のほうへ、なだれをうってかけだすのでした。

骸骨男はゾウの頭の上に、すっくと立ちあがっていました。そして、ピシッ、ピシッと、ムチをならしています。ゾウは円形の馬場を、ぐるぐるまわりはじめました。

「ワハハハハ……。」

恐ろしい笑い声が大テントいっぱいにひびきわたりました。骸骨が、おかしくてたまらないというように、笑っているのです。

「ワハハハハハ……。」

ゾウの頭の上に立ったまま、ムチをふりながら、いつまでも笑いつづけているのです。

骸骨男は、とうとう、気がちがったのでしょうか。それとも、二十面相をつかまえることのできない、サーカスの人たちや警官を、あざ笑っているのでしょうか。

小林、井上、野呂の三少年たちが、楽屋口にむらがっているサーカス団員のうしろから、このふしぎな光景をながめていました。骸骨男が、なぜこんな曲芸をやっているのか、その気もちがわかりません。

ぐるぐるまわっているゾウが、楽屋口の前をとおりました。そのとき、頭の上に立っている骸骨男の顔に、おどろきの色があらわれました。骸骨男の目と小林少年の目とが、ぶっつかったのです。骸骨男は、そのときはじめて、テントの中に小林君のいることをしりました。

骸骨男の笑いがとまりました。そして、恐ろしい声がひびいてきました。

「そこにいるのは、明智の弟子の小林だなッ。」

走っていたゾウが立ちどまりました。骸骨男がとめたのです。怪人の目は、じっと小林君をにらみつけています。

小林君は、サーカス団の人たちをかきわけて前に出ました。そして、相手の目をにらみかえしながら叫びました。

「そうだよ、明智先生の弟子だよ。きみが警官に化けて、あの地下道からぬけだしたことは、もうすっかりわかっているんだ。いまに明智先生が、ここへこられるよ。……アッ、サイレンだ。おいきみ、あの音が聞こえるかい、警察自動車のサイレンだよ。警官隊が到着したのだ。きみはもう、逃げられないよ。」

ウー、ウー、というサイレンの音が、テントのそとへ近づいていました。ピシッ、ムチがなったかと思うと、やにわにゾウが、テントの入口へむかってかけだしました。骸骨男は、ゾウの頭の上でおどるように、ちょうしをとっています。まだ残っていた見物たちのあいだに、「ワアッ。」というどよめきがおこりました。

大グマの秘密

小林少年たちとサーカスの団員が、骸骨男のゾウを追って、テントのそとにかけ出しました。入口のそとの原っぱには、見物の人たちが大きな輪をつくって、ワアワアとさわいでいます。その見物の輪のなかに、さっきのゾウが、きょとんとして立っていました。

そこには、ゾウに乗っていた骸骨男のすがたが見えないのです。

「あっちへ逃げた。あっちへ逃げた。」

見物たちは、口々にわめきながら、テントの裏のほうを指さしています。

小林君やサーカスの人たちは、そのほうへかけつけました。裏口からはいって、楽屋をさがしましたが、だれもいません。みんなそとへ出てしまって、楽屋はからっぽなのです。骸骨男のすがたも、どこにも見えません。

原っぱでは、むこうの大型バスの中で、やすんでいたゾウ使いの男が、さわぎを知ってかけ出してきて、ゾウをテントの中につれもどすのでした。

そこへ警視庁の白い自動車が三台、警官をいっぱい乗せてやってきました。明智探偵は中村警部といっしょに、まっさきの車に乗りこんでいました。

ふたりは自動車をおりると、見物たちに、ようすを聞き、警官隊に大テントのまわりを、グルッと取りかこむよう命じておいて、三人の警官だけをつのって、テントの裏口にいそぎました。

「アッ、先生……、あいつは、また消えてしまいました。」

テントにはいると、小林少年がとび出してきて、明智探偵に、いままでのことを、報告するのでした。

それから、明智探偵と中村警部たちも、いっしょになってほうぼうを捜しまわりましたが、骸骨男はどこにも見えません。

しばらくすると、小林少年が明智探偵のそばによって、ひそひそとささやきました。

「うん、そうか。きみが見つけたんだね。よし、行ってみよう。」

明智探偵は、そばにいた中村警部に目くばせをして、みんなで、小林君のあとからついていきました。

小林、井上、野呂の三少年が案内役です。大テントの中の楽屋の隣に、動物のおりのおいてある場所があります。

おりには小さな車がついていて、サーカスがはじまると、原っぱにおいてあるトラックからおろして、ここへ運ぶようになっているのです。

そこにはいると、ムッと動物のにおいがしました。むこうに大きなおりが三つならんで、その中に一ぴきずつライオンがいました。寝そべっているのもあれば、のそのそ、おりの中を歩きまわっているのもあります。

その横に、トラとヒョウのおりが並んでいます。みんな人になれた動物ですから、大ぜいが、どかどかとはいってきても、おどろいて吠《ほ》えるようなことはありません。トラもヒョウものんきそうに、のそりのそり、とおりの中を歩いています。

こちらのほうに、クマのおりがおいてあって、その中におそろしく大きなヒグマがうずくまっていました。

小林少年は、そのクマのおりの前に立ちどまって、うしろにいたサーカス団の人に、

「このおりを、あけてください。」

といいました。

「エッ。これをあけるんですって、そんなことをしたら、大へんですよ。こいつは、おそろしく気のあらいやつですから。」

サーカスの人は、びっくりして小林君の顔をながめるのでした。

小林君はニコニコしながら、サーカス団員の耳に口をよせて、なにかささやきました。

「エッ、このクマのなかに？」

団員は、おったまげた顔で、クマを見つめていましたが、

「アッ、いけねえ。鍵がはずれている。」

と叫びながら、おりの戸に近づきました。

そのときです、おりの戸が、中からパッと開き、大グマが、「ごうッ……。」とうなりながら、いきなり、みんなの前にとび出してきたではありませんか。

それを見ると小林少年が、せいいっぱいの声で叫びました。

「こいつは、ほんとうのクマじゃありません。クマの毛がわの中に、二十面相がかくれているのです。恐れることはありません。みなさん、つかまえてくださいッ。」

サーカス団の人々と警官とが、クマにとびかかっていきました。

「うおうッ……。」

恐ろしいうなり声をたてて、あと足で立ちあがったクマは、人々にのしかかるようにして、戦いをいどんできます。

恐ろしい組みうちが、はじまりました。

「うおうッ、うおうッ。」

サーカス団員のひとりがクマの下じきになって、もがいています。三人の警官が、上になっているクマをおしころがそうと、とびかかっていきました。

それから、組んずほぐれつ大格闘がつづきました。

「さあ、つかまえたぞ。はやく縄を縄を……。」

ひとりの警官はクマの背なかにしがみつき、ひとりの警官は、クマの前足をはがいじめにし、ふたりのサーカス団員は、クマのあと足に、すがりついています。

ひとりの警官は、腰にさげていた縄をとりだそうとしました。しかし、そのひまはなかったのです。

「アッ……。」という声が、おこりました。クマにとりついていた人たちが、はずみをくって地面にころがりました。その人たちの下には、クマの毛がわだけが、ひらべったくなって残っていたのです。

毛がわの腹には、かくしボタンがついていて、そこから人間が出入りできるように、こしらえてありました。二十面相は、とっ組みあいのあいだに、そのボタンをひとつひとつはずしておいて、みんながクマをつかまえたと思って安心しているうちに、パッとそこからとび出したのです。

それは骸骨男のすがたでした。恐ろしい骸骨が、人々をかきわけ、つきとばしながら、弾丸のように走っていくのです。

みんなが、ふいをうたれて、アッとおどろいているまに骸骨男は、その部屋の入口にさがってるカーテンのむこうへ、すがたを消してしまいました。

そのとき、「ひひひ……ん。」というウマのいななき声が、聞こえてきました。

「アッ、あいつ、ウマに乗って逃げるつもりだッ。」

中村警部が叫びました。

「よしッ、追っかけるんだ。ぼくはウマに乗る。きみたちは自動車で追っかけたまえ。」

明智もそういって、かけだしました。明智探偵は、どんなスポーツでもできるのでした。乗馬もお手のものです。

明智はサーカスの楽屋にとびこんで、そこにあった長いほそびきのたばをつかみとると、テントの中のうまやにかけつけ、いちばん強そうなウマをえらんで、それをひき出して、くらの上にとびのりました。

そのとき、二十面相の骸骨男はウマに乗って、もうテントのそとに出ていました。原っぱにのこっていた見物たちの「ワアッ、ワアッ……。」という声が、聞こえてきます。

名探偵と怪人二十面相との、ふしぎな競馬競走がはじまったのです。明智探偵は、うまく二十面相に追いつくことができるでしょうか。

二十面相の最後

くりげのウマにまたがった骸骨男は、しきりにムチをならしながら、原っぱをかけています。もう夜ですが、大テントのまわりにたくさんの電灯がついているので、原っぱは昼のように明るいのです。大ぜいの見物たちは、ウマにまたがった骸骨男を見おくって、「ワアッ……ワアッ……。」とさわいでいます。

骸骨男のすがたが、むこうの大通りをまがって見えなくなったころ、同じくりげのウマに乗った明智探偵が、原っぱへとび出してきました。

「あっちだよう、あっちだよう。」

見物の中から、骸骨男の逃げた方向をしらせる声が、わきおこりました。

明智はたくみにウマの向きをかえて、そのほうへかけていきます。まるで競馬を見ているようです。見物の中から「名探偵しっかりやれえ……。」という叫び声がおこり、それにつづいて、「ワアッ……。」というときの声があがりました。

警視庁の三台の自動車のうち、一台を残して、二台が原っぱを出発したのは、それよりすこしあとでした。こちらはパトロールにつかう自動車ですから、ウマよりはやく走れます。しかし追いついても、ウマを止めることはむずかしいので、べつの道から先まわりをして、自動車を道のまん中へ横にして、ウマを止めてしまうつもりです。

まっ先の自動車には、中村警部と三人の警官、その膝の上に、小林、井上、野呂の三少年が乗せてもらっていました。

大通りに出ると、ずっとむこうにウマをとばす明智のすがたが見えました。

骸骨男のウマは、それよりもっと先を走っているらしいのですが、夜のことですから、はっきり見えません。

警察自動車には、小型のサーチライトがつみこんでありました。ひとりの警官が、それをとり出して、自動車を走らせたまま、屋根の前にとりつけたスイッチをおしますと、パアッと光の棒がのびて、百メートルも先を白く照らしだしました。

「アッ、ずっと向こうを骸骨男のウマが走っている。……アッ、角をまがったぞ。よし、うしろの車に近道をして、あいつの前に出るように通信したまえ。」

中村警部のさしずで、運転席に乗っていた警官が、無線電話の送話器をとり、

「百三十六号、百三十六号、こちらは中村警部。百三十六号車は、近道をして二十面相のウマの前に出てください。こちらはこのまま、追跡をつづけます。」

と叫びました。すると、すぐ前にある拡声器から、

「百三十六号、了解」

という返事がきました。この無線電話は警視庁の本部に通じるのですが、それがそのまま、ほかの車にも聞こえるので、すぐ返事ができるわけです。

中村警部たちの自動車は、サーチライトを照らし、ウーウーとけたたましくサイレンをならしながら、明智探偵のウマのあとを、どこまでも追っていきました。

まだよいのうちですから、このウマと自動車の追っかけこを見て、町は大さわぎになりました。まっさきに走っていくのは骸骨です。骸骨がウマに乗っているのです。

町の人たちは、こんなふしぎなものを見るのは、はじめてですから、みんな家のなかからとび出してきて、あれよ、あれよ、と見おくっています。人道を通っている人たち

も、みんな立ちどまってしまい、自動車まで止まるさわぎです。白い警察自動車がサイレンをならしてやってきたら、ふつうの自動車は道をあける規則ですから、こちらの車は、なんのじゃまものもなく、思うぞんぶん走れます。

骸骨男は、ウマのしりに、ピシッ、ピシッと、ムチをあてて、あちこちと町角をまがり、だんだん、さびしいほうへ逃げていきます。

ほとんど人通りのない広い通りに出ました。両がわには大きな屋敷がならび、しいんと、しずまりかえっています。しかし、二十メートルおきぐらいに明るい街灯が立っているので、明智探偵は、骸骨男を見うしなう心配はありません。もう、ふたりのあいだは、五十メートルほどにせまっていました。

骸骨男のウマは、すこしつかれてきたようです。めちゃくちゃな乗りかたをして、むやみにムチでひっぱたくものですから、ウマがよけいにつかれるのです。

明智はなるべく身を軽くして、ウマが走りやすいようにしていました。ムチもつかいません。ですから、こちらのウマは、まだつかれていないのです。元気いっぱいに走っています。

骸骨男とのあいだが、だんだん、ちぢまっていきました。四十メートル、三十メートル、二十メートル、ああ、もう十メートルほどになりました。手に汗にぎる競馬です。うしろのウマが、ぐんぐん、前のウマにせまっているのです。

そのとき明智は、たづなをはなして、腰のかげんでウマを走らせながら、両手でほそびきのたばをほぐし、結び玉をつくって、大きな輪にしました。そして、それを右手に持って、クルッと頭の上でまわしはじめたのです。

アッ、投げ縄です。明智は投げ縄の術を知っていたのです。その縄を前の骸骨男の首にひっかけて、ウマから引きずりおろそうとしているのです。

小林少年は、うしろの自動車から、それを見ていました。

「おい、あれをごらん！　明智先生はカウ＝ボーイみたいに、投げ縄ができるんだよ。」

となりの井上君をひじでつついて、ほこらしげにいうのでした。

「うん、さすがに明智君だな。こんなかくし芸があるとは知らなかった。」

中村警部も感心したように、つぶやきました。

前の二とうのウマは、もう目の先にいます。強いサーチライトの光が、それを照らしているのですから、どんなこまかいことも、ありありと見えるのです。

二とうのウマは、矢のようにとんでいます。骸骨男がひょいとうしろをふり向きました。明智のウマのひづめの音が聞こえたからでしょう。かれは明智の頭の上で、ぐるぐるとまわっているほそびきに気がついたようです。

そのときです。明智の右手がパッとのびました。そして、まわっていたほそびきが、輪をつくったまま、サアーッと宙を飛んだのです。

うしろの自動車では、小林君たちが思わず、アッと声をたてました。

サーチライトの光の中に、骸骨男が、まっさかさまにウマから落ちるのが見えます。投げ縄は、みごとに命中したのです。

骸骨男のウマは、そのまま走りさってしまいました。明智のウマが、地面にころがった骸骨男よりも前にすすみました。骸骨男は、首にかかったほそびきで、ずるずると、地面を引きずられています。

骸骨男の左手が、首のほそびきにかかっていました。そうしなければ、首がしまって死んでしまうからです。そして、右手でなにかやっています。黒いシャツのポケットから、なにかとり出しました。よく見えません。しかし、ピカッと光ったようです。

アッ、ナイフです。ナイフをほそびきにあてました。サッと右手が動きました。すると、プッツリと、ほそびきが切れてしまったのです。

骸骨男は、むくむくと起きあがりました。そして、やにわにかけ出したではありませんか。

自動車の中の小林少年たちは、またしても、アッと声をたてて、手に汗をにぎりました。

そこは、ちょうど十字路でした。骸骨男は、それを右にまがってかけ出したのです。明智は、まだ気づかないで、まっすぐに走っていきます。

「車を止めろ！　そして、あいつを追っかけるんだッ！」

中村警部がどなりました。キーッとブレイキの音をたてて車が止まりました。パッとドアをひらいて、警官たちがかけ出しました。小林君たちも、そのあとにつづきます。

自動車には運転がかりの警官が残って、みんなのあとを追いながら、サーチライトを照らしてくれました。

骸骨男は黒い風のように走っていきます。そのはやいこと。警官たちは、とてもかないません。

そのとき、町のむこうの方から、パッと、ギラギラ光った二つの目玉があらわれました。自動車のヘッドライトです。それは、先まわりをした警察自動車でした。ヘッドライトの中に、骸骨男のすがたがはいったので、すぐ車を止めて、中からどやどやと警官がおりてきました。

骸骨男は、はさみうちになったのです。もうどうすることもできません。とうとう、覚悟をきめて立ちどまりました。

そこへ、前とうしろから警官たちがとびかかっていって、おりかさなるようにして、怪物をとらえ、手錠をはめたうえ、ぐるぐる巻きにしばりあげてしまいました。手錠だけでは、あぶないと思ったのです。

明智探偵も、その場にもどってウマからおり、中村警部と顔を見あわせて、この大とりものの成功をよろこびあっていました。

「明智君！」

しばりあげられた二十面相の骸骨男が、くるしそうな声で呼びかけました。

「ぼくの負けだよ。もうこれいじょう奥の手はないから、安心したまえ。しんみょうに、さばきをうけるよ。しかし、きみが投げ縄の名人とは、知らなかったね。見たまえ、首にこんな傷ができたよ。」

いかにも、二十面相の首には、ほそびきですれた、まっ赤なあとがついていました。

こうして、さすがの怪人二十面相も、ついにとらわれの身となったのでした。

小林、井上、野呂の三少年は、このありさまを見て、うれしくてたまりません。ちゃめのノロちゃんは、もうだまっていられなくなりました。

「明智先生、ばんざあい！　明智大探偵、ばんざあい！」

おどりあがるようにして叫びました。

それを聞くと、いかめしい警官たちも、思わず顔をほころばせ、その笑い声が、しずかな町にひびきわたるのでした。

コラム「サーカスの怪人」から「妖人ゴング」まで

「サーカスの怪人」事件が解決した後、次に発生したのは「奇面城の秘密」(一九五二年春の三十三〜三十四日間)だ。この作品(光文社版)では二十面相について「そいつは、三月《みつき》ばかりまえに、サーカスの怪人の事件で、わたしがとらえて、いまは、刑務所にはいっているはずです」という記述があるからだ。ちなみに出版社が変わったポプラ社版では「サーカスの怪人」ではなく「宇宙怪人」と変更されているが、これは出版の順番が異なったために読者サービスとして書き換えたと思われるので、元の「サーカスの怪人」のほうを本来の手がかりとして採用した。

さらにその次に発生したのが「天空の魔人」(一九五二年三月の春休み期間中の七日間)で、これは二十面相も明智小五郎も登場せず、小林少年が主人公である。三代目は三作目にして主役を張るほどに成長したということだろうか。

見事に事件を解決して小林少年は百万円ものお礼をもらうが、これは明智にあずけて「探偵七つ道具だって、団員みんなに買ってやることができます」と言っている。ちなみにどのような道具があったかというと、万年筆型懐中電灯、小型の万能ナイフ、万年筆型の望遠鏡、時計、磁石、小型の手帳と鉛筆、虫めがね、呼びこ、

B・D・バッジ、長い細引きなどだった。時代によって内容が異なるようだ。

次の作品「妖人ゴング」には、もう一人の明智の助手である花崎《はなざき》マユミが登場する。今まで少年探偵団員は男の子ばかりだったのだが、彼女が顧問になったことで、淡谷《あわや》スミ子、森下《もりした》トシ子（「塔上の奇術師」）という少女弟子ができたり、宮田《みやた》ユウ子（「赤いカブトムシ」『明智小五郎事件簿　戦後編』第四巻）という少女団員ができる下地をつくることとなった。これは連載雑誌が「少年クラブ」や「少年」といった男子児童向け雑誌だったにもかかわらず、女子児童の読者の数も相当にいたらしいということが、窺《うかが》い知れる進路変更だ。そのせいか、「魔法人形」（一九五七年発表）は「少女クラブ」に連載された。

妖人ゴング

1953年3月

おねえさま

空には一点の雲もなく、さんさんとかがやく太陽に照らされて、ひろい原っぱからは、ゆらゆらと、かげろうがたちのぼっていました。

その原っぱのまんなかに、十二、三人の小学校五、六年生から、中学一、二年ぐらいの少年たちが集まっていました。その中にたったひとり、女の子がまじっていたのです。女の子といっても、もう高等学校を出た美しいおじょうさんです。えびちゃ色のワンピースを着て、にこにこ笑っています。少年たちの先生にしては、まだ若すぎますし、お友だちにしては、大きすぎるのです。

そのおじょうさんのそばに、少年探偵団の団長の小林《こばやし》君が立っていました。そして、みんなに、なにかしゃべっているのです。

「きょう、団員諸君に、ここへ集まってもらったのは、ぼくのおねえさまを、しょうかいするためだよ。」

そこにいる少年たちは、みんな少年探偵団の団員だったのです。少年たちはぐるっと輪になって、美しいおじょうさんと、小林団長をとりかこみ、好奇心に目をかがやかせながら、団長の話を聞いています。

「おねえさまといっても、ほんとうのおねえさまじゃないよ。明智《あけち》先生の新しいお弟子なんだよ。つまり、えーと、少女助手だよ。」

そういって、小林君は、ちょっと、顔を赤くして頭をかくまねをしました。

「ぼくは先生の少年助手だろう。だから、マユミさんは少女助手といってもいいだろう？　花崎《はなざき》マユミさんって、いうんだよ。」

すると美しいおじょうさんがニッコリ笑って、みんなに、ちょっと頭をさげてあいさつしました。

「マユミさんは明智先生のめいなんだよ。先生のおくさんのねえさんの子どもなんだよ……。」

マユミさんは、それをひきとって、

「なんだか、いいにくそうね。わたしが説明するわ。明智先生は、わたしのおじさまなのよ。ですから、わたし、小さいときから探偵がすきだったのです。それで、こんど高等学校を卒業したので、大学へはいるのをやめて、先生の助手にしていただいたの。おとうさまやおかあさまも賛成してくださったわ。そういうわけで、わたし、小林君のおねえさまみたいになったの。みなさんもよろしくね。」

「じゃあ、ぼくたちにも、おねえさまだねえ！」

とんきょうな声で、そんなことをさけんだのは、野呂一平《のろいっぺい》君でした。野呂君は小学校六年生ですが、からだの大きさは四年生ぐらいで力も弱く、探偵団でいちばんの、おくびょうものでした。あだ名はノロちゃんといいますが、けっしてノロマではなく、なかなかすばしっこいのです。小林団長をひじょうに尊敬しているので、むりにたのんで団員にしてもらったのです。あいきょうものですから、みんなにもすかれていました。

「ええ、そうよ。みなさんのおねえさまになってもいいわ。」

マユミさんが、そう答えたので、少年たちのあいだに「ワーッ。」という、よろこびの声がおこりました。

「わたしは、探偵のすきなことでは、あなたがたに負けないつもりよ。わたしのおとうさまは花崎俊夫《としお》という検事なの。ですから、わたし、いろいろおとうさまからおそわっているし、おとうさまのお友だちの法医学の先生とも仲よしで、法医学のことも、すこしぐらい知っているわ。大きくなったら、女探偵になるつもりよ。おとうさまは、なまいきだとおっしゃるけれど、わたし、そう決心しているの。ですから、みなさん、仲よくしましょうね。そして、わたしも、少年探偵団の客員ぐらいにしていただきたいわ。」

「客員じゃなくって、ぼくらの女王さまだよ。女王さま、ばんざあい！」

ノロちゃんが、また、とんきょうな声をたてました。少年たちも、それにひかれて、

「女王さま、ばんざい。」と声をそろえましたが、けっきょくはマユミさんを、少年探偵団の顧問にしようと話がきまりました。つまり、おねえさま顧問というわけです。こんな美しいおねえさまと顧問とが、いっぺんにできたので、少年たちは元気百倍でした。

さんさんとふりそそぐ太陽の光の下で、マユミおねえさまの、ひきあわせがすみました。なんという、たのしい日だったでしょう。みんな、その日のことは、一生わすれられないほどでした。

巨人のかげ

それから四、五日たった、ある晩のことです。少年探偵団員の井上一郎《いのうえいちろう》君とノロちゃんとが、井上君のおとうさんにつれられて、銀座《ぎんざ》通りを歩いていました。

井上君とノロちゃんとは、たいへん仲よしでした。井上君は団員のなかでも、いちばん大きく力も強いのですが、ノロちゃんは、はんたいに、いちばんこがらで力も弱く、おくびょうものです。そのふたりが、どうしてこんなに仲がいいのか、ふしぎなほどで

す。

井上君のおとうさんは、若いころに、ボクシングの選手をやったことがあり、いまでも、ボクシングの会の役員をしているので、ボクサーがよく家へ遊びにくるのです。井上一郎君は、そういう人たちに、ときどき、ボクシングを教えてもらうので、少年ににあわない腕っぷしの強い子でした。学校でも、井上君にかなうものは、ひとりもありません。

そういうわけでノロちゃんは、しょっちゅう井上君の家へ遊びにいくのです。きょうも、井上君のおとうさんにつれられて、いっしょに映画を見せてもらった帰りに、銀座でお茶をのんで、新橋《しんばし》駅のほうへ歩いていたのでした。

「あらっ、ピカッと光ったね、いなずまかしら？」

ノロちゃんが、びっくりしたように、いいました。ノロちゃんは、かみなりがきらいなので、いなずまにも、すぐ気がつくのです。

しかし、いなずまにしてはなんだかへんな光りかたでした。空を見あげると、星が出ています。かみなりの音もしません。

「いなずまじゃないよ。なんだろう？」

井上君も、ふしぎそうにあたりを見まわしています。

すると、また、まっ白なひじょうに強い光が、銀座通りをかすめて、恐ろしいはやさで、サーッと通りすぎました。

「ああ、わかった。サーチライトだよ。デパートの屋上で、照らしているんだよ。」

井上君のおとうさんが、ノロちゃんを安心させるようにいいました。デパートは、もう、しまっていましたけれど、屋上からサーチライトを照らすことは、べつに、めずらしくもありません。

「あっ、また、光った。なんだか、いたずらしてるみたいですねえ。」

井上君がいいますと、おとうさんもうなずいて、

「そういえば、へんだねえ。サーチライトなら、空を照らすのが、ほんとうだからね。」

と、ふしん顔でした。

そのサーチライトは、下にむけて、銀座通りを照らしているのです。光が新橋のほうに、ポツッと出たかとおもうと、銀座の電車通りを、矢のようにサーッと走って、たちまち京橋《きょうばし》のほうへ通りすぎてしまいます。その光が通るときには、銀座の商店でも、電車でも、自動車でも、歩いている人たちでも、瞬間、ピカッと、まっ白に浮きあがって見えるのです。

それから、しばらくすると、またサーチライトが光りましたが、こんどは、京橋のほうから、サーッとやってきて、井上君たちが歩いている、まむこうの大きな建物を、まっ白に照らしたまま、動かなくなってしまいました。

「おや、へんだなあ。あの銀行ばかり、じっと照らしているよ。」

ノロちゃんが、気味わるそうにいいました。

いかにもへんです。銀行は窓も入口も、すっかりよろい戸がおろされて、三階だての前面が、まるで映画のスクリーンのように、白々と照らしだされていました。サーチライトは、そこへむけられたまま、すこしも動かないのです。

こちらの三人は、おもわず立ちどまって、そのほうをながめていました。

すると、まっ白に光った銀行の壁に、上のほうから、黒い雲のようなかげが、スーッとおりてきたではありませんか。まっ黒なでこぼこのかげです。

まん中に、出っぱったところがあります。その下に、深い谷のようにくびれたところがあります。そのくびれたところが、開いたり閉じたり、動いているのです。

「あっ、人の顔だ。ねっ、井上君、あれ人間の顔だよ。」

ノロちゃんが井上君の肩に手をかけて、ささやくようにいいました。

まっ白に光った三階だてのコンクリートの壁に、実物の千倍もあるような人間の横顔が、うつっていたのです。だれかが、サーチライトのすぐ前に、顔をだしているのです。それがくっきりと、むこうの壁にうつったのです。生きた人間の証拠には、口を動かしているではありませんか。谷間のような深いくびれは、巨人の口だったのです。その上の出っぱったところは、鼻です。鼻の上に目のくぼみがあり、その上に、太いまゆがあります。そして、頭は、ぼうぼうとのびた、かみの毛におおわれています。

ちょうどそのとき、銀行の前は、ふしぎに人どおりがとだえていましたが、そこへ、左のほうから、ひとりの女の人が歩いてきたのです。その人はサーチライトの光を、まぶしそうにしていましたが、まだ巨人のかげには気がつきません。あまり大きすぎて、近くではわからないのでしょう。

洋服を着た若い女の人でした。たぶんおじょうさんです。そのおじょうさんが、サーチライトの光の中にはいったとおもうと、どこからともなく、みょうな音が聞こえてきました。

「ウワン……ウワン……ウワン……。」

という、教会のかねの音のようなかんじでした。それがよいんをひいて、銀座の夜空いっぱいに、ひびきわたるのです。

悪魔の笑い声

おじょうさんは、その音にびっくりしたように、空を見あげました。どうも、空からふってくるような音だったからです。それから、見あげた顔を、ひょいと、銀行の壁にむけました。そして、おじょうさんは、壁のかげを見たのです。そのとき、巨人のかげは、口を大きくひらき、するどい歯をむきだして、おじょうさんの頭の上から、いまにも、かみつきそうにしていました。実物の千倍の顔が、おじょうさんの真上に、のしかかっていたのです。

するると、空からふってくる、あのぶきみな音が、にわかに大きく、耳もやぶれんばかりにひびきました。

「ウワン……ウワン……ウワン……ウワン……ウワン……。」

おじょうさんは、はっとして、かけだそうとしましたが、なにかにつまずいて、巨人の顔の下に、バッタリたおれました。

巨人の顔は、グーッと、さがってきました。そして、かわいそうなおじょうさんに、ガッと、かみついたではありませんか。

そして、また、顔を上にあげて、大きな口が、カラカラ笑っているように動きました。

「ウワン……ウワン……ウワン……。」

ああ、悪魔が笑っているのです。あざけり笑っているのです。教会のかねのような音は、悪魔の笑い声だったのです。それが銀座の夜空いっぱいに、なりひびいているのです。どうしたのでしょう？　おじょうさんは、たおれたまま起きあがりません。どこか、けがでもしたのでしょうか。それとも悪魔にくい殺されてしまったのでしょうか。でも、まさか、かげが人をくい殺すことはありますまい。

こちらでは、おくびょうもののノロちゃんが、井上君のおとうさんにしがみついて、顔をかくしていました。顔をかくしても、音だけは聞こえます。恐ろしい悪魔の笑い声が聞こえてきます。

井上一郎君は、勇気のある少年ですから、じっと、むこうのできごとを見つめていましたが、なにを思ったのか、いそいで、おとうさんの洋服の袖をひっぱりました。

「おとうさん、あのたおれた人、ぼく見おぼえがあります。つまずいて、たおれそうになったとき、わかったのです。マユミさんです。おねえさまです。」

「えっ、おねえさまってだれのことだね。」

「ほら、このあいだ話したでしょう。明智先生の助手のマユミさんです。ぼくらの少年探偵団の顧問になってくれた、おねえさまです。」

「ああ、そうだったのか。それじゃ、あそこへいってみよう。」

おとうさんは、そういって、ノロちゃんの手をひっぱって、歩道から電車通りを、よこぎろうとしましたが、むこうの壁を見て、おもわず立ちどまりました。壁のかげが、かわっていたからです。

巨人の顔は消えて、そのあとに、巨大なクモの足のようなものが、もがもがと動いていました。

「あっ、悪魔の手だっ！　おねえさまを、つかもうとしている。おとうさん、はやくいきましょう。」

一郎君が叫びました。

銀行の壁いっぱいに、五本の指の爪の長くのびた手が、たおれているマユミさんの上から、つかみかかっているのです。実物の千倍の手が、つかみかかっているのです。そして、あのぶきみな悪魔の笑い声は、まだつづいていました。空から、ふってくるように、ウワン、ウワンと、なりひびいているのです。

三人が、むこうがわに、たどりついたときには、もうそのへんは、黒山の人だかりでした。そして、いつのまにか、銀行の壁はまっ暗になっていました。悪魔のかげも、サーチライトの光も消えてしまっていたのです。

井上君たちは、人をおしわけて、たおれているマユミさんに近づき、井上君のおとうさんが、そのからだをだき起こしました。

「しっかりしてください。どこか、けがをしたんですか。」

すると、マユミさんが目をあけて、夢からさめたようにあたりを見まわしましたが、井上君とノロちゃんに気がつくと、

「あらっ、少年探偵団のかたね。」

とうれしそうにいうのでした。

「けがはないのですか？」

「ええ、べつに、けがはしていません。でも、わたし、夢を見たのでしょうか。恐ろしいものが、あの壁に……。」

「夢ではありません。ぼくたちも見たんです。大きな顔のかげでしょう。もう消えてしまいましたよ。」

「ええ、あれを見たひょうしに、つまずいてたおれたのですが、そのまま、なにかにおさえつけられているような気がして、起きられなかったのです。恐ろしい夢に、うなされているような気持でした。わたし、いくじがないのねえ。はずかしいわ。」

そういって、マユミさんは、ニッコリ笑いながら立ちあがるのでした。

そこへ、おまわりさんがかけつけてきましたので、井上君のおとうさんが、さっきからのふしぎなできごとを話し、マユミさんが名探偵明智小五郎《こごろう》の新しい助手だということも、つたえました。

「デパートの屋上から、サーチライトを照らして、あんないたずらをやったのに、ちがいありません。けしからんやつです。デパートを捜索して、そいつを、ひっとらえてください。」

警官はうなずいて、

「よろしい。すぐに本署に連絡して捜索をはじめます。あなたがたは、この人をうちへ送ってあげてください。」

といいますので、三人はマユミさんといっしょに自動車に乗って、明智探偵事務所におくりとどけました。そして、明智探偵と小林少年に、こんやのできごとを話しますと、いつもにこにこしている明智探偵が、なぜか、ひどく心配そうな顔になって、井上君のおとうさんに、こんなことをいうのでした。

「これは、ただのいたずらではないかもしれません。銀座のまん中で、そんなことをやってのけるやつは、ただものではありません。ぼくは、これが、なにか大事件のはじまりになるのではないかと心配しているのです。警察がいくらデパートを捜索してもむだでしょう。これほどのことをするやつが、むざむざつかまるはずはありません。」

この明智探偵の心配は、そのとおりになりました。警察の捜索は失敗におわったのです。

警官隊はデパートの宿直員に案内させて、屋上はもとより、各階のすみずみまでさがしまわりましたが、あやしいやつを発見することはできなかったのです。そのデパートには屋上にサーチライトがすえつけてありました。そのサーチライトが、つかわれたことは明らかです。しかし、それが何者のしわざであるかは、すこしもわからないのでした。そして、名探偵がさっしたとおり、これは、世にも恐ろしい怪事件のはじまりだったのです。

大空の怪物

銀座のできごとがあってから、三日目の真夜中に、まるで恐ろしい夢にうなされているような、とほうもないことがおこりました。

もう夜の十二時をすぎていました。どんよりとくもった、星のない夜でした。渋谷《しぶや》駅の近くの盛り場も、電灯が消えて、すっかり暗くなっていましたが、それでも帰りのおそい人たちが、戸をしめた商店の前を、おおぜい歩いていました。

十二時十分ごろでした。歩いていた人たちが、おもわず立ちどまるような、みょうな音が、どこからともなく聞こえてきました。それは、ニコライ堂のかねのような音でした。

「ウワン、ウワン、ウワン、ウワン、ウワン……。」

みょうに、心のそこにこたえる、ぶきみなひびきです。それが、なんだか、空の方から聞こえてくるように思われるので、みんなは立ちどまって、まっ暗な空を、じっと見あげました。

「ウワン、ウワン、ウワン、ウワン、ウワン、ウワン……。」

その音は、だんだん大きくなって、しまいには空いっぱいにひろがり、こまくもやぶれるほどの恐ろしいひびきになりました。

あれとそっくりです。三日前の銀座の空からふってきた、あのぶきみなわめき声と、そっくりです。しかし、渋谷の大通りを歩いている人たちは、銀座の音を聞いていないので、まだわけがわかりません。ただ、気味わるさにふるえあがって、キョロキョロとあたりを見まわすばかりでした。

そのうちに、みんなが見あげている空に、びっくりするほど大きな白いものが、ボヤーッとあらわれてきました。白い雲でしょうか？　いや、こんなやみ夜に、雲が白く見えるはずはありません。百メートル四方もあるような、えたいのしれない白いものです。それが、もやもやと異様にうごめいているのです。

暗い大通りを歩いていた人たちは、ひとりのこらず立ちどまって、まるで人形にでもなったように、身うごきもしないで、空を見あげていました。ときたまとおる自動車まで、車をとめて、運転手も乗客も窓をあけて、空を見あげているのです。

交番の前では、おまわりさんが、火の見台では、消防署のおじさんが、やっぱり、人形のように動かなくなって、空を見つめていました。

もやもやと、うごめいているものが、だんだん、はっきりしてきました。

「あっ、悪魔の顔だ！　悪魔が笑っているのだ！」

大通りに立っていたひとりの男が、とんきょうな声をたてました。

それをきくと、そばに立っていた人たちは、ゾーッと、身の毛がよだつような気がしました。いかにもそれは人間の、いや、悪魔の顔だったからです。百メートル四方もあるような、とほうもなく巨大な悪魔の顔が、みんなの頭の上から、おさえつけるように、空いっぱいにひろがって、にやにや笑っていたのです。

まっ暗な空に、その悪魔の巨大な顔だけが、ぼーっと白く浮きでているのです。なんて大きな目でしょう。ちょっとしたビルディングほどもある、でっかい目がギョロギョロと光って、ときどき、パチッ、パチッと、またたきをしています。鼻はそれよりも、もっと大きく、口も、おなじように大きいのです。はばが三十メートルもあるような大きな口が、にやにやと笑っているぶきみさは、それを見なかった人には、とても、想像できるものではありません。

深夜の大通りに、「ワーッ。」というような、なんともいえない声が、わきおこりました。あまりの恐ろしさに、人びとがみんなそろって、叫び声とも、うめき声ともわからないような、ふしぎな声をたてたからです。

その声を、うちけすように、またしても、

「ウワン、ウワン、ウワン、ウワン、ウワン、ウワン……。」

そして、空いっぱいの悪魔の顔が、グワッと、その巨大な口をひらきました。ひとつひとつが、一メートルもあるような白い歯があらわれ、その両はしに、するどくとがった巨大な牙が、ニュッとつきだしています。上下の歯のおくには、どす黒い舌が、うねうねと動いているのです。

人びとのあいだから、また「ワーッ。」という、ぶきみなひめいがおこりました。そして、みんな、両手で耳をふさぎ、目をとじて、その場にうずくまってしまいました。あまりに恐ろしくて、見ていられなかったからです。聞いていられなかったからです。

まるで、おいのりでもするように、地面にうずくまったまま、じっとしていました。だれも、逃げだすものはありません。逃げたって、空の悪魔はどこまでも、ついてくるからです。ちょうどお月さまが、いくら走っても、どこまでもついてくるように。

「ウワン、ウワン、ウワン、ウワン、ウワン、ウワン、ウワン、ウワン……。」

やがて、恐ろしい空の声が、みるみる小さくなり、かすかになって、スーッと、消えていきました。

それでも、人びとは、まだ空を見あげる勇気がありません。まるで、死んでしまったように身動きもしないのです。

しばらくしてから、ひとりの男が、おずおずと目をひらいて、そっと空を見あげました。

「あっ、消えてしまった。みなさん、もう悪魔の顔はなくなりましたよ。」

それを聞くと、みんな目をあいて空を見ました。空はまっ暗で、もう、なんにも見えません。みんなの口から、安心したような「はーっ。」という、ためいきの声がおこりました。そして、人びとは正気をとりもどし、あの空のおばけが、もう一度あらわれないうちにと、それぞれの家庭へいそぐのでした。

読者諸君、いったい、これはどうしたことなのでしょう。その夜、渋谷の大通りを歩いていた人びとが、みんなそろって、夢を見たのでしょうか。それとも魔法にかかったのでしょうか。百メートルもあるような大きな顔が、空の雲の中にあらわれるなんて、そんなばかなことが、おこるはずがないではありませんか。

しかし、夢でも、魔法にかかったのでもありません。あの空のおばけは、渋谷のぜんたいの人が、見ていたのです。夜中に目をさまして、窓から空をのぞいた人は、みんな、あれを見ていたのです。

このふしぎなできごとのわけは、やがてわかるときがきます。「ウワン、ウワン。」という声の出どころも、わかってくるのです。しかし、それは、もうすこしあとのお話です。それまでに、みなさんも、ひとつ、そのわけを考えてみてください。

このふしぎなできごとは、あくる日の新聞に、でかでかと書きたてられました。写真はとらなかったとみえて、出ておりませんが、画家が写生した天空の悪魔の顔が、大きくのっておりました。それが、全国の新聞にのったものですから、この怪事件は、日本じゅうのうわさの種になったのです。

新聞は、三日前の夜の銀座のできごとと、関係があると書いていましたが、だれしも、そう感じました。巨大な黒いかげや、空いっぱいの白い顔の事件には、なにかしら、えたいのしれない悪念《あくねん》がこもっているのを感じました。

しかし、その悪念がどんなものだかは、まったくわかりません。明智探偵がいったように、なにか恐ろしい事件のぜんちょうだろうと、想像するばかりで、それが、どんな恐ろしい事件なのか、だれにもわからないのでした。

それからまた五日ほどたったとき、こんどは、まっ昼間、またしても、えたいのしれない気味のわるいできごとがおこりました。

水中の悪魔

明智探偵の少女助手マユミさんのおとうさんの花崎俊夫さんは、世田谷《せたがや》区に大きな邸宅をもっている、りっぱな検事さんでした。花崎さんにはマユミさんのほかに、もうひとり、男の子がありました。マユミさんの弟で俊一《しゅんいち》君というのです。小学校の六年生ですが、ねえさんとちがって、探偵なんかきらいで、学校の勉強がすきな、おとなしい子でした。

それは日曜日の午後のことです。俊一君は勉強につかれて、広い庭の中をさんぽしていました。花崎検事のうちの庭は三千平方メートルもあって、森のような木立ちがあり、そのまん中に、小さな池まであるのです。俊一君は、いま、その池のふちを歩いているのでした。

約五十平方メートルほどの小さな池です。水が青くよどんで、池の底は見えません。そんなに深くはないけれど、どろ深い池でした。おとうさんは、俊一君たちの小さいときには、この池のそばへ行ってはいけないと、きびしくいいつけていました。ひじょうにどろ深いのではまったら、どろの中へ沈んでしまうからです。よくいう「底なし沼」なのです。

俊一君は、三年生ぐらいまでは、この池がこわくてしようがありませんでした。俊一君のうちのじいやが、「あの池には主《ぬし》がすんでいる。」といっておどかしたからです。ひとりで池のそばへいくと、目も鼻もない、のっぺらぼうの海ぼうずみたいなやつが、青くよどんだ水の中から、ヌーッと出てくるような気がしたのです。

しかし、俊一君は、一年ぐらいまえから、そんなことを、こわがらないようになっていました。俊一君は学校のよくできる、かしこい少年でしたから、もうおばけがいるなんて、ばかばかしいことを考えなくなったのです。それで、へいきで、池のまわりを歩けるようになっていました。

その日は、どんよりとくもった、いんきな天気でした。まだ三時ごろなのに、そのへんは夕方のようにうす暗いのです。大きな木が、森のように茂っているので、光がよくささないからでもあります。

俊一君は池のそばに立って、ぼんやりと、青くよどんだ水の上を見ていました。風がないので、水は一枚の大きな青ガラスのように、じっとしているのです。

そうしているうちに、なんだかへんな気持になってきました。なぜだかわかりませんが、世界じゅうで、じぶんが、たったひとりぼっちになってしまったような、さびしいさびしい気がしたのです。

すると、そのとき、池の水が、ゆらゆらとゆれました。

「コイがはねたのかしら。」

俊一君は、そう思って水のうごいた場所を見つめました。この池には大きなコイが、なんびきもすんでいたからです。

じっと見ていると、なんだか大きなものが、水の底から浮きあがってくるように感じられました。コイではありません。もっとずっと大きなものです。池いっぱいの大きなものです。

俊一君は、くらくらっとめまいがしました。あんまり、へんだったからです。まるで池の底が、ぐーっと、もちあがってくるように見えたからです。

水が青くにごっているので、よくは見えません。でも、その大きなものが、スーッと浮きあがってくるにつれて、だんだんはっきりしてきました。

俊一君は、いまわしい悪夢を見ているのではないかと、うたがいました。それは、じつに、とほうもないものでした。ゆらぐ水の中をすかして見るので、たしかにそうだとはいいきれませんが、それはべらぼうに大きな、ほとんど池いっぱいの人間の顔のように見えました。

俊一君は、もう動けなくなってしまいました。からだが石のようにかたくなり、足がしびれてしまって、どうすることもできないのです。心臓のドキドキする音が、じぶんの耳に、聞こえるほどです。

見まいとしても、目がそのほうに、くぎづけになって、見ないわけにはいきません。それは、やっぱり、人間の顔、いや、悪魔の顔でした。池いっぱいの巨大な悪魔の顔が、水面に浮きあがってきたのです。

そいつは、水の中で、一メートルもある大きな目を、ギョロギョロさせていました。畳一畳もある巨大な口の、まっかなくちびるのあいだから、牙のような二本の歯が、ニューッとのぞいていました。

顔だけでも、こんなに大きいのですから、こいつの胴体はどんなにでっかいか、思っただけでも気がへんになりそうです。その胴体が、池のどろの中に深くしずんでいて、頭だけが顔を上にむけて、浮きあがってきたのかもしれません。

いくら、こわさに身がすくんだからといって、このまま、ぐずぐずしていたら、どんなことが起こるかわかりません。巨人の顔が水の中から出たら、どうでしょう。俊一君のからだの百倍もあるような、恐ろしくでっかい顔です。そいつが池の上いっぱいに、ヌーッと出て、ぱっくり口をひらいたら、俊一君なんか、ひとのみです。

俊一君は、逃げるなら、いまだと思い、下っ腹に力をいれて、「なにくそっ！」と、がんばりました。すると、いままで動かなかったからだが、動きだしたではありませんか。

それからは、もう無我夢中でした。死にものぐるいで走ったのです。まるで、ころがるように走ったのです。

俊一君が走りだすといっしょに、恐ろしい音が聞こえてきました。

「ウワン、ウワン、ウワン、ウワン、ウワン、ウワン……。」

俊一君は知りませんでしたが、読者諸君にはおなじみの、あのニコライ堂のかねのような音でした。巨人はもう池の上に顔を出したのでしょう。でなければ、水の中では笑うことができません。

そのとき、俊一君のおとうさんの花崎検事は、洋室の書斎で本を読んでいましたが、検事の耳にも、あのぶきみな音が聞こえてきたのです。花崎さんは、びっくりして、いすから立ちあがると、窓をひらいて外をながめました。

するど、庭のほうから、まっさおになった俊一君が、かけてくるのが見えました。なにか恐ろしいものに、追っかけられてでもいるように、死にものぐるいで走ってくるのです。

「おい、俊一、どうしたんだ。なにかあったのか!」

声をかけますと、俊一君は、おとうさんの顔を見て、助けをもとめるように、いっそう足をはやめて、窓の下にかけつけ、両手をひろげて、窓わくにとびつこうとしました。

そのようすが、だれかに追っかけられて、入口からまわっていては、まにあわないというように見えましたので、花崎検事も、いそいで両手をのばして、俊一君をひっぱりあげ、窓から書斎の中にいれて、ピシャリと、ガラス戸をしめました。

「おまえの顔色は、まるで、死人のようだぞ。いったい、なにがあったんだ? けんかでもしたのか?」

花崎さんは、そういって、俊一君をいすにかけさせ、テーブルの上にあったフラスコの水を、コップについで飲ませました。

それで、やっと、俊一君は、声を出すことができるようになりました。そして、ことばもきれぎれに、池の中からあらわれた怪物のことを、しらせました。

すると、花崎さんは笑いだして、

「ハハハ……、おまえ、気でもちがったのか。そんなばかなことが、あってたまるものか。よしっ、おとうさんが、いって見てやる。」

と、俊一君がひきとめるのを、ふりはらって、書斎の外へ出ていきました。日本座敷の縁がわから、庭へおりて、池のそばへ、かけつけたのです。

　俊一君は、おとうさんが、あの巨人にであって、食いころされるのではないかと、気が気ではありません。といって、おとうさんのあとを追って、庭へかけだす勇気もなく、ただ、やきもきするばかりでした。

　ところが、しばらくすると、花崎さんは、のんきそうににこにこしながら、庭のむこうから、帰ってきたではありませんか。そして、書斎にはいると、

「俊一、おまえは、まぼろしを見たんだよ。池の中には、なんにもいやあしない。おとうさんは、長い棒きれで、池をかきまわしてみたが、なんの手ごたえもなかったよ。あの小さな池に、そんな巨人がかくれていられるわけがない。おまえは、あんまり勉強しすぎて、頭がどうかしたのではないかね。」

と、心配そうにいうのでした。

　それを聞くと俊一君は、またびっくりしてしまいました。あんなでっかいやつが、とっさのまに逃げられるはずはないし、そうかといって、もう一度池の中へ沈んでしまったというのもへんです。だいいち、あいつは魚類ではないのに、池の水の中で、どうして息をしていたのでしょう。そこまで考えると、俊一君は、やっぱり、じぶんの頭がど

うかしたのかしらと、思わないではいられませんでした。あれが、目をさましていて夢をみる、まぼろしというものだろうかと、なんだかじぶんがこわくなってくるのでした。

しかし、俊一君は、まぼろしを見たのではありません。あの巨大な顔は、ほんとうに、池の底から浮きあがってきたのです。それでは、花崎さんが、かけつけたとき、その巨人が、池の中にも、池の外にも、いなかったのは、どうしたわけでしょう。そんな大きなやつが、昼間の町の中を、のこのこ逃げだしたら、すぐに大さわぎになるはずではありませんか。

電話の声

俊一君のおうちの池の事件があってから、また三日ほどたったある日のこと、麹町《こうじまち》アパートの二階にある明智探偵事務所の客間で、ひとりの客が明智探偵と話をしていました。

黒いビロードのだぶだぶの上着をきて、大きな赤いネクタイをむすび、かみの毛をながくのばした、画家か詩人のような、三十五、六の男です。大きなめがねをかけています。

この人は人見《ひとみ》良吉《りょうきち》という、あまり有名でない小説家ですが、お金持ちとみえて、一《ひと》月《つき》ほどまえに、このアパートへ越してきて、明智探偵と同じ二階の小さな部屋に、ひとりぼっちで住んでいるのです。人見さんは、探偵小説家ではありませんが、探偵めいたことがすきで、よく明智探偵のところへ、話しにくるのでした。

「じつにおどろくべき怪物が、あらわれましたね。あなたの助手のマユミさんがおそわれたところをみると、どうやら、あなたに挑戦しているらしいではありませんか。」

人見さんが、ひたいにたれかかる長いかみを、指でかきあげながらいうのです。

「そうかもしれません。とほうもないことを考えだすやつも、あるものですね。」

明智が、にこやかに答えます。

「それにしても、空に巨人の顔があらわれたり、池の中から、巨人の顔が、浮きあがったりしたのは、いったい、どういうしかけでしょうね。あなたは、あれも、人間のしわざとお考えですか。」

「むろん、そうですよ。ぼくには、手品の種もおおかたは、わかっています。」

「え、おわかりですって？　ほう、そいつは、すばらしい。ひとつ、ぼくに聞かせてもらいたいものですね。」

「いや、それは、もうすこし待ってください。いつか、あなたに、くわしくお話しするときがあるでしょうから。」

そんな話をしているところへ、助手のマユミさんが、コーヒーを持ってはいってきて、ふたりのまん中のテーブルにおきました。

「あ、マユミさん。もうすっかり元気におなりですね。しかし、このあいだの晩は、おどろいたでしょう。」

人見さんが、声をかけますと、マユミさんは、はずかしそうに、ニッコリ笑って答えました。

「ええ、ふいに、あんな恐ろしいかげが、あらわれたものですから……。」

そのとき、となりの書斎のデスクの上においてある電話のベルが鳴りだしたので、明智はそこへはいっていって、受話器を耳にあてました。すると、ウワン、ウワン、ウワン、ウワンと、みょうな音が聞こえます。耳なりかと思いましたが、そうでなくて、むこうの電話口で、そんな音がしているのです。二十秒ほどで、その音がやむと、こんどは、へんなしわがれ声が聞こえてきました。

「きみは明智先生かね。」

「そうです。あなたはどなたですか。」

「いまの音を聞かなかったかね。あの音で、さっしがつかないかね。」

おばけのような、気味のわるい声です。明智探偵は、さてはと、感づきましたが、わざと、だまっていますと、せんぽうは、いよいよ、気味のわるいことをいいだすのです。

「きみの助手のマユミを用心したまえ。いいかね。いまから三日ののち、今月の十五日に、マユミは消えてなくなるのだ。きみがいくら名探偵でも、それをふせぐことはできない。……十五日を用心したまえ。」

そういったかと思うと、またしても、ウワン、ウワン、ウワンという、いやな音が、受話器の中から、ひびいてきました。

明智探偵は、そのまま受話器をかけて、にこにこ笑いながら、客間にもどってきました。人見さんは、その顔を、いぶかしげに見つめています。

マユミさんが、部屋を出ていくのを待って、明智探偵が口をひらきました。

「人見さん、あなたのおっしゃるとおりでしたよ。やつは、挑戦してきました。」

「えっ、あの怪物がですか。」

「そうです。今月の十五日に、マユミを消してみせるというのです。」

「えっ、消してみせる?」

「つまり、誘拐するというのでしょうね。予告の犯罪というやつですよ。」

そういいながら、明智はへいきで、にこにこしています。

「そうすると、あの巨人は、やっぱり、ふつうの人間だったのですね。しかし、だいじょうぶですか。あいては魔法つかいみたいな怪物ですからね。」

「あいてが魔法つかいなら、こっちも魔法を使うばかりですよ。まあ、見ていてください。」

明智は、自信たっぷりです。

「でも、犯罪を予告してくるほど大胆なやつですから、油断はなりませんよ。あいつには、どんなてがあるか、わからないじゃありませんか。」

小説家の人見さんは、いかにも心配らしく、いうのです。

「そういう怪物とたたかうのが、ぼくの役目ですよ。けっして、ひけはとりませんから、ご安心ください。」

明智探偵は、人見さんを、ぐっとにらみつけながら、きっぱりと、いいきるのでした。

黒い怪物

その夕方のことです。マユミさんは、おとうさんの花崎検事のおうちに、用事があって出かけた帰り道、電車をおりて、千代田《ちよだ》区のさびしい町を、麹町アパートのほうへ、歩いていきました。

明るいうちに帰るつもりだったのが、ついおそくなって、もう、あたりは、うす暗くなっています。

かたがわは長いコンクリートべい。かたがわは、草のはえた広い空地です。明智探偵は、さっきの怪物の電話のことを、マユミさんには話さないでおきましたから、そのことは知らないのですが、このあいだの銀座の事件や、弟の俊一君が見た池の中の怪物のこともありますので、いくらしっかりもののマユミさんでも、こんなさびしい町を通るのは、やっぱり、うす気味がわるいのです。自動車に乗ればよかったと後悔しながら、いそぎ足に歩いていました。

ふと気がつくと、むこうの電柱のかげに、黒い大きなふろしき包みのようなものが、おいてあります。

「どこかの店員が、おきわすれていったのかしら？」

と思いましたが、ふろしき包みにしては、なんだか、へんなかっこうです。まるで、まっ黒なでこぼこの、大きな岩のように見えるのです。

マユミさんは、ふと恐ろしくなって、立ちどまりました。そして、じっとにらんでいますと、むこうの黒いものも、こちらを、にらんでいるような気がします。目はないけれども、なんだかにらんでいるような感じなのです。

マユミさんは、ギョッとしました。黒いものが、かすかに動いたように思ったからです。

「やっぱりそうだわ。あれは、怪物がばけてるんだわ。」

そう思うと、にわかに、胸がどきどきしてきました。そして、もと来たほうへ、ひきかえそうとしましたが、うしろをむけば、黒いやつが、いきなり、とびかかってきそうで、逃げることもできません。

マユミさんは、ヘビにみいられたカエルのように、じっと立ちすくんで、その黒いものを見つめているほかはないのでした。

やっぱりそうです。黒いものは、動いているのです。もぞもぞと動いているのです。

やがて、黒いものが、ヌーッと上のほうにのびました。そして、ふわ、ふわと、こちらへ近づいてくるではありませんか。

マユミさんは、からだが、しびれたようになって、声をたてることも、どうすることも、できません。

それは人間の形をしていました。人間が黒い大きなきれを、頭からかぶって、電柱のかげにうずくまっていたのです。

そいつは、まっ黒な幽霊のように、ふわふわと、こちらへやってきます。そして、三メートルほどに近づいたとき、かぶっていた黒いきれを、パッとひらいて、顔を見せました。

ああ、その顔！　マユミさんは、まだ見ていなかったけれど、渋谷の空にあらわれた巨大な顔、俊一君が見た池の中の巨人、あれとそっくりの恐ろしい顔が、そこにあったのです。

夕やみの中で、はっきりは見えませんが、顔ぜんたいが、ぼんやりと白っぽくて、大きな目が、ぎょろりと、こちらをにらんでいます。

　そいつが、グワッと、口をひらきました。耳までさけた大きな口、白い二本の牙が、ニューッととびだしています。

「マユミ、おまえの運命を聞かせてやろう。今月の十五日、おまえは、この世から消えてしまうのだ。ある部屋の中から、煙のように消えうせてしまうのだ。わかったか。いくら用心しても、だめだ、明智にたのんでも、だめだ。かわいそうだが、これが、おまえの運命なのだ。よくかくごをしておくがいい。」

　いいおわると、どこからともなく、ウワン、ウワン、ウワン、ウワン、ウワンと、あのいやな音が聞こえてきました。銀座や渋谷のときのような、大きな音ではありません。もっと、ずっと小さな、やっと二十メートル四方に聞こえるぐらいの音でした。

「ウワン、ウワン、ウワン、ウワン……。」

　怪物は黒いきれを、頭からかぶって、サーッと、原っぱの中へ、遠ざかっていきます。それとともに、あの音も、だんだん、かすかになり、ついにまったく、聞こえなくなってしまいました。マユミさんは、しばらくのあいだ、魔法にしばられたように、足を動かすこともできないで、ぶるぶるふるえながら立っていましたが、やっと、魔法がとけたのか、からだが動くようになったので、そのまま、いちもくさんに、明智事務所に向かってかけだしました。

クモの糸

そして、いよいよ、その日がきたのです。きょうは、十五日です。

マユミさんはアパートの二階の、じぶんの寝室に、とじこもっていました。明智探偵が借りている部屋は、浴室や、炊事場をべつにして、五間《いつま》もあるのですが、そのいちばん奥まったところに、マユミさんの寝室がありました。もとは小林少年の寝室だったのを、小林君は明智先生の寝室に寝ることにして、新しく助手になったマユミさんに、じぶんの寝室を、ゆずりわたしたのです。

マユミさんの寝室へいくのには、どうしても書斎を通らなければならないのです。そして、その書斎には明智探偵が、一日外出しないで、がんばっていました。隣の部屋には、小林君がいます。そのうえ、マユミさんは、寝室のドアに中からかぎをかけているのです。これだけ厳重にしておけば、いくら怪物でも、どうすることもできないはずでした。

二階のマユミさんの寝室の窓は、アパートの横がわにひらいていて、その下は地面まで十五メートルもありました。アパートの横ががけになっていて、建物は高い石がけの上にたっていたからです。

ですから、窓のほうは、すこしも心配することはありません。そんなところを、よじのぼってこられるはずはないのです。

マユミさんは、朝から、その寝室にとじこもり、昼の食事は、小林君にはこんでもらって、部屋の中ですませましたが、午後になると、そうしてじっとしているのが、たいくつになってきました。

いままで、本を読んでいましたが、それにも、あきてしまったのです。

午後三時ごろでした。窓の外の、がけの下から、パーンと、なにか爆発したような音が聞こえてきました。

マユミさんは、びっくりして、窓のほうをふりむきましたが、すると、そのガラス窓の外を、赤、青、むらさき、黄色などの、うつくしい玉が、いくつも、いくつも、つぎつぎと、空のほうへのぼっていくのが見えました。

空は、どんよりと曇っていましたが、その白っぽい雲の中へ、五色《ごしき》の玉が、スーイ、スーイとのぼっていくのです。

マユミさんは、あまりのうつくしさに、まぼろしでも見ているのではないかと、びっくりしましたが、よく考えてみると、それは色とりどりのゴム風船のようでした。がけの下で、風船屋がそそうをして、つないであった糸がきれて、ぜんぶの風船が、空へ飛びあがったのかもしれません。

しかし、こんなながけの下へ、風船屋がくるなんて、ありそうもないことです。マユミさんは、ふしぎでしかたがないので、おもわず立って、窓のそばへいき、ガラスの戸をひらいて、下をのぞいてみました。

そのときです。じつに、恐ろしいことがおこりました。窓のほうから、一ぴきの巨大なクモが、黒い糸をつたって、スーッと、さがってきたのです。

ほんとうのクモではありません。クモのような人間です。ピッタリと身についた黒いシャツとズボン下をはき、顔には黒い覆面《ふくめん》をした、クモそっくりの人間です。そいつが、じょうぶな絹糸でつくった縄ばしごをつたって、真上の三階の窓から、おりてきたのです。

あっというまにクモは、えものにとびつきました。えものというのはマユミさんです。うっかり窓をひらいて、外をのぞいたのが運のつきでした。それを待ちかまえていた巨大なクモは、パッとマユミさんにとびついて、クモの毒ではなくて、麻酔薬をしませた白布を、彼女の口におしつけ、ぐったりとなるのを待って、そのからだを横だきにすると、窓をしめておいて、かた手で縄ばしごをのぼりはじめました。

空中のはなれわざです。マユミさんをかかえて、縄ばしごをのぼるなんて、よほどの力がなくてはできないことです。下を見れば、ゾッとするほどの高さです。絹糸をよりあわせた縄ばしごは、人間ふたりの重みで、いまにも切れそうにのびきっています。

それが切れたら、いのちはありません。

やっとのことで、三階の窓にのぼりつきました。そして、まずマユミさんを、窓の中にいれ、じぶんもはいって、縄ばしごをたぐりあげ、ピッタリと窓をしめて、カーテンをおろしました。

あとは、なにごともなかったかのように、しずまりかえっています。二階の窓も三階の窓もしまっているので、マユミさんが、窓から引きあげられたことは、だれにもわかりません。

怪物の予告は、そのままに実行されたのです。マユミさんは、寝室の中から、煙のように消えうせてしまったのです。

三階のその部屋は、このアパートで、たった一つのあき部屋でした。怪物は、それを利用したのでしょう。

かれは気をうしなっているマユミさんの手足を、厳重にひもでしばってから、黒い覆面をはずして、ニヤリと笑いました。やっぱりあいつです。ボヤッとした白っぽい顔、大きな目、牙のはえた大きな口、人間ににているけれども、人間ではありません。深い地の底からはいだしてきた悪魔の顔です。渋谷の空や、花崎さんの庭の池にあらわれた、あのいまわしい巨人の顔です。

「ウフフフ……、これでまず、第一の目的をはたしたぞ。明智のやろう、ざまをみろ。

名探偵ともあろうものが、マユミをまもることができなかったじゃないか。ウフフフ……。」

怪物はそんなひとりごとをいって、部屋にある戸棚をひらき、そこにかくしてあった大きなトランクを、ひっぱりだしました。外国旅行用の大トランクです。

トランクのふたをひらくと、手足をしばったマユミさんをだきあげて、そっとトランクの中にいれ、またふたをしてかぎをかけ、それを戸棚の中にいれて戸をしめると、怪物は、そのまま部屋を出ていってしまいました。トランクは、夜になるのを待って、どこかへ運びだすつもりでしょう。

ああ、明智探偵は怪物のために、まんまと、だしぬかれたのでしょうか？　ほんとうに怪物が勝って名探偵が負けたのでしょうか？　いや、まだ、どちらともきめることはできません。

それから三十分もたったころ、じつにふしぎなことがおこりました。

怪物は三階のあき部屋をたちさったまま、どこへ姿をかくしたのか、夜になるまで、帰ってきませんでしたが、そのるすのまに、なんだか、わけのわからないことがおこったのです。あのあき部屋のドアがスーッとひらき、中からマユミさんが出てきたではありませんか。そして、幽霊のように、足音をたてないで階段をおり、明智探偵の部屋へはいっていきました。

だれかが、助けたのでしょうか。

それにしては、助けた人の姿が見えないのがへんです。ひとりで、ぬけだしたのでしょうか。それも考えられないことです。あんなに厳重に手足をしばられたうえ、トランクにはかぎがかかっていたのです。どうしてぬけだすことができましょう。

明智探偵の部屋へはいってきたのは、マユミさんの幽霊なのでしょうか？

大トランクの出発

さて、その夜の九時ごろのことです。同じアパートの二階に住んでいる小説家の人見良吉が、明智の応接間へはいってきました。

「明智先生、ぼく、これから、ちょっと旅行してきます。京都まで夜汽車です。二、三日で帰ります。小説の種さがしですよ。……おや、明智先生、あなた、顔色がよくないようですが、どうかなさったのですか。」

人見さんが心配そうにたずねました。明智探偵はつくえの前にこしかけたまま、がっかりしたような声で答えます。

「あなただから、うちあけますがね。じつは、やられたのです。マユミが消えてしまったのです。」

「えっ、マユミさんが？　いつ？　どこで？」

「密閉された寝室の中から、消えうせてしまったのです。ドアには中からかぎがかけてありました。窓は地面から十五メートルもあるので、窓から出はいりすることはできません。そのうえ、ぼくは、一日寝室のドアの見えるところにいたのです。つまり完全な密室です。マユミは、その密室から、煙のように消えうせたのです。」

「すると、あの怪物は、ちゃんと、約束をまもったわけですね。」

「残念ながら、そのとおりです。」

「で、てがかりは？」

「なにもありません。しかたがないので、警察の手をかりることにしました。警察はけさから東京付近に、非常線をはって、あの怪人物をさがしています。しかし、おそらく急には、つかまらないでしょう。あいては魔法つかいのようなやつですからね。」

いつもにこにこしている明智が、青い顔をして、しおれかえっています。名探偵が、こんなにがっかりしたようすを見せたのは、あとにも先にも例のないことです。

「そりゃ、ご心配ですね。それにしても、明智先生、あなたは、あの怪物を、みくびりすぎましたよ。ちゃんと電話で、予告しているんですからね。すくなくとも、きょうは、昼も夜も、マユミさんのそばに、つききりにしているほうが、よかったですね。ぼくが旅行をしなければ、なにかお手つだいをしたいのですが、残念です。……小林君はどうしました。このさい、先生と小林君とで、うんと活動していただかなければなりませんからね。」

「小林も、すっかり、しょげていますよ。……小林君、ちょっと、ここへきたまえ。」

その声におうじて、むこうのドアがひらき、小林少年がはいってきました。いつも快活な小林君が、きょうは、うなだれた顔をあげることもできないようすです。

「小林君、しっかりしたまえ。きみが明智先生を、はげましてくれなくちゃ、こまるじゃないか。」

人見さんに、そういわれても、小林君は、まだうなだれたまま、かすかに、「ええ。」と答えるばかりでした。

そこへ、廊下のほうのドアをノックして、アパートの玄関番のじいさんが、顔をだしました。

「人見さん、お呼びになった運転手がきました。お荷物はどこですか。」

「ああ、そうか、いまいくよ。……明智先生、どうか元気をだして、がんばってください。ではいってきます。」

人見さんは、かるくおじぎをして、廊下のほうへ出ていきます。明智探偵と小林少年は、ドアのところまで、それを見おくりました。

ふたりが、ひらいたままのドアの中に立って、見ていますと、人見さんの部屋から、人見さんと自動車の運転手が、大きなトランクを、ふたりがかりで、エッチラ、オッチラと、はこびだしてきました。重そうなトランクです。

二、三日の旅行に、そんな重いトランクがいりようなのでしょうか。明智探偵も、小林少年も、それを、うたがわねばならぬはずでした。ところが、ふしぎなことに、ふたりとも、ぼんやりした顔で、だまって、それを見おくっているのです。

人見さんと運転手は、トランクをはこんで、エレベーターの中へはいりました。そして、そのエレベーターがおりていってしまうと、明智探偵と小林少年は、ドアをしめて、部屋にもどり、立ったまま向かいあって、顔を見あわせたのです。

ふしぎなことがおこりました。ふたりの顔から、あの心配そうなかげが、スーッと消えていって、にこやかな顔になったのです。そして、ふたりは、おかしくてたまらないように、笑いだしたではありませんか。

「ウフフフ……きみの変装はよくできたね。さっきのように、うなだれていれば、だれだって、小林君だと思うよ。」

明智探偵がいいますと、小林少年とそっくりのあいてが、女の声で答えました。

「わたし、顔をあげちゃいけないと思って、ずいぶん、がまんしましたわ。でも、うまく、あの人を、だませましたわね。」

「あの先生、トランクの中に、きみのかわりに小林君がはいっているとも知らず、とくいになって運んでいったね。いまにびっくりしても、おっつかないようなことがおこるよ。」

「でも、先生、小林さん、だいじょうぶでしょうか。わたし、なんだか心配ですわ。」

小林少年に変装したマユミさんが、まじめな顔になっていいました。

「小林君は、いままでに、こういう冒険は、いくどもやっている。いざとなると、ぼくでもかなわないほど、頭のはたらく少年だからね。だいじょうぶ、怪物のすみかをたしかめて逃げだしてくるよ。……人見は怪物から電話がかかってきたとき、ぼくの目の前にいたのだから、かれは怪物の手下にすぎないのかもしれぬ。だから、うっかり、あいつをつかまえると、かんじんの怪物を逃がしてしまう心配がある。それできみがトランクにいれられたのをさいわいに、小林君に身がわりをつとめさせたのだよ。こうして、怪物のすみかを、さぐってしまえば、あとは警察の力で、ひとりのこらず、とらえることができるからね。」

明智探偵は、さいしょから人見という小説家を、うたがっていました。それで、小林少年に、そっと見はりをさせておくと、マユミさんが、トランクにいれられたことがわかりましたので、小林少年を身がわりにする計画をたてたのです。

小林君は、夕がた女の服をきて、マユミさんとそっくりの姿に、変装して三階のあき部屋にしのびこみ、針金をまげた道具で、トランクの錠をひらき、もう麻酔のさめていたマユミさんを助けだして、縄をといてやりました。

そして、かわりに、じぶんがトランクの中へはいり、マユミさんに、外から、さっきの道具で、錠をおろさせたのです。トランクには、いきがつまらないように、ほうぼうに、小さな穴があけてあるので、いくら長くはいっていても、命にべつじょうはありません。

その夕がた、トランクにいれられたはずのマユミさんが、三階の部屋を出て、明智探偵の部屋にもどったのは、そういうわけだったのです。

しかし、トランクづめになった小林君は、これから、どうなるでしょう？　いくら冒険になれているといっても、あいてが、あの恐ろしい妖人《ようじん》ゴングです。もしや、いままでに、一度も出あったことのないような恐ろしいめに、あわされるのではないでしょうか。

新聞は、この怪物に、「妖人ゴング」という名をつけていました。ゴングというのはドラのことです。あのウワン、ウワン、ウワンという声が、まるでドラを、ゴン、ゴンとたたくように聞こえるので、だれいうとなく、妖人ゴングという、怪物にふさわしい名がついたのでした。

水の底

にせ小説家の人見良吉と、大トランクをのせた自動車は、アパートを出発して、東へ、東へと走りました。人見がなにもさしずしないのに、運転手は、かってに車を進めていきます。この運転手も、怪物の手下にちがいありません。

十五分も走ると、勝鬨橋《かちどきばし》の近くの隅田川《すみだがわ》の岸につきました。その岸に、こわれかかった倉庫のような建物があります。人見と運転手は、大トランクを運んで、その建物の中にはいりました。

人見が、どこかのスイッチをおすと、てんじょうからさがっているはだか電灯が、パッとつきました。建物の中には、こわれたつくえやいすなどがころがっていて、いっぽうのすみには、わらやむしろが、うずたかくつんであります。

ふたりは、大トランクを、そのわらとむしろの中へかくしました。

「仕事は、真夜中だ。トランクの中のむすめさんは、さぞ腹がへっているだろうが、がまんをしてもらおう。いずれ、向こうへついたら、どっさり、ごちそうをたべさせてやるのだからね。じゃ、こんどは、れいのところへ、やってくれ。」

人見はそういって、運転手をうながして、外に出ると、倉庫のドアにかぎをかけ、そのまま自動車に乗って、どこともしれず立ちさりました。

さて、その夜の一時ごろ、人見は倉庫へ帰ってきました。倉庫のうらは、すぐ隅田川ですが、そのまっ暗な岸に、一そうの小船がついていました。人見は小船の船頭に手つだわせて、大トランクを船につみ、じぶんも、船頭といっしょに乗りこみました。

船頭は、ろをこいで、東京港のほうへ船を進めます。モーターもない旧式な船です。船の上には、トランクのほかに、みょうなものが積んであります。それは潜水服でした。しんちゅうでできた、大ダコの頭のような潜水カブトが、やみの中に、にぶく光っています。

人見は、船が岸をはなれるのを待って、へんなことをはじめました。

まず、ポケットから、たくさんのネジクギを出して、大トランクの息ぬきの穴へ、それを、ひとつ、ひとつねじこみ、すっかり、息がかよわないようにしてしまいました。トランクの中には、小林君がしのんでいるのです。こんなに、息をとめられたら、死んでしまうではありませんか。しかし、十分や二十分はだいじょうぶです。トランクの中の酸素が、すっかりなくなってしまうまでには、そのくらいの、よゆうがあるはずです。

穴をつめてしまうと、こんどは、船の中に用意してあった長い針金を、トランクのまわりに、グルグル巻きつけました。その針金のさきには、大きななまりのおもりが、いくつも、くくりつけてあるのです。

それから、人見は、背広の上から、潜水服を身につけました。しんちゅうの大ダコのような、ぶきみな頭、全身をつつむ、だぶだぶのゴム製の服、その足にも、大きななまりのおもりがついています。

船が勝鬨橋から東京港にむかって三百メートルも進んだころ、船頭はろをこぐのをやめて、船をとめました。あたりはまっ暗です。ずっと向こうに、東京湾汽船発着所のあかりが見えています。

船の中では、潜水服を着た人見と、船頭とが、針金を巻いて、おもりをつけたトランクを、やっこらさと、ふなばたに持ちあげ、そのまま、ドブーンと、水の中へ落としてしまいました。

ああ、小林少年は、川にほうりこまれたのです。もう助かるみこみはありません。小林君はマユミさんの身がわりになって、とうとう、殺されてしまうのでしょうか。

トランクをほうりこむと、つぎに潜水服の人見が、手に小さい水中灯をさげて、ふなばたを乗りこえ、水の中へはいりました。ふつうの潜水服とちがって、空気を送る管も、水の底から引きあげてもらう綱もついておりません。そのかわりに、潜水服の背中のところに、酸素のボンベがとりつけてあります。ちっそくする心配はないのです。

足から腰、腰から腹、腹から胸と、まっ黒な水の中へ沈んでいき、やがて、大ダコの頭も、見えなくなってしまいました。あとには、水面にぶくぶくと、白いあわが浮きあがってくるばかりです。

のぞいてみると、水面の下のほうが、ボーッと明るくなっています。人見がさげている水中灯の光です。しかし、その光も、だんだん底のほうに沈んでいって、ついに見えなくなってしまいました。

トランクの中

トランクの中に、とじこめられていた小林少年は、いったい、どんな気持だったでしょう。

自動車につまれて十五分ほど走り、どこかの建物の中へおろされたかと思うと、あたりはシーンと静かになり、だれもいなくなったようです。

それから夜中までの、長かったこと！

夜光の腕時計をはめていたので、ときどき、それを見るのですが、時間のすすむのが、じつにおそいのです。九時半ごろから、真夜中までの三時間あまりが、まるで、一ヵ月のように感じられました。

だんだんおなかがへってくる、のどがかわいてくる、その苦しさというものはありません。それに、夕がたから、からだをまげたまま、トランクづめになっているので、手も足もしびれてしまって、どこか背中のほうが、ズキン、ズキンと、いたむのです。

なんど、トランクをやぶって逃げだそうと思ったかしれません。ピストルも持っているし、ナイフもあるのです。トランクをやぶるのは、さしてむずかしいことではありません。

しかし、小林君は、歯をくいしばって、がまんしました。せっかく敵のすみかをさぐるために、トランクにはいったのですから、いま逃げだしては、なんにもなりません。あくまで、がんばるほかはないのです。

ときどき、うとうとと眠りました。けっして、こころよい眠りではありません。あまりのいたさ、あまりのひもじさに、頭がしびれるようになって、おぼえがなくなったのです。眠るというよりは、気をうしなったのです。いくどとなく、気をうしなったのです。

しかし、やっとのことで、真夜中になりました。そして、どこかへ、はこびだされました。ゆらゆらと、いつまでもゆれています。船に乗せられたらしいのです。ギイ、ギイというろの音が、かすかに聞こえてきます。

そのうちに、トランクのあちこちに、コチコチと、金属のふれあう、かすかな音がしました。それは、息ぬきの穴に、ネジクギをさす音だったのですが、小林君には、そこまではわかりません。

しばらくすると、なんだか息ぐるしくなってきました。いままで、トランクの中でも、かすかなすきま風のようなものを感じていたのに、それがぱったりなくなり、外の物音も、まったく聞こえなくなりました。

そのうちに、船のゆれかたと違うゆれかたを感じました。ふなばたに持ちあげられたときです。そして、らんぼうに投げだされるような気がしたと思うと、エレベーターでおりるときのような、スーッと沈んでいく感じが、しばらくつづきました。そして、からだのほうぼうが、チクチクと、針でさすように、つめたくなってきました。いくらネジクギでとめても、どこかに、かすかなすきまがあるので、そこから水がしみこんできたのです。

小林君が、それを水だとさとるまでには、何十秒かかかりましたが、ハッとそれに気がつくと、さては、水の中へ沈められたのかと、気もとおくなるほど、おどろきました。

しかし、びっくりしたときには、もう沈むのがとまっていて、しばらくすると、横にズルズルとひっぱっていかれるような感じが、すこしつづき、それから、こんどは上の方へ持ちあげられ、人の手で運ばれるような気持がして、やがて、どこかへおかれたらしく、ぱったり動かなくなってしまいました。もう水の中ではなさそうです。小林君は、やっと、いくらか安心しました。

カチカチと、音がします。トランクのかぎあなへ、かぎをいれて、まわしているらしいのです。

「さては、ここで、ふたをひらくんだな。」

と思うと、こんどはまたべつの心配で、胸がドキドキしてきました。

パッと、トランクのふたがひらかれました。おいしい空気が、サーッと吹きこんできました。電灯がついているらしく、目をふさいでいても、まぶしいほど、まぶたが明るくなりました。

目をあいて、あたりを見まわしたい。きゅうくつなトランクから飛びだして、おもうぞんぶん手足をのばし、深く息をすいたい。しかし、小林君は、ここが、がまんのしどころだと思いました。

それで、トランクの中に、じっと、身をちぢめたまま、そっと、かすかに、まぶたをひらいて、まつげのあいだから、外をぬすみ見ました。

ひとりの人間が、トランクの上にかがみこんで、マユミさんに変装した小林君を、じっと見ているのです。あいつです。大きな白っぽい、うつろの目、長い牙のはえた恐ろしい口、その顔が、五十センチの近さで、映画の大うつしのように、小林君の目の前にせまっていたではありませんか。

ふしぎな家

小林君は、マユミさんにばけているのを、見やぶられてはたいへんですから、わざと目をほそくして、ぶるぶるふるえているようなようすをしていました。

さいわい、部屋がうす暗いので妖人ゴングは、まだにせものとは気がつきません。いや、たとえ、部屋が明るくても、明智探偵におそわった小林君の変装術は、なかなか見やぶれるものではないのです。

「ウフフフ……、マユミ！　こわいか。だが、安心するがいい。べつに、おまえをとって食おうというわけではない。ただ、しばらくのあいだ、おれのうちに閉じこめておくのだよ。ベッドもあるし、ごはんも三度三度、ちゃんと、たべさせてやる。おまえは、その閉じこめられた部屋から、一歩も、外へ出られないというだけのことだよ。さあ立つんだ。そして、あっちの部屋へいくのだ。……おいきみ、手をかしてやりな。」

すると、ゴングのうしろにいた、ひとりの部下が、ツカツカと、トランクのそばによって、小林君をひき起こすのでした。

小林君は、あくまで女らしいようすで、立ちあがる力もないように見せかけながら、トランクを出て、床の上にうずくまりました。そして、あたりを見まわしますと、そこは、じつにきみょうな部屋なのです。

四方とも壁ばかりで、窓というものが、ひとつもありません。まるで大きなコンクリートの箱のような部屋です。むこうにドアがひらいていますから、外に、廊下があるのでしょうが、そこは、まっ暗で、なにも見えません。部屋の中にも、小さな電灯がひとつ、ついているばかりです。

「それじゃ、このむすめを、れいの部屋へ閉じこめておきな。……マユミ、そのうちに、ゆっくり、話しにいくからな。あばよ。」

ゴングは、そういって、さようならというように、手をふってみせました。

すると、部下のあらくれ男は、小林君の手をひっぱって、ドアの外にでました。暗い廊下をひとつまがると、そこのドアをひらいて、小林君を中へつきたおしておいて、パタンとドアをしめ、外からかぎをかけると、そのまま立ちさってしまいました。

その部屋には、電灯がついていないので、まっ暗です。小林君は、万年筆型の懐中電灯を持っていましたが、それをつけるのは危険だと思ったので、手さぐりで壁をつたって、グルッと、部屋をひとまわりしてみました。ここにも、窓というものが、ひとつもありません。この家に住んでいる悪人たちは、太陽の光がこわいので、わざと、窓をつくらなかったのでしょうか。それとも、なにかほかに、わけがあるのでしょうか。

部屋のすみにベッドがおいてあることが、手さぐりでわかりましたので、小林君は、ともかく、その上に寝ころんで、からだを休めました。長い時間トランクの中で、きゅうくつな思いをしていたので、そうしてながながと、寝そべっていると、じつにいい気持です。

「やつらが、ぼくをマユミさんだと思いこんでいるうちに、この家のようすをさぐって、逃げださなければならない。それには、どんな計略をめぐらせばいいのだろう？」

小林君は目をつむって、いろいろと考えていましたが、いままでのつかれが出たのか、しらぬまに眠ってしまいました。悪人に閉じこめられ、これからどんなめにあうかしれないのに、グウグウ寝てしまうとは、なんというだいたんさでしょう。さすがは少年名探偵です。こんなことには、なれきっているのです。

どのくらい眠ったのか、ふと目をさますと、あたりは、やっぱりまっ暗でした。まだ夜が明けないのかしらと思いましたが、よく考えてみると、この部屋には窓がないのですから、昼間でも、まっ暗なのでしょう。

小林君は、夜光の腕時計を見ました。八時です。ゆうべ川へほうりこまれたのは、夜中の一時すぎでしたから、八時といえば、あくる日の朝にちがいありません。

八時なら悪人たちももう起きているでしょう。いつ、この部屋へやってくるかもしれません。小林君は、ベッドの上に、身をおこして、いざというときの用意をしました。

しばらくすると入口のドアのほうで、カタンという音がして、パッと、電灯がつきました。やみになれた目には、ひじょうに明るく、まぶしいほどでしたが、じつは十ワットぐらいのうす暗い電灯なのです。

小林君は、その電灯の光で、ドアを見ました。すると、ドアに小さな四角いのぞき穴があって、そのむこうから、何者かの目が、じっと、こちらを見つめていました。さっき、カタンと音がしたのは、その、のぞき穴のふたをひらく音だったのです。

小林君は、それを見ると、さも、こわそうな顔になって、いきなり、ベッドの上につぶしてしまいました。むろん、ほんとうに、こわいと思ったのではありません。マユミさんにばけているのですから、こわがって見せなければならないのです。

すると、カチカチとかぎをまわす音がして、スーッとドアがひらき、ゆうべの部下の男がはいってきました。パンと牛乳をのせたおぼんを持っています。

「マユミさん、なにもそんなに、こわがることはないよ。親分とちがって、おれは親切ものだからな。エヘヘヘ……。さあ、これをたべな。それから、トイレは、むこうのすみにあるよ。部屋から出すわけにいかないから、まあ、あれでがまんするんだよ。」

見ると、むこうのすみに、西洋便所のような白いせとものがおいてありました。そのそばの台の上に、大きな水さしと、コップと、洗面器もあります。ゆうべは、まっ暗で気がつかなかったけれど、ちゃんと、そこまで用意がしてあったのです。

そうして、昼の食事、夜の食事と、なにごともなく一日がたって、二日目の夜がきました。妖人ゴングは、一度も、姿をあらわしません。どこかへ出かけているのでしょうか。

　小林君は、一日じゅう、じっとがまんをしていましたが、今夜こそは、このふしぎな家を探検する決心でした。夜のふけるのを待って、部屋をぬけだすつもりです。

　腕時計が十一時になったころ、小林君はスカートの中にはいている半ズボンのポケットから、まがった針金をとりだしました。そして、ドアのそばへいって、その針金をかぎ穴にさしこんで、なにかゴチゴチやっていましたが、しばらくするとカチンと錠がはずれて、ドアがひらきました。

　ある大どろぼうは、針金一本あれば、どんな錠前でもひらいてみせると、いったそうですが、探偵のほうでも、ときには、錠前をやぶる必要があるので、明智探偵は、そのやりかたを、小林君におしえておきました。ですから、小林君は、いつでも、ポケットに、その道具の針金を用意していました。いま、それが、役にたったのです。

巨人の顔

　外の廊下はまっ暗です。悪人たちは、みんな寝てしまったのか、なんの物音も、聞こえてきません。

小林君は、しばらく、耳をすまして、じっとしていましたが、もうだいじょうぶと思ったのか、半ズボンのポケットから、万年筆型の懐中電灯をとりだして、それで足もとを照らしながら、音をたてないように、廊下を歩いていきました。廊下は白っぽい壁です。

じきに、まがり角があって、それから、廊下が左右にわかれていました。右のほうは、ゆうべ、トランクからだされた部屋のあるほうです。小林君は、そちらへいかないで、左にまがりました。

すこしいくと、大きな白っぽい扉につきあたりました。その扉には錠がかかっていて、そこからさきへはいけません。小林君はしかたがないので、あとにもどろうとしました。

そのときです。二メートル四方もある、その大扉から、とつぜん、とほうもないものが浮きだしてきたではありませんか。

巨人の顔です。ギラギラ光った巨大な目が、こちらをグッとにらみつけています。一メートルもある大きな口が、グワッとひらいて、白い牙があらわれました。そして……、

「ウワン、ウワン、ウワン、ウワン、ウワン……。」

あのゴングの声です。ドラを鳴らすような、ものすごいひびきです。

小林君は、いきなり逃げだしました。ところが、廊下を走っていくと、また、目の前

に、あの顔が、ボーッとあらわれてきたではありませんか。そして、巨大な口を、みにくくゆがめて、「ウワン、ウワン、ウワン……。」と笑うのです。

窓のない家には、ばけものがすんでいたのです。しかも、巨大な顔ばかりで、からだのないばけものです。

小林君は、無我夢中でじぶんの部屋に逃げもどり、ピッタリとドアをしめて、中から、とってをおさえていました。さすがの小林君も、このとほうもないばけものには、すっかりおびえてしまったのです。

まもなく、廊下に足音が聞こえてきました。だれか、やってくるのです。ドアのとってが、外からグーッとまわされました。

小林君は、いっしょうけんめいに、とってをにぎっていましたが、外の力のほうが強くて、とうとう、パッと、ドアがひらきました。

「きさま、女ににあわない、だいたんなやつだなっ。……ひょっとすると……。」

とびこんできて、やにわに、どなりつけたのは、あのいやらしい怪物ゴングでした。

かれは何を思ったのか、ツカツカと、小林君のそばによると、ランランと光る目で、じっと、その顔をにらみつけていましたが、ヒョイと手をのばしたかと思うと、小林君の頭の毛をつかんで、いきなり、かつらを、めくりとってしまいました。

すると、マユミさんにばけた女のかつらの下から、小林君の少年の頭が、あらわれたのです。

「きさま、にせものだなっ。やっぱり思ったとおりだ。男の子が女に変装していたんだ。きさま、なにものだっ？　あっ、わかったぞ。小林だな、明智の弟子のチンピラ探偵だなっ。ちくしょう！　おれを、まんまといっぱいくわせやがった。」

ゴングは、いまいましそうに、どなりつけたあとで、あごに手をあてて、ちょっと考えていましたが、なにか決心したらしく、ぶきみに笑って、

「ようし、このお礼には、いいことがある。おれは人を殺すのがきらいだから、殺しはしないが、きさまを、おもしろいものの中へいれてやる。運がわるければ、そのまま死んでしまうのだ。だが、そんなことは、おれの知ったことじゃない。おれが手をかけて殺すのじゃないのだからな。ウフフフ……、こいつは、うまいおもいつきだぞ。ウフフフ……。」

ゴングが笑うと、どこからともなく、あのぶきみな音が、ウワン、ウワン、ウワン……と、聞こえてくるのでした。

ああ、ゴングのおもいつきとは、いったいどんなことなのでしょう。殺すのではないけれども、運がわるければ、死ぬかもしれないとは、なんという恐ろしいたくらみでしょう。

俊一君の危難

お話は、すこしもとにもどって、そのおなじ日の夕方のことでした。マユミさんの弟の、小学校六年生の花崎俊一君は、学校に野球の試合があって、帰りがおそくなり、午後五時すぎに、友だちの野上明《のがみあきら》君といっしょに、おうちへいそいでいました。世田谷区のさびしいやしき町です。

妖人ゴングの巨大な顔が、俊一君のうちの池の中にあらわれたほどですから、俊一君も、ねえさんのマユミさんと同じように、妖人のために、ねらわれているのかもしれません。明智探偵は、それを心配して、俊一君のおとうさんの花崎検事と相談して、俊一君を、ひとりで歩かせないことにしました。

いま、いっしょに歩いている野上君は、おなじ六年生ですが、学校でも、いちばんからだが大きく、いちばん力の強い少年で、また、少年探偵団の一員なのでした。それで、この野上少年にたのんで、俊一君の護衛をつとめてもらっているわけなのです。

そればかりではありません。明智探偵はもっと用心ぶかかったのです。ごらんなさい。ふたりの少年が歩いていくうしろから、まるでふたりを尾行でもするように、みなりのきたない子どもたちが、ひとり、ふたり、三人、四人、五人、遠くはなれてついてくるではありませんか。

それは、小林少年がつくったチンピラ別働隊の子どもたちです。上野《うえの》公園で悪いことばかりしている浮浪少年を集めて、すこしでもよいことをさせようと、少年探偵団の別働隊をつくったのです。はじめは二十人以上いたのが、いまでは五人になっています。世のなかがよくなって、浮浪少年がへってきたからです。

この五人のチンピラ別働隊が、やっぱり、俊一君の護衛をつとめているのです。すばしっこい連中ですから、いざとなったら、なかなか役にたちます。

そのとき、人どおりのない広い道のうしろのほうから、砂けむりをあげて、一台の自動車が近づいてきました。そして俊一君のそばまでくると、ぐっと速力をおとし、俊一君とならんで徐行していましたが、とつぜん、パッと、自動車のドアがひらき、中から太い手がニューッとでて、あっというまに、俊一君を、車の中へ、ひきずりこんでしまいました。

「あっ、なにをするんだっ！」

いっしょに歩いていた野上君が叫びましたが、もう、あとのまつりでした。自動車はパタンとドアをしめて、グングン、むこうへ走っていきます。

野上少年は、いきなりかけだして、自動車のあとを追いました。それといっしょに、うしろからついてきた五人のチンピラ隊も、かけだしました。

「花崎くーん！　花崎くーん！」

みんなは、口ぐちにわめきながら走りました。青い自動車を追っかける六人の少年、しかもそのうちの五人は、きたならしい浮浪少年です。じつに、へんてこな光景でした。

しかし、いくらいっしょうけんめいに走っても、人間が自動車に追いつけるものではありません。だんだんはなれていくばかりです。

やがて、あまりにぎやかではないが、自動車のよく通る大通りにでました。そして、しあわせなことには、むこうから、からのタクシーが走ってきたのです。

野上少年が、「オーイ。」と呼びとめると、タクシーはとまりました。

「ぼく、少年探偵団のものです。あの青い自動車を追っかけてください。あいてに気づかれないように。……ぼくの友だちが、さらわれたのです。」

野上君がたのみますと、そのタクシーの運転手は、すぐに承知してくれました。まだ二十代の快活な青年運転手でした。

野上君が、ドアをひらいて乗りこむあとから、五人のチンピラも、われさきにと車の中へおしこんできました。三人の座席に、六人がかさなりあって乗ったのです。

「ワー、みんな乗るのかい。きみたちは学生じゃないね。それでみんな少年探偵団なのかい？」

運転手が、びっくりして、たずねました。

「うん、そうだよ。おれたちは、チンピラ別働隊っていうんだ。明智先生と、小林さんの弟子だよ。」

運転手はそれを聞くと、べつにもんくもいわずに車を走らせました。

「あいてに気づかれないようにって、むずかしいな。よっぽど、あいだをへだてなくちゃね。」

青年運転手は、この冒険が気にいったらしく、おもしろそうに、そんなことをいいながら、それでも、たくみに自動車の尾行をつづけるのでした。

だんだん、道がさびしくなり、両がわに、畑や森が見えてきました。もう世田谷区のはずれです。それに、日がくれて、あたりがうす暗くなってきました。

むこうに大きな建物が見えます。日東《にっとう》映画会社の撮影所です。

青い自動車は、その撮影所の裏がわのいけがきの外でピッタリとまりました。それを見ると、

「とめて！　これからさきへいくと、あいてに気づかれる。ぼくたち、ここでおります。待っててくださいね。」

野上君が運転手にたのみました。

「うん、いいとも。きみたちが、どんな活躍をするか、ここから見ているよ。」

青年運転手は、たのしそうに答えました。

少年たちは、車をおりると、はなればなれになって、ものかげをつたいながら、青い自動車に近づいていきました。

青い自動車のドアはひらいていました。そして、そこから、力の強そうな、ふたりの男が、俊一君をつるようにして、外に出ました。

ああ、ごらんなさい。俊一君は、手足をぐるぐる巻きにしばられ、さるぐつわまで、はめられているではありませんか。

少年人形

六人が、いけがきのすきまからのぞいていますと、俊一君をかかえたふたりの悪者《わるもの》は、白い建物の角《かど》を、まがって、むこうへ、見えなくなってしまいました。

「あそこまで、いってみようか。」

チンピラのひとりが、そっと野上君に、ささやきます。

「もうすこし、待つんだ。ひょっとして、みつかったら、たいへんだからね。」

野上少年は、チンピラの肩をおさえ、とめました。あたりは、だんだん暗くなってきます。夕方と夜のさかいめです。もう二十分もすれば、すっかり日がくれてしまうでしょう。

じっとがまんをして、十分ほども待っていました。

すると、ふたりの悪者が、さっきの建物の角から姿をあらわし、なにか小声で話しながら、こちらへやってくるのです。

「おい、みんな、どっかへ、かくれるんだ。そして、あのふたりが、自動車に乗って行ってしまうまで、待つんだ。」

野上君が、小さい声で、チンピラたちに命令しました。

すると、いけがきからのぞいていたチンピラたちは、パッと、地面にうずくまり、はうようにして、むこうの木のしげみの中へ、姿をかくしてしまいました。なんというすばやさでしょう！　チンピラたちは、こんなことには、なれきっているのです。

野上少年も、そのあとにつづいて、木のしげみに、もぐりこみました。そして、木の葉のすきまから、じっと、のぞいていますと、ふたりの悪者は、いけがきのやぶれめから、外に、出てきました。

ふたりのほかに、俊一少年の姿は、どこにも見えません。いったい、どうしたのでしょう？　手足をしばられ、さるぐつわをはめられた俊一君は、撮影所の建物のどこかに、とじこめられてしまったのでしょうか。

野上少年は、いっこくもはやく、俊一君を助けださなければならないと思いました。悪者のあとを追うよりも、俊一君の命のほうがたいせつです。

やがて、悪者たちは、そこにおいてあった自動車に乗って、どこともしれず、たちさってしまいました。少年たちの自動車は、ずっと遠くのほうに待っていたので、悪者は、それと気がつかないで、すれちがって行ったのです。

もうだいじょうぶと思ったとき、野上君は、五人のチンピラに合図をして、みんなが、木のしげみからはいだしました。

「これから、撮影所の中を探すんだ。俊一君は、きっと、どこかにとじこめられている。ほうっておいたら、死んでしまうかもしれない。いっしょうけんめいに探すんだよ。」

野上君がいいますと、チンピラたちは、コックリ、コックリと、うなずいてみせて、すぐに、いけがきのやぶれめから、中にとびこんでいくのでした。

建物の角をまがると、そこに広いあき地があって、撮影につかう大道具や小道具が、あちこちにおいてあります。はりこの鳥居だとか、石灯籠《いしどうろう》だとか、石膏《せっこう》でつくった銅像のようなもの、そのほか、いろいろのものが、雨ざらしになって、おいてあるのです。

そのなかに、白い石膏のライオンがうずくまっていました。日本橋《にほんばし》の三越《みつこし》の玄関においてある、青銅のライオンと、よくにた形です。あれほど大きくありませんが、ほんもののライオンよりは、すこし大きいくらいです。それが、やはり、石膏の四角な台の上にうずくまっているのです。全身まっ白のライオンです。チンピラのひとりは、ライオンのそばによって、その足をなでながら、

「こんなの一ぴきほしいなあ！」

と、つぶやきました。すると、みんなが、そのそばによって、ライオンの恐ろしい顔を見あげるのでした。

それから少年たちは、撮影所の中の建物から、建物へと、まわり歩きましたが、どの建物も、みんなかぎがかかっていて、はいれません。

ただ一つ、大きなスタジオだけは、夜になっても、まだ撮影をつづけていて、入口がすこしひらいていたので、野上君は、その中へはいっていきました。

「おい、おい、きみはどこの子だい？　むやみにはいってきちゃいけないよ。」

入口の中のうす暗いすみっこに、番人がこしかけていて、野上君をひきとめました。

「悪者が、この撮影所の中に、ぼくの友だちをかくしたのです。花崎俊一というのです。手足をしばって、さるぐつわをはめて、自動車でここへつれてきて、裏のいけがきのやぶれめから、しのびこんだのです。」

「ほんとかい？　きみ。そんなことをいってごまかして、撮影を見にはいるんじゃないのかい？」

「そうじゃありません。ほんとうです。ふたりのおとなが、ぼくぐらいの子どもをつれて、この中へはいりませんでしたか？」

「そんなもの、はいらないよ。きょうは、子どもは、ひとりもはいらなかった。どっか、ほかを探してごらん。」

番人は、野上君のいうことを信じないらしく、いっこう、とりあってくれません。

野上君はしかたがないので、ほかを探すことにしました。入口のあいているのは、あとは事務所の建物ばかりです。そこへ、はいってみましたが、もう夜なので、だれもおりません。宿直の人がのこっているにちがいないと、ほうぼう探しても、ふしぎに人の姿が見えないのです。

でも、まさか、悪者が俊一君を、事務所の中へつれこんだはずはないので、また、外へ出て、裏のほうへ歩いていきますと、むこうのうす暗いなかから、なんだか小さなやつが、ピョン、ピョンと、とぶように走ってくるではありませんか。近づくのを見ると、それはチンピラ隊のひとりでした。

「あっ、野上さん、きてごらん。むこうに、へんなものがあるよ。」

「へんなものって?」

「いろんなものが、ごちゃごちゃおいてある。ひょっとしたら、俊一さんは、あそこに、いれられたのかもしれないよ。」

「よしっ、いってみよう。」

「野上さん、懐中電灯、持ってるの?」

「うん、ちゃんと、ここに持ってるよ。探偵七つ道具の一つだからね。」

野上少年は、そういって、ポケットをたたいてみせました。

チンピラに案内されて行ってみますと、それは撮影に使う小道具が、いっぱいならべてある道具部屋でした。どうしたわけか、そこの戸には、かぎがかかっていなかったのです。

ふたりは、懐中電灯をつけて、中にはいりました。

長っぽそい部屋の両がわに、ずっと棚があって、いろいろなものが、ならんでいます。むかしの行灯《あんどん》だとか、煙草盆《たばこぼん》だとか、いろいろな形の掛け時計、置き時計、むかしのやぐら時計、花びんや置きもの、本棚もあれば、洋酒のびんをならべる飾り棚もあります。それから三面鏡や、むかしのまるい鏡と、鏡台、まるで古道具屋の店のようです。

「あっ、あすこにいる!」

チンピラが、とんきょうな声をたてて、野上君に、しがみついてきました。

ギョッとして、そのほうへ、懐中電灯をむけますと、そこに、俊一君らしい小学生服の子どもが、壁によりかかっているではありませんか。

野上君は、「あっ。」といって、かけよりました。

近よって、懐中電灯で、その子どもの顔を照らしました。ちがいます。俊一君ではありません。それじゃ、いったい、どこの子なのでしょう。いや、どこの子でもありません。それは人間ではなかったのです。学生服をきた人形にすぎなかったのです。

よく見ると、少年人形のそばに、おとなの男や女の人形が、三つも四つも壁にもたせかけてありました。みんな撮影に使う人形なのです。

「なあんだ。人形かあ。おれ、てっきり俊一さんだと思っちゃったよ。」

チンピラが、がっかりしたように、つぶやきました。

そのときです。道具部屋の入口から、もうひとりのチンピラが、かけこんできました。

「野上さん、こんなとこにいたのか。ずいぶん探したよ。……みつかったよ。みつかったよ。俊一さんのかくれているとこがさ。」

そのチンピラは、息せききっていうのでした。

白いライオン

チンピラについていってみますと、さいしょはいってきたときに通った、あき地のまん中にある白いライオンのまわりに、三人のチンピラ隊員が、集まっていました。

「ここだよ。このライオンの中に、だれかいるらしいんだよ。ほら、聞いてごらん。」

チンピラのことばに、耳をすましますと、石膏のライオンの中から、コツコツと、みょうな音が聞こえてきます。だれかがくつで、ライオンのからだの内がわを、けりつづけているような音です。

野上君は懐中電灯をつけて、四角い石膏の台と、ライオンのからだとのすきまをしらべながら、グルッと、ひとまわりしてみました。

すると、すこし、すきまの広いところがありましたので、そこに口をつけるようにして、

「だれだ？　この中にいるのはだれだ？　俊一君じゃないのか？」

と呼びかけました。

「ううん……。」

中から、かすかに人間のうめき声がもれてきます。俊一君は、さるぐつわをはめられていました。ですから、ものがいえないのでしょう。ただ、うなるほかはないのでしょう。

「よしっ、みんなで力をあわせて、このライオンのからだのこちらがわを、持ちあげてみよう。」

チンピラ隊員が、ぜんぶ野上君のそばに集まってきました。そして、台とライオンとのすきまに、手をかけて、一、二、三のかけ声で、力まかせに持ちあげました。

すると、うすい石膏とみえて、どうにか持ちあがるのです。ライオンのからだが横にかたむいて、二十センチほどのすきまができました。

そのすきまから、懐中電灯を照らしてみますと、中にひとりの少年がころがっていました。さるぐつわをはめられ、手足をしばられています。たしかに、花崎俊一君です。

チンピラのひとりが、どこからか、てごろな棒ぎれを持ってきて、持ちあげたすきま

の、つっかい棒にしました。しかし、それでは、まだせまくて、俊一君を、外へひきだすことができません。

「もうすこし、長い棒がいいよ。」

だれかがいいますと、またべつのチンピラが長い棒を拾ってきました。じつに、すばしっこいものです。

みんなが力をあわせて、うんとこしょと、高く持ちあげておいて、その長い棒をささえにしました。そして、そのすきまから、やっとのことで、俊一君をひっぱりだすことができたのです。

みんなで、俊一君の手足の縄をとき、さるぐつわをはずしました。

「俊一君、ぼくだよ。野上だよ。ここにいるのは、少年探偵団のチンピラ別働隊の子どもたちだ。だいじょうぶかい？　けがはしなかったかい？」

「うん、だいじょうぶだよ。きみたちみんなで、助けてくれたんだね。ありがとう。」

縄をとかれた俊一君は、起きあがって、みんなにお礼をいうのでした。

「あっ、いいことがある。ちょっと、そのつっかい棒をとらないで、待っててくれよ。」

チンピラのひとりが、そういったかと思うと、野上君の懐中電灯をひったくるようにして、どこかへ、かけだしていきました。

野上君は、俊一少年に、悪者の自動車を追跡したこと、チンピラ隊のひとりが白いライオンに気づいて、みんなで助けだしたことなどを話してきかせました。

　やがてさっきのチンピラが、なにか大きなものを、こわきにかかえて帰ってきました。野上君が懐中電灯をうけとって、照らしてみますと、それは学生服をきた少年でした。あの小道具部屋にあった少年人形でした。

「こんなもの持ってきて、どうするつもりだい。」

「わからないのかい？　頭がわるいなあ。俊一さんのかわりに、この人形を、ライオンの中にいれておくのさ。やっぱり、手足をしばって、さるぐつわをはめておくほうがいいや。そうすれば、こんど、悪者がのぞきにきたとき、ほんとの俊一さんだと思って安心するよ。でも、よくみると、人形なので、おったまげるというわけさ。ウフフフフ……、なんと、うまいかんがえじゃないか。ねえ！」

　このチンピラのとんちに、みんな、ウフ、ウフ、笑いだしてしまいました。そして、人形の手足をしばり、さるぐつわをはめて、ライオンのからだの中に、おしこむのでした。

「ほらね、そっくりだろう。さるぐつわで口がかくれてるから、ちょっと、人形とは気がつかないよ。悪者が、おったまげる顔を見てやりてえな。」

　それから、つっかい棒をはずして、ライオンをもとのとおりにすると、みんなは、俊一君をかこむようにして、撮影所の外にでました。もうあたりはまっ暗です。そのまっ暗な中からヌーッと、かげぼうしのようなものが、あらわれました。

「みんな、うまくやったね。子どもを、とりもどしたのかい？」

「だれだっ？」

野上君が、俊一君を、うしろにかばって、どなりつけました。

「おれだよ。おまえたちを自動車に乗せてやった運転手だよ。」

「ああ、そうか、だれかと思って、びっくりした。俊一君は、石膏のライオンの中にいれられていたんだよ。それを、ぼくたちが助けだしたのさ。」

「そりゃ、よかったな。さあ、もう一度、おれの自動車に乗りな。どこへでも送ってやるよ。」

こうして、花崎俊一君は、ぶじに家にもどることができたのです。しかし、それで、この事件がおしまいになるはずはありません。俊一少年のゆくてには、まだまだ、恐ろしいできごとが待ちかまえているのです。

赤いトンガリ帽

そのあくる朝六時ごろのことです。隅田川と東京港とのさかいめのあたり、造船工場などのある川岸に、ふしぎなことがおこっていました。

川岸の道路には、人が落ちないように、コンクリートの低いてすりのようなものが、ずっとつづき、ところどころ、それがきれて、船から荷物をあげるための広い坂道が、水面の近くまでくだっています。

まだはやいので、川岸には人どおりもなく、工場でも仕事をはじめておりません。そのさびしい川岸の道を、ふたりの労働者が、なにか話しながら歩いてきました。

ひとりは五十ぐらいの、ひょろひょろと、背の高いおとなしそうな男、もうひとりは、背が低くて、まるまると太ったおどけた顔の男です。長《なが》さんと丸《まる》さんです。丸さんの顔は、ゴムマリのようにまんまるで、目もまんまるですし、鼻までひらべったくて、丸いのです。くちびるのあつい、大きな口です。

「おや、へんなものが、流れているぜ。」

丸さんが立ちどまって、川岸のそばの水面を見ながら、小首をかしげました。

「うん、へんだね。こんなところに、ブイが、流れてくるなんて。」

長さんも、ふしぎそうな顔をしました。

それは、赤くぬった大きな鉄の筒のようなもので、水面から上にでている部分は、上の方がじょうご形にせまくなっているので、道化師のまっかなトンガリ帽を、うんと大きくしたような形なのです。中はからっぽで、空気がはいっていて、その力で、ぷかぷか浮いているのです。

このブイは船の航路のめじるしになるように、沖のほうに浮かべてあるのですが、そのくさりがきれて、隅田川の入口まで流れてきたのでしょうか。

「へんだね。べつに、あらしがあったわけでもないのに、こんなところに、ブイがあるなんて。」

「うん、それもそうだがね。もっと、おかしいことがあるよ。このブイは、いやに動くね。まるで生きているようだ。」

丸さんが、目をまんまるにして、ふしぎでたまらないという顔をしました。

なるほど、そういえば、巨大な赤いトンガリ帽は、波もないのに、異様にぐらぐらゆれています。トンガリ帽が、右にかたむいたかと思うと、すぐにまた、左にかたむき、それを、いつまでも、くりかえしているのです。道化師が、首をふっているみたいです。

このふしぎなブイは、どうしてこんなところに、浮いていたのでしょう。

なぜ、首ふり人形のように、ゆれていたのでしょう。それには、じつに恐ろしいわけがあったのです。それが、どんなわけだったか、みなさんひとつ、考えてみてください。

鉄のかんおけ

窓のないふしぎな部屋で、ゴングのために、変装を見やぶられた小林少年は、あれからどうなったのでしょう。

そのとき、ゴングは、小林少年の腕をまくると、どこからか注射針をとりだして、チクリとさしこみ、てばやく、なにかの薬を注射しました。すると、小林君は、くらくらとめまいがして、あたりがまっ暗になり、なにもわからなくなってしまいました。

それから、どれほど時間がたったのでしょうか。小林君は、ガクンと、恐ろしい力で、頭をなぐられたような気がして、目をさましました。しかし、あたりはまっ暗で、いま、どこにいるのか、さっぱりけんとうがつきません。

ゆらゆらとゆれています。めまいのせいかと思いましたが、そうではなくて、部屋ぜんたいが大地震のように、たえまなく、ゆれているのです。

心臓が、ドキドキしてきました。なんだか、おさえつけられるような、息ぐるしさです。あたりをさぐろうとしましたが、手をのばしきらないうちに、かたい、つめたい壁にさわりました。それじゃあ、部屋のすみにいるのかしらと、べつの方角へ手をのばすと、そこにも、かたい壁があります。あわてて、四方八方をさぐってみましたが、どこもみんな、かたい壁です。コンクリートではありません。鉄の壁です。

なんだか、大きな水道の鉄管の中へ、とじこめられているような気がしました。しかし、その鉄管は横になっているのではなくて、たてに立っているのです。そして、ゆらゆらと地震のようにゆれているのです。

小林君は、床にさわってみました。床も、つめたい鉄です。手をのばして、頭の上をさぐってみました。てんじょうも鉄の板です。つまり、鉄でできたかんおけのようなものの中に、とじこめられていることがわかりました。

でも、この鉄のかんおけは、どうして、こんなにゆれているのでしょう。地の底に、うずめられたのではありません。まさか、空中をただよっているのでもないでしょう。するとと？　ああ、わかりました。水の上をただよっているのです。このゆれかたは、船のゆれるのと、そっくりです。

小林君は、トランクにいれられて、隅田川になげこまれたことを思いだしました。あの窓の一つもない、みょうな部屋は、きっと、隅田川の底にあったのです。妖人ゴングのすみかは、川の底にあったのです。なんという、うまいかくれがでしょう。

そこから、この鉄のかんおけにいれて、ほうりだされたのにちがいありません。鉄のかんおけの中には空気がはいっていますから、水の上に浮きあがって、川を流れているのでしょう。

ゴングは、「きさまが生きるか死ぬかは、運にまかせるのだ。」といいました。そうです。運がわるければ、死んでしまうのです。だれかがこの鉄のかんおけをみつけて、助けてくれなければ、小林君は死んでしまうのです。うえ死にするまえに、空気の中の酸素がなくなって、死んでしまうのです。

小林君は、そこまで考えると、あわてて、鉄のかんおけの内がわを、さぐりまわりました。どこかにふたがあって、ひらくようになっているだろうと思ったからです。しかし、どこにも、ひらくようなところはありません。みんな鉄のびょうで、しっかり、とめてあって、小林君の力では、どうすることもできないのです。

そのうちに、だんだん、息ぐるしくなってきました。空気の中の酸素が、すくなくなったからです。胸がドキドキして、耳がジーンとなりだし頭がいたくなってきました。酸素がへって、炭酸ガスがふえてくるのです。それを思うと小林君は、一度息をするたびに、気が気ではありません。いまに、鉄のかんおけの中は、炭酸ガスばかりになって、死んでしまうのです。ああ、どうすればいいのでしょう。助けをもとめようにも、あつい鉄の板でかこまれているのですから、声が、外までとどくはずはないのです。

からだじゅうに、つめたい汗がにじみだしてきました。心臓はいよいよドキドキとおどりだし、息がくるしくなってきました。酸素が、すこししか残っていないのです。もう、だまっているわけにはいきません。声が、外まで聞こえないとわかっていても、助けをもとめないではいられません。

「助けてくれえええ……。」

小林君は、せいいっぱいの声で叫びました。声だけではたりないので、手と足を、めちゃくちゃに動かして、鉄の板をけったり、たたいたりしました。

＊

そのとき、隅田川と東京港のさかいめの造船工場のある川岸で、ふたりの労働者が、岸の近くに流れついた赤いブイを、ふしぎそうに見つめていました。朝の六時ごろのことです。

「へんだなあ、ブイがこんなところへ流れてくるなんて。きっと、おきのほうにつないであったのが、くさりがきれて、流れてきたんだね。」

「だが、あのブイは、波もないのに、いやに動くじゃないか。大きな魚が、下からひっぱっているのかもしれないぜ。」

ふたりの労働者は、気味わるそうに顔を見あわせました。赤くぬったブイは、魚つりのうきを何千倍にもしたようなものです。ですから、このブイをひっぱっている魚も、クジラのように大きなやつかもしれません。まさか、隅田川へクジラがはいってくるはずはないのですが、それにしても、こんな大きな鉄のブイを動かしているのは、どんな魚だろうと、うす気味わるくなってくるのでした。

「おやっ、へんな音が聞こえるぜ。どっかで、コンコンと、なにかたたいてるような音が。」

「そうだな。まだ工場は仕事をはじめていないのに、いったい、なにをたたいているんだろう？」

「おい、この音は、あのブイの中から聞こえてくるようだぜ。見たまえ、ブイがヒョコヒョコ動くのと、あの音と、調子があっているじゃないか。」

「いやだぜ、ブイの中に、なにか動物でもはいっているのかな。」

「ばかをいっちゃいけない。ブイの中に動物なんか、はいれるわけがないじゃないか。」

「おやっ！　ますますへんだぞ。かすかに人間の声が聞こえてくる。遠くのほうで、子どもが泣いているような声だ。」

「いまごろ、このへんに、子どもなんか、いやしない。やっぱりブイの中かな？」

「だが、ブイの中に、人間がはいっているなんて、聞いたこともないね。」

話しているうちに、ブイは、ヒョコヒョコとゆれながら、岸とすれすれのところまでただよってきました。

生か死か

ブイの中では、小林少年が、声をかぎりに叫んでいました。鉄のかんおけと思ったのは鉄のブイだったのです。

「助けてくれええ……、息がつまりそうだ。はやく、ここから出してくれええ……。」

もう声がでません。目がくらんで、気をうしないそうになってきました。大きな声をだし、手足を動かしたので、いっそう、息ぐるしくなったのです。心臓は、おそろしいはやさで、おどっています。

たらたらと、口の中へ汗が流れこみました。なんだか、ぬるぬるした汗です。いや、へんなにおいがします。血のにおいです。手でふいてみると、べっとりと、ねばっこいものがつきました。汗がこんなに流れるはずはありません。鼻血が出たのです。いつまでもとまりません。気味のわるいほど流れだしてくるのです。

耳の中で、セミでも鳴いているようなやかましい音がして、頭のしんが、ジーンとしびれてきました。

＊

「おい、やっぱりそうだぜ。あのブイの中から、みょうな音が聞こえてくる。荷あげ場までおりて、ようすを見ようじゃないか。」

「うん、それじゃ、そばへいって、よくしらべてみよう。」

ふたりの労働者は、坂になった荷あげ場の水ぎわへ、おりていきました。ブイは、ちょうど、その水ぎわに流れついていたのです。

岸から手をのばせば、ブイにとどくので、労働者のひとりが、ブイの外がわを、コンコンと、たたいてみました。

すると、中から、おなじように、たたきかえす音が聞こえたではありませんか？

「おうい、ブイの中に、人間がはいっているのかあ？」

もうひとりが、大きな声でどなりました。

すると、ブイの中から、なにか、子どもの泣いているような、かすかな声が聞こえてくるような気がしました。

「やっぱりそうらしい。鉄板でかこまれているので、よく聞こえないが、たしかに人間がはいっている。どうすればいいだろう？」

「道具がなくちゃあ、どうにもできない。工場までいって、だれか、よんでこようか。」

「うん、それがいいな。じゃあ、おまえ、いってくれるか。」

「よし、ひとっぱしり、いってくる。ここに待っててくれよ。」

ひとりが、そういって、うしろに見える工場のほうに、かけだしていきました。

＊

ブイの中では、小林君は、もう息もたえだえに、ぐったりとなっていました。

外からコンコンと、たたいているようです。こちらもコンコンと、たたきかえしました。

かすかに、人の声がしたようです。とうとうだれかが、ブイをみつけてくれたのでしょうか。

「助けてくれえええ……、ブイをこわして、出してくれえええ……。」

さいごの力をふりしぼって、どなりました。

すると、また、鼻から、おびただしい血が、たらたらと流れだすのです。

もうだめだと思いました。このがんじょうなブイが、急にこわせるものではありません。それまで生きていられそうもないのです。もう、頭が、ボーッとかすんで、なにがなんだか、わからなくなってきました。

恐ろしい夢を見ているような気持です。妖人ゴングの、牙をむきだした恐ろしい顔が、やみの中から、グーッと近づいてきて、目の前いっぱいにひろがり、ゲラゲラと笑うのです。

そうかとおもうと、なつかしい明智先生が、にこにこしながら、助けにきてくれる姿が見えます。

「先生！」と叫んで、とびつこうとすると、明智探偵の姿は、スーッと、むこうへ、とおざかっていくのです。

＊

そのとき、川岸へ、さっきの労働者が、もうひとりの男をつれて、かけつけてきました。

「この人が、ブイのひらきかたを知っているというんだ。」

「そうか、それはよかった。すぐにあけてみてください。どうも、中に人間がはいっているらしいんです。」

男は、まるく巻いた縄を持っていました。そのはしを輪にしてブイに巻きつけると、ふたりの労働者に、岸の方へ、力いっぱい、ひっぱっているようにたのんで、じぶんは、大きなスパナを手にして、ブイのそばによると、鉄板をしめつけてあるびょうを、はずしにかかりました。

そして、一つびょうがとれたかとおもうと、つぎのびょうです。二分、三分、五分……時間は、みるみるすぎさっていきます。

ああ、小林君は、どうしているのでしょう。もう、息がたえてしまったのではないでしょうか。

やっと、八つのびょうがとれました。あとはハンマーで、ブイのふたをはずせばよいのです。

ガーン、ガーンと恐ろしい音がしました。ブイのふたに、すきまができました。

「しっかり、縄をひっぱっているんだよ。いいかい。」

男はそういっておいて、両手をふたのすきまにかけると、力まかせに、むこうへはねのけました。そして、ブイの中をのぞいたかと思うと、

「あっ、人間だっ。男か女かわからない、へんなやつが、ぐったりしている。死んでいるのかもしれない。」

そう叫んで小林君のからだを、ブイの中から、荷あげ場にひきだしました。ふたりの労働者も縄をはなして、そこへ近よってきます。

「あっ、顔が血だらけだ。殺されたんだろうか。」

「こりゃおかしいぞ。女の服をきているが、頭は男のようだ。それに、これは、まだ子どもらしいぜ。むごたらしいことをしたもんだな。」

「いや、まて、まだ死んじゃいない。脈がある。この血も、どうやら鼻血らしいぜ。」

ブイのふたをひらいた男が、小林君の上にしゃがみこんで、持っていたタオルで、顔の血をふきとりました。

「ただ、気をうしなっているばかりだ。こうすれば、いまに、息をふきかえすよ。」

男はこんなことになれているとみえて、小林君の両手をつかむと、一、二、一、二、と、あげたり、さげたりして、人工呼吸をほどこすのでした。

そのあいだに、労働者のひとりが近くの交番へ、このことをしらせましたので、まもなく警官がかけつけてきました。

「あっ、目をひらいたぞ。しっかりしろ。もうだいじょうぶだ。」

人工呼吸をやっていた男が、叫びました。

小林君は、荷あげ場のコンクリートの上に、あおむけに寝かされたまま、ぼんやりと、あたりを見まわしています。

「おい、気がついたか。きみは、いったい、どこのだれだ。どうして、ブイの中にはいっていたのだ。だれかに、とじこめられたのか。」

警官が、小林君の顔の上にしゃがんで、大声でどなりました。

小林君は、しばらくは口をもぐもぐやるばかりで、ものをいう力もないようにみえましたが、やっと、かすかな声をだしました。

「ぼく、明智探偵の助手の小林です。」

「えっ、明智探偵の？　それじゃあ、きみは、あの小林少年か？」

警官はびっくりしたように、聞きかえしました。小林少年のことは、よく知っていたのです。

「それじゃあ、だれかにブイの中へ、とじこめられたんだね。あいてはだれだ？」

「妖人ゴングです。」

「えっ、妖人ゴングだって？」

警官の顔色が、さっとかわりました。そして、おもわず立ちあがると、怪物がそのへんに、かくれてでもいるように、キョロキョロと、あたりを見まわすのでした。

もうそのころは、七時にちかくなっていましたので、川岸の人どおりが多くなり、荷あげ場は、みるみる黒山の人だかりになってきました。

「くわしいことは、あとで話します。ぼくを明智探偵事務所へ送ってください。」

小林君は起きあがりながら、警官にたのむのでした。

警官は交番に帰って、本署にこのことをしらせ、明智探偵にも連絡したうえ、小林君をタクシーにのせて、麹町アパートの探偵事務所へ送りとどけました。

事務所についたころには、小林君はすっかり元気をとりもどしていました。そして、出むかえた明智探偵をみると、「先生っ！」と叫んで、いきなりとびついていって、その胸にだきつくのでした。

「よかった、よかった。きみがぶじに帰ったのは、なによりうれしいよ。とんだめにあったそうだね。」

明智探偵はそういって、しずかに小林少年の背中を、なでてやりました。

「ぼく、もう死ぬかと思いました。先生におめにかかれないかと思いました。」

小林君は、なつかしそうに明智探偵の顔を見あげて、涙ぐむのでした。

こうして、小林少年は、あやうい命を助かりました。花崎マユミさんは、小林君が身がわりをつとめたのですからぶじですし、弟の俊一君も、野上少年とチンピラ隊によって助けだされ、妖人ゴングのたくらみは、すべてむだにおわってしまいました。

しかし、こんなことで、あきらめるような怪物ではありません。やがて第二の攻撃が、はじまるのです。妖人ゴングとは、そもそも何者でしょう？　かれは、いったい、なんのために、マユミさんや俊一君をねらうのでしょう？

水底の秘密

小林少年が、ブイの中からすくいだされ、妖人ゴングのすみかは、隅田川の水底にあるらしいと、報告しましたので、ただちに、水上《すいじょう》警察が、そのへんいったいの水中捜索をはじめました。潜水夫をやとって、川の底をくまなく探しましたが、ふしぎなことに、妖人のすみからしいものは、なにも見あたらないのでした。

あの事件から三日目の夜、名探偵明智小五郎は、妖人にねらわれているマユミさんと、俊一君のおとうさんの花崎検事のうちをたずねて、応接間で花崎さんと、今後のことについて、相談していました。

そこへ、あやしい電話がかかってきたのです。花崎さんは、テーブルの上においてあった電話の受話器を耳にあてたかとおもうと、さっと、顔色がかわりました。

受話器からは「ウワン、ウワン、ウワン……。」という、あの、気味のわるい音が聞こえてきたからです。

「ウワン、ウワン、ウワン、ウワン……。」

その音は、だんだん大きくなって、耳のこまくが、やぶれるほどの恐ろしい音になりました。そして、

「ワハハハハ……。」

と、いきなり、人間の笑い声が聞こえてきたではありませんか。

「あいつです。ゴングが電話をかけてきたのです。」

花崎さんは、そこにいた明智探偵に、そっと、ささやきました。

「じゃあ、それをわたしに、おかしなさい。わたしが応待します。」

明智は、花崎さんの手から受話器をうけとって、あいてにどなりつけました。

「きみは、だれだっ？」

「ワハハハハ……、そういうきみは、だれだね。花崎検事かね？」

「ぼくは、明智小五郎だっ！」

「あっ、明智が、そこにいたのか。いや、ちょうどいい。それでは、きみと話そう。……おれがだれだか、むろん、わかっているだろうね。」

あいては、人をばかにしたような、ふてぶてしい調子で、ゆっくり話しかけてきました。

「ぼくに、話があるというのか。」

明智探偵も、おちつきはらっています。

「きみのほうこそ、ぼくに聞きたいことがあるというんじゃないかね。」

あいても、自信まんまんの、調子です。

「べつに聞きたいこともないね。ぼくは、なにもかも知っている。」

「フフン、日本一の名探偵だからね。……それじゃ、こっちから聞いてやろう。きみたちは、隅田川の底を捜索したが、おれのすみかが見つからなかった。しかし、おれは、ちゃんと、隅田川の水の底に住んでいたんだよ。ウフフフ……。このなぞが、わかるかね。」

ああ、やっぱり、水の底にすみかがあったのでしょうか。それが、あれほど、捜索しても、わからなかったのは、なぜでしょう？　さすがの明智探偵にも、このなぞは、まだ、とけていないのです。しかし、わからないと、答えるわけにはいきません。

「むろん、ぼくには、わかっているよ。」

「ワハハハハハ……、自信のない声だな。やせがまんはよして、どうか教えてくださいといいたまえ。おれは、その種あかしをするために、電話をかけているんだからね。」

怪人は、なにもかも見とおしているのです。明智が、まだ、その秘密を知らないことを、ちゃんと見ぬいているのです。

こうなったら、明智のほうでも負けてはいられません。とっさに、そのなぞを、といてみせるほかはないのです。五秒間にこのむずかしいなぞを、とかなければなりません。いくら名探偵でも、そんなはなれわざが、できるのでしょうか？

「ぼくは、きみの秘密を知っているよ。」

明智は、おちついて答えました。

「ウフフフ……、あくまで、やせがまんをはる気だな。よろしい。それなら、おれが水の底のどこに住んでいたか、いってみたまえ。潜水夫をいれて、あれほどさがしても見つからなかったじゃないか。」

「それは、あのときには、きみは、隅田川の底に住んでいた。しかし、いまは、もう、同じところに住んでいないからさ。」

明智は、一時のがれのむだごとをいいながら、全身の気力を頭に集めて、このなぞをとこうとしていました。

「フフン、それは、むろんのことだ。おれはいま、陸上にいるよ。だが、水の底に住んでいたとすれば、そのあとがあるはずじゃないか。水の底の家が、そうやすやすと、こわせるものじゃないからね。」

「こわさなかった。しかし、もとの場所にはないのだ。」

明智は、苦しまぎれにそういいましたが、そのとき、パッと、ある考えが浮かびました。秘密がわかったのです。わかってみれば、じつに、なんでもないことでした。

「ウフフフ……やせがまんはよして、かぶとをぬぎたまえ。おれが教えてやろうといっているんだからね。」

「ぼくには、ちゃんと、わかっている。」

「フン、そうか。じゃあ、いってみたまえ。さあ、はやく、いつまでも、電話をかけているわけには、いかないからね。」

「潜航艇《せんこうてい》だよ。」

明智が、ずばりと、いってのけました。

「え？　なんだって？」

「きみのすみかは、潜航艇だったというのさ。」

「へえ？　潜航艇が、隅田川にはいれるかね。」

「どんなあさいところでもこられる、小型潜航艇だよ。ずっと前に、ある犯罪者が小型潜航艇で、隅田川をあらしまわったことがある。ちゃんと、前例があるのだ。ハハハ……どうだね。あたったらしいね。」

「あたった。ウフフフ……、さすがは、明智先生だね。まさに、そのとおりだよ。」

怪人も、とうとう、かぶとをぬぎました。しかし、かれの用件は、そのことだけではなかったのです。

ゴングとは何者

怪人は、また、しゃべりはじめました。

「明智君、おれは執念ぶかいぞ。戦いは、これからだ。おれはマユミと俊一を、かならず、とりこにしてみせる。一度は、きみのおせっかいで失敗したが、そんなことで、ひきさがるおれじゃない。花崎検事に、そういっておいてくれ。一週間、そうだ、きょうから一週間のうちに、マユミと俊一をつれだしてみせる。そして、二度と、顔を見ることができないようにしてやる。妖人ゴングの名誉にかけて、これを宣言する。わかったか。明智君、いつか、きみにあうときもあるだろう。用心するがいい。おれは、こうと思ったことは、きっと、やりとげる男だ。」

この恐ろしいことばがおわると、またしても、

「ウワン、ウワン、ウワン、ウワン……。」

と、あのいやらしい音が、ひびいてきました。そして、その音が、だんだん小さくなって消えてしまうと、ぷっつりと電話がきれました。

「どうせ、遠くの公衆電話からかけたのでしょう。電話局でしらべて、警察にしらせてみても、とても、まにあいません。こうなれば、あいてがせめてくるのを、待つほかはありません。ところで……。」

明智探偵は、もとのいすにもどって、テーブルごしに、じっと花崎さんの顔を見つめました。

「こいつは、魔法つかいの妖人みたいに見せかけていますが、むろん、われわれとおな

じ人間です。おそらく、あなたに、深いうらみをもっているやつです。マユミさんや、俊一君をいじめるのも、あなたに、気がちがうほど心配させるためです。なにか、そういう、うらみをうける、お心あたりはありませんか。」

「わたしは、いちじは、鬼検事というあだなをつけられていたほどで、悪いやつには、ようしゃなく、びしびしやるほうでしたから、犯罪者には、ずいぶん、うらまれているわけです。しかし、それはみんなむこうが悪いからで、こんな復讐《ふくしゅう》をうけるおぼえはないのですが……。」

「でも、犯罪者というやつは、じぶんの悪いのは棚にあげておいて、検事さんを、うらむことがよくあるものです。なにか、重い罪をおかしたもので、このごろ、刑務所を出たものとか、または、脱獄したものとか、そういう、お心あたりはありませんか。」

「それなら、たいして多くはありません。まあこんな連中ですね。」

花崎さんは、テーブルのうえにあったメモの紙に、五、六人の名を書いて、明智に出してみせました。

明智は、その人名を、じっと見ていましたが、ある名まえを、指でおさえて、

「これです!」

と、低いけれども力のこもった声で、いいました。

「えっ?　そいつが、あのゴングですって?」

「そうです。こいつでなければ、妖人ゴングにばけることはできません。こいつならば、じつに恐ろしいあいてです。」

明智はそういって、じっと、花崎さんの顔を見つめました。花崎さんも、青ざめた顔になって明智を見つめました。そうして、ふたりは、たっぷり一分間、身うごきもせず、異様なにらみあいをつづけたのです。

やっとしてから、明智のひきしまっていた顔が、にこにこ顔にかわりました。

「いや、そんなに、ご心配になることはありません。わたしがついていれば、けっして、あいつの思うようにはさせません。しかし、よほど用心しなくてはいけません。こうなったら、非常手段をとるほかはないのです。あいてが、妖人の魔法つかいですから、こちらも魔法つかいになるのです。そんなとほうもないことをと、おっしゃるかもしれませんが、そのとほうもないことをやらないと、あいつには勝てないのです。」

そして、明智は、なにか、ひそひそと、花崎さんの耳にささやくのでした。それをきくと、花崎さんの顔が、すこし明るくなってきました。

「なるほど、悪魔の知恵には、悪魔の知恵で、というわけですね。二重底の秘密というわけですね。わかりました。明智さんのお考えに、したがいましょう。いっさい、おまかせしますよ。」

そして、ふたりは、またなにか、ひそひそと、ささやきあうのでした。

ふたりの老人

東京都の西のはし、西多摩郡《にしたま》に、平沢《ひらさわ》という村があります。多摩川の上流に近い山の中で、けしきのよい小さな村です。

その村はずれに、一軒のわらぶきの農家があります。いちばん近い家でも、百メートル以上はなれているという、さびしい一軒家です。

このごろ、そこへ、見なれぬ人たちが住むようになりました。しらが頭に、白いあごひげのはえた、七十にちかいようなおじいさんと、十六、七のいなかむすめと、十二歳ぐらいの男の子と、としとったばあやとの四人ぐらしです。

いなかむすめは、あまり美しくありませんし、男の子も、黒くよごれたきたない顔をしています。ふたりは、きょうだいのようですが、学校へもいかず、山へ遊びにいくわけでもなく、いつも、一間《ひとま》にとじこもって、本を読んでいます。なんだか元気のない子どもたちです。

おじいさんも、畑仕事などしないで、たいていは家にいて、草花などのせわをして、暮らしています。

ある朝はやくのことでした。ちょうど、夏で、縁がわの前には鉢植えのアサガオがたくさんならんでいて、赤や青や紫の大きな花が、美しくひらいていました。

カーキ色の仕事服をきたおじいさんは、その前にしゃがんで、アサガオの葉の虫をとっていましたが、そのとき、

「おはよう。せいがでますな。」

という声が聞こえました。

ふりかえってみると、いけがきの外から、いなかもののじいさんが、にこにこ笑いながらのぞいていました。

よごれたゆかたを着て、しりはしょりしています。やっぱり、半分しらがになったごましお頭で、もじゃもじゃと、ぶしょうひげをはやしています。日にやけた黒い顔です。

「どなただね。見かけないお人じゃが……。」

しらひげのおじいさんが答えますと、いなかじいさんは、また、にこにこ笑って、

「わしは、この隣村のものじゃが、アサガオが、あんまりみごとなもんで、つい、声をかけただよ。」

「そうかね。おまえさんも、アサガオがすきかね。まあ、いいから、こっちへはいって見てください。」

そういわれたので、いなかじいさんは、しおり戸をあけて、のこのこ、中へはいってきました。

「まあ、ここへ、おかけなさい。いま、お茶でもいれますから。」

そういって、しらひげのおじいさんが、縁がわに腰をかけると、いなかじいさんも、ならんで腰かけ、アサガオのそだてかたについて、話がはずみましたが、いなかじいさんは、庭ぜんたいの草花が見たいというので、縁がわから立って、庭の奥のほうまで見まわるのでした。

主人のしらひげのおじいさんも、そのあとから歩いていきましたが、ふたりのあいだが、ずっとへだたって、いなかじいさんが、家の角をむこうへまがっていくのを待って、こちらの軒下においてある木の箱のふたをひらき、その前にしゃがんで、なにかやっていましたが、やがて立ちあがると、箱の中から一羽のハトが、ばたばたと飛びだして、サーッと空に舞いあがり、そのまま、どこかへ飛びさってしまいました。

いなかじいさんは、それには気がつかず、むこうの角からもどってきました。

それから、ふたりのおじいさんは、しばらく肩をならべて、庭の草花を見まわっていましたが、もとの縁がわへもどろうと歩きだしたとき、あとから、しらひげのおじいさんが声をかけました。

「ああ、もしもし、これ、あんたのじゃありませんか。ここに落ちてましたが。」

それは、ラシャでつくった、ひどくでっかいかみいれでした。

「あ、そうです。そうです。それは、わしのさいふです。」

いなかじいさんは、あわてて、それを受けとると、ふところへ、ねじこみました。

「ハハハ……、よっぽど、だいじなものがはいっているとみえますね。なかなか、重いじゃありませんか。」

「いや、いや、くだらないもんです。お金だといいんだが、ハハハ……。」

と、じいさんは、ごまかしてしまいました。

ふたりが、もとの縁がわに腰をかけると、しらひげのおじいさんは、

「では、お茶をいれますから、ちょっと、待っていてください。」

といって、奥へはいっていきました。

いなかじいさんは、ひとりになると、あたりを、キョロキョロ見まわして、縁がわから家の中へあがり、そっと、むこうの障子の奥をのぞくのでした。その障子の奥には、まだ、かやがつってあって、きょうだいの子どもが眠っているのです。

じいさんは、障子のすきまから、そのかやのほうを、じっと見ています。気味のわるいじいさんです。ひょっとしたら、どろぼうかもしれません。

そのとき、とつぜん、しらひげのおじいさんが、べつの部屋から出てきました。

「おきのどくだが、とうとう、わなにかかったね。」

いなかじいさんは、ぎょっとしてふりむき、

「え、なんだって？」

と、しらばっくれて、しかし、もう逃げごしになっています。

「ハハハハ……、だめだよ、逃げようたって。わしは、こうみえても、かけっこの名人だからね。」

　いなかじいさんは、縁がわまではいもどって、もとのところに腰かけました。

「なにいってるだね。わしは、ただちょっと……。」

「ハハハ……、ただちょっと、かやの中のふたりを、たしかめにいったのだろう？　じつは、もうくるか、もうくるかと、わしは、きみを待ちかまえていたのだよ。うまく、わなにかかったねえ。」

　ふたりの老人は、恐ろしい顔でにらみあいました。おたがいの腹の底まで、見すかそうとしているのです。

　そのとき、いなかじいさんは、すばやく、ふところに手をいれて、さっきのさいふの中から、小型のピストルをとりだし、さっと、しらひげのおじいさんにつきつけました。

「これはどうだね。ハハハ……、きみが拾ってくれたさいふの中には、これがいれてあったのさ。じたばたすると、ぶっぱなすぞっ。」

　しかし、しらひげのおじいさんは、すこしもさわぎません。にこにこ笑って、じっとあいてを見ています。

「きさま、これが、こわくないのか。命がおしくないのか。」

「命はおしいよ。だが、そんなピストルは、こわくもなんともないよ。さっき、拾ったというのはうそで、きみのふところからぬきとって、たまをみんな出しておいたのだよ。」

おじいさんは、そういって、カーキ色の服のポケットから、ピストルのたまを六つとりだし、てのひらにのせて、じゃらじゃらいわせるのでした。

二梃のピストル

そして、老人は、にこにこ笑いながら、こんなことをいいました。

「わしは、きみが、いまくるか、いまくるかと、まい日、待ちかまえていたのですよ。奥のかやの中に寝ているきょうだいを、きみが、つれ出しにくることが、ちゃんと、わかっていたのでね……。」

すると、ごましお頭のいなかじいさんが、みょうな声をたてて笑いました。

「それじゃ、あんたは、わしがだれだか、知っているのかね……。」

「むろん、知っているよ。……きみは、ゴングという怪物だっ!」

ふたりは、縁がわから、すっくと立ちあがって、にらみあいました。

「うん、そのとおり。さすがは、名探偵の明智君だ。よろしい。それで、どうしようというんだね。」

いなかじいさんが、とつぜん、わかわかしい声にかわりました。しらひげの老人は、明智小五郎の変装姿だったのです。こちらも、にわかに、わかわかしい声になって、

「こうするのだっ！」

と叫びながら、相手にとびかかっていきました。そして、

「マユミさん、俊一君、そこにあるほそびきを、持ってきなさい。こいつを、しばりあげてしまうのだっ。」

ああ、かやの中に寝ていたきょうだいは、花崎検事のむすめのマユミさんと、その弟の俊一君だったのです。

ふたりとも、いなかものに変装して、こんな山の中にかくれていたのです。

明智探偵の変装したしらひげの老人の声を聞くと、ふたりとも寝まきのまま、かやの中から、とび出してきました。マユミさんは、長いほそびきを持っています。

「ワハハハハハ……。」

ゴングの変装したいなかじいさんが、恐ろしい笑い声をたてながら、パッと、明智の手をすりぬけて、庭のまん中に立ちはだかりました。

「やっぱりそうだったな。そのふたりは、マユミと俊一だな。こんなところへかくした

つもりでも、おれのほうでは、なにもかも見とおしだ。明智先生、きみも、ぞんがい知恵のない男だねえ。」

「ウフフフ……、知恵があるかないか、いまにわかるよ。きみは、たったひとりで乗りこんできた。こっちは三人だよ。三対一では、まず、きみの負けだねえ。」

明智の老人は、そういって、ゴングのじいさんに、とびかかろうとしました。

するとゴングは、右手を内ぶところにいれて、なにか、もぞもぞやっていましたが、その手をパッと出したときには、黒い小型ピストルが、にぎられていたではありませんか。

「ハハハハハ……、これがおれの奥の手だよ。ピストルはかならず二梃《ちょう》用意しているのだ。ひとつがだめになっても、もうひとつというわけだよ。」

たじたじとなった明智の顔を見て、ゴングは、とくいらしく笑いつづけていましたが、やがて、ピストルをマユミさんと俊一君のほうにふりむけました。

「きみたちふたりは、そのほそびきで、明智先生をしばるんだ。……明智君、縁がわに腰かけて、両手をうしろにまわしなさい。そう、そう、そうすれば、しばりやすくなる。さあ、子どもたち、明智先生のからだを、ほそびきで、ぐるぐる巻きにするんだ。はやくしろっ！　でないと、このピストルを、ぶっぱなすぞっ。」

ああ、明智ともあろうものが、どうして、もう一つのピストルに気がつかなかったのでしょう。名探偵にしては、たいへんな手ぬかりではありませんか。いったい、マユミさんと俊一君の運命は、どうなることでしょうか。

名探偵の奥の手

マユミさんと俊一君は、しかたがないので、縁がわに腰かけている明智の上半身を、ほそびきでぐるぐると巻きつけました。

ゴングは、ピストルをかまえながら、そのそばにより、ほんとうにしばってあるかどうかをたしかめ、ほそびきの結びめを、いっそうかたく締めつけるのでした。

「明智先生、きのどくだが、おれの勝ちだね。マユミと俊一は、おれがつれていくよ。いなかじいさんに手をひかれた、いなか者のきょうだいだ。だれもあやしむものはない。さあ、ふたりとも、こっちへきなさい。」

ゴングのいなかじいさんは、急にやさしい顔になって、ふたりの手をとろうとしました。

するど、そのとき、みょうなことが起こったのです。

クックックックッ……というような、へんな音が聞こえてきました。おやっと思って耳をすますと、その音は、からだをしばられて、うつむいているしらひげの口から、もれているようです。

その音が、だんだん大きくなってきました。明智の老人が、首をあげました。おかしくてたまらないという顔つきです。笑いをかみころしていたのです。それが、とうとう爆発しました。

「ワハハハハ……、きみのほうに奥の手があれば、ぼくのほうにだって、いろいろ奥の手があるんだよ。小林君。かつらを取って、見せてやりたまえ。」

それを聞くと、いなかむすめのマユミさんが、両手を頭にあげて、女のかつらを、スッポリとぬいでみせました。女の子だとばかり思っていたのが、じつは、男の子の変装だったのです。

「ハハハハ……。どうだね、また、いっぱい食ったね。小林君は、このあいだ、マユミさんに変装して、きみにひどいめにあったばかりだ。おなじトリックに、二度もかかるなんて、ゴングも、もうろくしたもんだね。

それから、この子どもも、俊一君じゃないよ。俊一君によく似た子どもをさがしだして、ここへつれてきたのさ。ハハハハ……。どうだね、せっかく、ぼくをしばっても、マユミさんと俊一君がにせものでは、なんにもならなかったね。

いや、そればかりじゃない。ぼくの奥の手は、まだあるんだよ。ほら、見てごらん。ぼくは、縄ぬけの名人だからね。」

しらひげの老人は、そういって、すっくと立ちあがったかとおもうと、しばられていた両手を、ヌッとつきだしてみせました。ほそびきは胴体に、ぐるぐる巻きになっていますが、両手がぬけてしまったのですから、もうなんの不自由もありません。

勝ちほこっていたゴングのいなかじいさんは、このふいうちに、あっけにとられて、ピストルを持つ手も、だらりとたれたまま、ぼんやりつっ立っていました。

きびんな小林少年が、それを見のがすはずはありません。女の寝まきをきた小林君のからだが、宙におどりました。

「あっ、ちくしょう！」

いなかじいさんが、どなったときには、もうピストルは、小林君の手ににぎられていました。ふいをうって、ピストルをうばい取ってしまったのです。

小林君は、そのピストルをかまえて、ゴングにねらいをさだめました。こんどは、ゴングじいさんのほうが、両手をあげる番でした。

しかし、ゴングもさるものです。いちじはおどろいたようですが、たちまち、気力をとりもどして、にやにや笑いだしました。

「ウフフフ……、で、どうしようというのだね。ピストルをうつのかね。だが、きみには、うてないのだよ。うてば、おれが死ぬんだからね。きみたちは、人ごろしなんか、できっこないよ。では、ピストルでおどかして、おれをしばろうとでも、いうのかね。

ところが、それもだめだよ。おれは、しばられないからね。おれはもう、このうちに用事はないから、おいとまをするばかりだ。それじゃあ、あばよ。」

ゴングのじいさんは、相手がピストルをうつはずはないとたかをくくって、いけがきのしおり戸のほうへ、ゆうゆうと歩いていくのでした。

「待ちたまえ！」

明智探偵が、自信にみちた、おもおもしい声で呼びかけました。ゴングじいさんは、思わず立ちどまって、こちらをふりむきます。

「きみ、あれが聞こえないかね。ほら、だんだん、近づいてくるじゃないか。ぼくのほんとうの奥の手というのは、これなんだよ。」

明智は、にこにこ笑っていました。

ゴングじいさんの顔が、まっさおになりました。いけがきのむこうから聞こえてくる音が、恐ろしい意味をもっていたからです。

それは、自動車の音でした。いけがきのむこうに、その黒いボディーが見えたかとおもうと、キーンというブレーキの音がして、しおり戸の前に自動車がとまり、そのドアがひらいて、三人の警官が、手に手にピストルを持って、とびだしてくるのが見えました。

立ちすくんだゴングじいさんのうしろから、明智の声がひびきます。

「わかったかね。きみはもう、のがれられないのだ。無電をそなえつけるひまがなかったので、伝書バトでまにあわせたのだ。さっき、きみが裏のほうへまわっているすきに、ぼくは、伝書バトを飛ばした。近くの町の警察署でかっている伝書バトだよ。ハトは十分間で警察へ飛んでいった。ハトの足には、ゴングがきたという手紙をいれた通信筒がつけてあった。そこで、警官の出動となったのだよ。ぼくは、いろんなことをいって、きみをひきとめ、この自動車がくるのを待っていたのさ。」

三人の警官は、もう、しおり戸をあけてはいってきました。

ああ、妖人ゴングは、とうとう、つかまってしまうのでしょうか。

しかし、相手は魔法つかいのような怪物です。まだ、どんな奥の手が残っていないともかぎりません。なんだか心配です。胸がドキドキしてきます。

さいごの手段

立ちすくんでいたゴングじいさんが、パッと身をひるがえしました。

「おれには、さいごの奥の手があるんだっ。」

と叫びざま、明智探偵のほうへ突進してきました。小林君は、ピストルをかまえていましたけれど、うつことができません。それほどゴングは、すばやかったのです。

明智にとびかかるかと見ていると、そうではなくて、明智の横をとおりすぎて、いきなり、縁がわにとびあがり、あっと思うまに、奥の部屋にかくれてしまいました。

そのとき、警官たちは、もう、縁がわの近くまできていましたが、ゴングじいさんの姿が見えないので、ピストルをうつこともできません。

「裏へまわってください。裏から逃げるつもりです。」

明智の声に、警官たちは、家の横を裏のほうへ、とんでいきましたが、もう、まにあいません。ゴングじいさんは、一直線に、家の中を突っきって、裏手にとびだすと、そのまま、いけがきを乗りこして、裏山の森の中へ逃げこんでしまいました。そのはやいこと！ まるで、つむじ風がとおりすぎるようでした。

三人の警官が、それにつづいて、森の中へとびこんでいったことは、いうまでもありません。

道もない森の中。頭の上は、いくえにも木の葉にとざされて、まっ暗です。イバラやつる草が、ゆくてをふさいでいて、なかなか、はやくは進めません。

ゴングじいさんの姿は、はるかむこうに、ちらちらと見えたりかくれたりしています。三人の警官は、ターン、ターン、ターンと、空にむかって、おどかしのピストルを発射しました。

しかし、そんなことで、おどろくゴングではありません。かれの姿は、ますます遠ざかっていくばかりです。

そのとき、警官たちは、ぞっとして立ちどまりました。

「ウワン……ウワン……ウワン……ウワン……。」

どこともしれず、あの恐ろしい音が聞こえてきたからです。はじめは小さく、だんだん大きく、しまいには、こまくもやぶれるばかりの恐ろしいひびきとなって、おそいかかってくるのです。

ふと気がつくと、むこうの木のあいだに、白いもやのようなものがたちこめていました。だれかたき火でもしているのかと思いましたが、そうでもありません。うす暗い森の下に、白いものが、ボーッとたちこめているのです。

警官たちは、思わず立ちどまって見ていますと、その白いもやの中に、ぼんやりと、へんなものがあらわれてきました。

あっ！　人の顔です。五メートル四方もあるような、でっかい人の顔です。いや人間ではありません。人間に、あんな牙がはえているはずはないのです。

ギョロリと光ったまんまるな目、大きな鼻、耳までさけた恐ろしい口、そこから、ニューッと、とびだしている大きな牙。

妖人ゴングです。ゴングが正体をあらわしたのです。

「撃てっ！」

警官のひとりが叫びざま、怪物の顔にむかってピストルを発射しました。あとのふたりも、それにつづいて、ターン、ターンとピストルを撃ちました。

しかし、白いもやの中の怪物は、びくともしません。大きな口を、キューッとまげて、あざ笑っているばかりです。

勇敢な警官たちは、いきなり、白いもやにむかって突進していきました。怪物につかみかからんばかりのいきおいです。

ところが、近づくにしたがって、もやの中の怪物が、とけるように、くずれていきました。そして、警官たちが、もやの中にふみこんだときには、もう、そこには、なにもないのでした。ただ、うすい煙のようなものが、ふわふわと、ただよっているばかりです。

そのとき、またしても、警官たちを、あざ笑うように、あのぶきみな音が、ひびいてきました。

「ウワン……ウワン……ウワン……。」

その音にまじって、もうひとつの、みょうな音が聞こえてくるのです。

「ブルン、ブルン、ブルン、ブルルル……。」

そして、サーッと嵐のような風が吹きつけてきました。そのへんの立ち木が、ざわざわとゆれています。

怪物が、なまぐさい風をまきおこして、天にでものぼっていくのでしょうか。警官たちは、なんだか、そんな感じがしました。

白いもやをくぐりぬけて、なおも進んでいきますと、むこうのほうが、パッと明るくなりました。そこで森がなくなって、原っぱがひろがっているらしいのです。小山のいただきが、原っぱになっているのでしょうか、つむじ風は、その原っぱのほうから吹きつけているらしいのです。

警官たちは、やっと、森をぬけて、原っぱに出ました。

「あっ！　あれをみたまえ。」

さきにたっていた警官が、空を指さして叫びました。

ああ、ごらんなさい。小山のいただきの原っぱの空には、一台のヘリコプターが、舞いあがっているではありませんか。

「あっ、ゴングは、あれに乗って逃げだしたんだ。あいつは、ヘリコプターを、ちゃんと、ここに待たせておいたんだ。」

まだ、そんなに高くあがっていないので、すきとおったプラスチックばりの操縦席が、よく見えます。そこには、ゴングの部下らしいひとりの操縦者と、いなかじいさんにばけたゴングとが乗っていて、いなかじいさんは下を見おろして、にやにや笑っているのが、まざまざと見えるのです。

警官たちは、こぶしをふるって、空にどなりつけましたが、なんのかいもありません。つづけざまにピストルをぶっぱなしましたが、ヘリコプターにはあたりません。

ヘリコプターは、上へ上へとのぼって、東京のほうにむかって遠ざかっていきます。豆つぶのように小さくなり、それも、やがて見えなくなってしまいました。

妖人ゴングは、明智探偵のために裏をかかれて、なにもすることもできず逃げさったのです。しかし、さすがの名探偵も、ゴングをとらえることはできませんでした。まさか、ヘリコプターまで用意しているとは気がつかなかったからです。

地底の声

お話かわって、こちらは東京世田谷区の花崎さんの家です。ここでも、みょうなことが起こっていました。

西多摩郡の山の中にかくれていたのは、にせものだったのですから、ほんもののマユミさんと俊一君は、花崎さんの家の、どこかに身をひそめていたのかというと、そうでもありません。ふたりは、花崎さんの家からも、姿を消してしまったのです。明智探偵の計略で、ほんもののほうも、どこかへ、かくしてしまったのです。

おとうさんの花崎検事とおかあさんだけは、明智と相談のうえ、ふたりの子どもをかくしたのですから、ほんとうのことを知っていましたが、やとい人などは、なにも知りません。マユミさんと俊一君が、どこかへいってしまったので、ゴングにさらわれたのではないかと、おおさわぎです。

おとうさんやおかあさんも、うわべは心配そうにして、ほうぼうへ電話をかけてたずねたり、警視庁の中村《なかむら》警部にもしらせましたので、警部は数名の刑事をつれて、花崎さんの家をしらべにきました。

この中村警部は明智探偵の親友ですから、ちゃんと、ほんとうのことを知っていました。でも、世間には、ふたりがゆくえ不明になったと、見せかけておかなければ、ゴングをだますことができませんので、わざと、家《や》さがしをしたりして、さわいで見せたのです。

それから毎日、ひとりの刑事が花崎さんの家につめきって、なにかの見はりをすることになりました。刑事といっても、ふつうのセビロを着ているのですから、花崎さんの事務員としか見えません。だれもあやしむものはないのです。

しかし、その刑事さんは、いったい、なにを見はっていたのでしょう。花崎さんの家の西洋館のはしにある、俊一君の勉強部屋に、刑事さんはいつも腰かけて、窓の外を見ていました。ゴングが庭へしのびこんでくるのを、待ちかまえているのでしょうか？

そのうちに、みょうなことが起こってきました。

ある夕がたのこと、ひとりのお手伝いさんが顔色をかえて、マユミさんたちのおかあさんの部屋へ、かけこんできました。

「おくさま、なんだかへんですわ。いま、お庭を歩いていましたら、どこかから歌をうたっている声が、かすかに聞こえてきたのです。それが、俊一さんが、いつもおうたいになる歌で、声も俊一さんと、そっくりなのです。わたくし、おやっと思って、庭の木のあいだを探してみましたが、だれもいません。それでいて、歌の声は、いつまでも、かすかにつづいているのです。おくさま、その声は、なんだか地の底から、ひびいてくるように思われました。わたくし、恐ろしくなりました。俊一さんは、もしかしたら、庭の地の底にいらっしゃるのではないでしょうか。その歌は、さびしい悲しそうな声でしたわ。」

と、さもこわそうに、うしろをふりかえりながら、うったえるのでした。

おかあさんは、それを聞いても、べつに心配らしいようすもなく、笑いながら、お手伝いさんをたしなめました。

「それは気のせいですよ。そんなばかなことがあるものですか。きっとへいの外で、どこかの子どもが、うたっていたのよ。」

お手伝いさんは、おくさまが取りあってくださらないので、そのまま、ひきさがりましたが、このふしぎなできごとは、けっして、お手伝いさんの気のせいではなかったのです。

俊一君は、ほんとうに、地の底で、悲しい歌をうたっていたのです。いったい俊一君はどこにいたのでしょうか。

ところが、その晩のこと、もっともっと恐ろしいことが起こりました。

花崎さんの家の上のまっ暗な空を、一台のヘリコプターが、通りすぎました。ブーンというプロペラの音が聞こえたのです。

しかし、飛行機やヘリコプターが、家の上をとおるのは、いつものことですから、だれも、あやしむものはありませんでした。

すると、それからまもなく、花崎さんのお庭の空いっぱいに、あの恐ろしい怪物の顔があらわれたのです。

「ウワン……ウワン……ウワン……ウワン……。」

という、ぶきみな音が、教会の鐘のようにひびきわたったので、花崎さんをはじめ家の人は、みんな、窓や縁がわに出て、空を見あげました。

すると、あの恐ろしい顔が、らんらんと目を光らせ、牙をむきだして、やみの空いっぱいに、花崎さんの庭を見おろして、ウワン、ウワンと、笑っていたではありませんか。

あいては雲の上の怪物です。どうすることもできません。みんなは、一つの部屋に逃げこんで、耳をおさえて、うずくまっているほかはないのでした。

防空壕の中

そのあくる日のことです。花崎さんの家の俊一君の勉強部屋に、見なれぬ刑事が、見はりばんをつとめていました。

刑事は、かわりあってやってくるので、毎日同じではありませんが、今日の刑事は、いままで、一度もきたことのない人でした。その刑事は、

「わたしは、二、三日まえに刑事をつとめるようになった、しんまいです。」

と、あいさつして、にやにや笑いました。なんだか、へんな刑事さんです。

その刑事は、お昼から夜まで、ずっと見はりをつづけていましたが、夜の九時ごろ、うちの人が、みんな寝室へひきとり、あたりが、しーんとしずかになるのを待って、刑事は俊一君の洋室の窓をあけ、そこから庭へとびおりました。

まっ暗な庭に立って、しばらく、そのへんを見まわしていましたが、だれもいないことがわかると、広い庭の木立ちの中へはいっていきます。いったい、この刑事は、なにをするつもりなのでしょう。

木立ちの中に、土手のように小だかくなったところがあります。刑事はそのそばによって、土手の横にある四角な鉄のとびらを、パッとひらきました。

それは、むかし、戦争のときにつくった防空壕《ぼうくうごう》の入口だったのです。戦争のときは、空襲があると、家じゅうのものが、そこへ逃げこんだものです。

花崎さんの庭にある防空壕は、ぜんぶコンクリートでつくり、鉄のとびらをあけ、階段をおりて、コンクリートの地下室にはいるようになっていました。

がんじょうなコンクリートづくりなので、こわすのがたいへんですし、物置部屋につかうこともできますので、花崎さんは、防空壕をこわさないで、そのままにしておいたのです。

刑事は、まっ暗な階段をおり、そこにもう一枚しまっている鉄のドアを、こつこつと、たたきました。

「だれ？」

中から、子どもの声が聞こえました。

「わたしだよ。おとうさんだよ。ちょっと、ここをあけなさい。」

刑事が、花崎さんとそっくりな声でいいました。このあやしい刑事は、ものまねの名人です。

カチカチと、かぎの音がして、鉄のドアがひらきました。

あっ、こんなところに！　……その地下室の中には、ゆくえ不明になったマユミさんと俊一君が、かくれていたのです。てんじょうからさがった小さな電灯が、ふたりの顔を照らしています。

ふたりはゴングをだますために、どこかへいってしまったと見せかけて、じつは、こんな地下室の中で、不自由な思いをしていました。食事は、だれも見ていないときに、おかあさんが、そっと運んでいてくださったのです。

ふたりは、おとうさんと思いこんで、ドアをひらいたのですが、そこに見しらぬ男が立っていたので、ハッとしてドアをしめようとしました。しかし、もう、おそかった！刑事は、ドアをおしひらいて、地下室の中へ、ヌーッとはいってきました。

「きみたち、マユミさんと、俊一君だね。」

刑事が、にやにや笑いながらいうのです。

「そうだよ。きみはだれなの？」

俊一君が、ききかえしました。

「わたしは、警視庁の刑事だよ。きみたちを迎えにきたのだ。もう、外へ出てもだいじょうぶだよ。」

それを聞くと俊一君は、しばらく考えていましたが、ハッとなにかに気づいたようすで、

「じゃあ、なぜ、おとうさんだなんて、うそをいったの？」

「いや、あれは、ちょっといたずらをしたんだ。なんでもないよ。さあ、いこう。」

刑事はそういって、ふたりの手をとろうとしましたが、ふたりは、さっと身をひいて、それをさけました。

「いやだよ。じゃあ、なぜ、おとうさんやおかあさんが、じぶんでこないんだい？　ぼくたちは、ちゃんと約束したんだ。この地下室へは、おとうさんと、おかあさんと、明智先生のほかは、だれもはいってこないはずなんだよ。もし、そのほかの人がはいってきたら、敵だと思えといわれているんだ。」

俊一君が、そこまでいいますと、ねえさんのマユミさんがひきとって、あとをつづけました。

「そうよ。それに、けさ、おかあさまに聞いたわ。ゆうべ、家の空に、ゴングの顔があらわれたんですって、あれは、ゴングがやってくる前ぶれよ。」

「そうだ。きみは、そのゴングか、ゴングの手下だろう。え、そうだろう。ぼくたちを、つれだしにきたんだろう？」

俊一君も、叫ぶようにいうのです。すると、刑事が、いやな笑い声をたてました。

「ウフフフフフ……、おまえたちは、なかなかりこうだな。そう気がつけばしかたがない。おれはゴングだよ。ウフフフ……、手下じゃない。おれが、あの恐ろしいゴングなのだ。おれは変装の名人だから、なににだってばけられる。きょうはほんものの刑事を、あるところへ閉じこめておいて、その身がわりになって、ここへやってきたのだ。

さあ、ふたりともおれといっしょに、くるんだっ！」

マユミさんと俊一君は、顔を見あわせて、くすりと笑いました。なぜでしょう。妖人ゴングが、こわくないのでしょうか。

俊一君が、いたずらっぽい顔をして、いいました。

「ところがね、ゴング君、おあいにくさまだよ。おれは俊一君じゃないのさ。ここにいるのは、マユミさんじゃないのさ。」

少年は、にわかに、ことばづかいが悪くなって、へんなことをいいだしました。

「おれは、チンピラ隊の安公《やすこう》というんだよ。そいから、このねえさんは、やっぱり、おいらのなかまで、ひでちゃんっていうんだ。さすがのゴングおじさんも、すっかり、だまされたねえ。ワーイだ！」

いったかと思うと、ひでちゃんと安公は、ゴングがつかまえようとする手の下をくぐって、すばやく逃げだしました。そして、あっと思うまに入口の外へとびだして、ピシャンとドアをしめ、外からかぎをかけてしまいました。

さすがの妖人ゴングも、チンピラ隊の安公に、してやられたのです。にせものだときいて、びっくりしたので、つい、つかまえる手のほうが、おるすになったからでしょう。

チンピラ隊の少年たちは、みんなリスのように、すばしっこいのですが、なかでも安公は身がかるいので有名でした。大敵ゴングを、むこうにまわして、まんまと、うまくやってのけたのは、えらいものです。

五ひきのネズミ

刑事にばけた妖人ゴングは、鉄のドアをおしたり、ひいたりしてみましたが、恐ろしくがんじょうにできているので、どうすることもできません。からだごと、ぶっつかってみても、びくともしないのです。

針金が一本あれば、錠をひらくぐらい、ゴングには、わけもないのですが、あいにく、そんな針金は、どこにもありません。ゴングはがっかりして、地下室のすみにおいてあるベッドに腰かけました。

「明智は、恐ろしいやつだ。まさか、ここまで、裏の裏があるとは知らなかった。」

西多摩の山の中まで出かけていくと、それが、にせもの。そして、こんどは、家にかくれているだろうと、やっとのことで防空壕を探しあてると、またしてもにせものだったのです。明智探偵の奥底のしれない計略には、さすがのゴングも、すっかり、あきれてしまいました。

ベッドに腰かけて考えこんでいますと、目のすみで、なにかしら、チラッと、動いたものがあります。

だれもいない地下室に、動くものがあるはずはありません。「へんだな。」と思って、よく見ますと、すぐ前のコンクリートの壁の下に、さしわたし十センチほどの、いびつな穴があいています。穴の中はまっ暗です。どうも、さっき動いたのは、この穴のへんでした。穴の中に、なにか生きものがいるのでしょうか。

大きなヘビでも住んでいるのではないかと思うと、いくらゴングでも、いい気持はしないとみえて、かれは、みょうな顔をして、じっと、その穴をにらみつけていました。するとまっ暗な穴の中から、チラッとのぞいたやつがあります。小さい目がキラキラ光って、口がとんがり、ひげがピンと五、六本はえています。

「なあんだ、ネズミじゃないか。」

ゴングは、思わずつぶやきました。ネズミは用心ぶかく、しばらく考えていましたが、ゴングがしずかにしていますので、だいじょうぶと思ったのか、チロチロと、穴からはいだしてきました。

「ネズミがくるからには、この穴は、外へ通じているんだな。それなら、この穴を大きくして、土を掘っていけば、逃げだせるかもしれないぞ。」

ゴングは、そんなことを考えました。たしかにこの穴は、あるところへ通じていたのです。しかし、それがどんなところだったか？　もしゴングが、そこへ気づいたら、どんなにギョッとしたことでしょう！

さっきのネズミは、地下室のすみをつたって、スーッと、むこうへ走っていきましたが、すると、また穴の中から、小さな顔をだしたやつがあります。二ひきめのネズミです。

その第二のネズミが穴を出て、そのへんをうろうろしているあいだに、また、穴の中から、第三のネズミがはいだし、つづいて、第四、第五と、あわせて五ひきのネズミが出てきたではありませんか。

「へんだなあ。どうして、こんなにネズミが出てくるんだろう？　ここには、たべものなんか、ありゃしないのに。」

ゴングは、なんだか気味がわるくなってきました。ネズミたちが、地下室に閉じこめられたじぶんを、からかいにきたのかと思うと、しゃくにさわってくるのです。

「こんちくしょうめ！」

ゴングはいきなり立ちあがり、足ぶみをして、ネズミを、もとの穴の中へおいかえそうとしました。

ところが、ネズミたちは、地下室をぐるぐる逃げまわるばかりで、どうしても穴の中へは、はいろうとしません。

なぜでしょう？　これには、なにかわけがあるのでしょうか。ひょっとしたら、穴の奥に恐ろしい動物がいるので、ネズミたちはそれがこわくて、穴へもどれないのではないでしょうか。

そのとき、またしても、なんだか、へんなことが起こりました。穴の中から、水が流れだしてきたのです。

それを見ると、ゴングは、あることに気づいて、まっさおになってしまいました。

穴の奥には、たしかに恐ろしいやつがいたのです。それは水だったのです。ネズミどもは流れる水におわれて、この部屋へ逃げてきたのにちがいありません。

そのうちに、水の勢いがはげしくなってきました。ドーッと流れだしてきたかと思うと、つぎには噴水のように、恐ろしい力でふき出すのです。

「ああ、わかったぞ。この穴はあの池の底へ通じているんだな。」

ゴングは、花崎さんの庭に、池のあることを思いだしました。このお話のさいしょのほうで、池の中から巨大なゴングの顔があらわれたことがあります。あの池です。あの池の水が、この穴へ流れてくるのです。

ゴングが地下室へ閉じこめられたとき、だれかが、池の底にしかけてあるふたをはずして、水が流れるようにしたにちがいありません。

流れだす水は、みるみる地下室の床いっぱいになり、立っているゴングの足くびをかくし、その水面が、じりじりとあがってくるのです。

ネズミどもは、五ひきともベッドの上にかけあがりました。ゴングも、ベッドにのぼりました。

水面は、ぐんぐんと高くなり、もうベッドの上までのぼってきたではありませんか。

ゴングは、ジャブジャブと水の中を歩いて、鉄のドアに近づき、もう一度、おしたり、ひいたりしてみましたが、やっぱり、だめです。

水面はもう、ゴングの腰のへんまでのぼってきました。

水中のゴング

水はゴングの腰までになり、腹、胸、肩と、みるみる深くなってくるのです。大きな池の水ですから、このせまい防空壕が、てんじょうまでいっぱいになっても、まだあまるほどです。いつまでたっても、水がとまるようすはありません。ぐんぐん水面が高くなっていくばかりです。そのへんを、死にものぐるいで、泳ぎまわっていた五ひきのネズミが、つぎつぎと、ゴングのからだへ、のぼりついてきました。

ネズミたちにとっては、ゴングのからだは、広い海の中につきだしている岩のようなもので、そこへよじのぼるほかに助かるみちはないのですから、ゴングがいくらはらいのけても、執念ぶかくのぼりついてくるのです。

そのうちに、水はゴングの首をひたし、あごにとどき、口をかくすほどになってきました。もう立っていることができません。しかたがないので、ゴングは、つめたい水の中で立ちおよぎをはじめました。

ネズミどもは、ゴングの顔へのぼりついてきました。ゴングは変装しているのですから、かみの毛はカツラなのです。ネズミたちは、そのカツラのモジャモジャのかみの毛にしがみついて、はなれません。

手ではらいのけようとすると、死にものぐるいのネズミは、ゴングの指にかみつくのです。指ばかりではありません。耳たぶや、鼻の頭を、あのするどい歯でかみつくのです。ゴングの顔は、ほうぼうから血が流れて、恐ろしいありさまになりました。

ゴングは、「ちくしょう！　うるさいネズミめ！」とつぶやきながら、ぐっと、水の中へもぐりました。頭を水の中に沈めてじっとしていますと、ネズミどもは息ができないので、ゴングの頭をはなれて、水面に浮きあがり、そのへんを泳ぎまわるのです。

しかし、ゴングのほうでも、いつまでも、もぐっているわけにはいきません。息がくるしくなって、ひょいと頭をあげると、ネズミどもは、待ってましたとばかり、またしても、ゴングの顔や、頭へ、泳ぎついてきます。そして、耳や、鼻や、くちびるを、ひっかいたり、かみついたりするのです。

ゴングは、なんども水にもぐって、ネズミをはらいのけましたが、いくらやっても同じことなので、もう、あきらめてしまいました。五ひきのネズミを頭にのせたまま、泳いでいます。

　ふと気がつくと、防空壕のてんじょうからさがっているはだか電球が、水面とすれすれになっていました。もうてんじょうと水面のあいだは、六十センチほどしかありません。いつのまにか、それほど水かさがましていたのです。

　しばらくすると、そのへんが、みょうな色にかわりました。電球が、水につかってしまったからです。てんじょうが、スーッとうす暗くなり、電球は水の中で光っています。電球のまわりの水が明るくなって、水面が波だつたびに、キラキラと美しく光るのです。しかし、それも、ごくわずかのあいだで、やがてパッと電灯が消え、あたりは真のやみになってしまいました。

　死んだようなやみの中、つめたい水の中、なんの音もなく、動くものといっては、立ちおよぎをするために、しずかに水をかいている、じぶんの手足と、顔や頭にすがりついているネズミのからだだけです。

　さすがの妖人ゴングも、ゾーッと、こわくなってきました。

　十分もすれば、水は防空壕のてんじょうにつくでしょう。そうすれば、もう息ができなくなるのです。水の中でもがきながら、死んでしまうのです。

　いや、そんなことよりも、なんにも見えないこの暗さ。頭の上で、からだをくっつけあって、うごめいている五ひきのネズミ。手足を動かさなければ沈んでしまう、つめたい水。そういう、いまの身のうえが、なんともいえないほど恐ろしくなってきたのです。

「助けてくれええ……。おれは、息がつまりそうだああ……。だれか、きてくれええ……。」

死にものぐるいの声を、ふりしぼって叫びました。

ゴングはもう魔法つかいではないのです。こうなっては、どんな魔法も、つかえないのです。ただ、まっ暗な中で、水におぼれて死ぬのを待つばかりです。

いくら悪人だといっても、あんまりかわいそうではありませんか。明智探偵は、こうして、ゴングを殺してしまうつもりなのでしょうか。

地上と地下

そのとき、花崎さんの広い庭に、何十人という黒い人影がむらがっていました。ことに防空壕の土手のまわりに、おおぜいの人が集まっているのです。

懐中電灯が、あちこちで照らされ、夜の庭に、その光が、星のようにきらめいていました。

庭の池のまわりにも、四、五人の黒い人影がありました。みんな小さなからだです。子どものようです。

懐中電灯の光が、スーッと池の水面を照らしました。

「あっ、池の水が、あんなに、へっちゃったよ。もう防空壕が、いっぱいになったかもしれないよ。」

「うん、はやく助けてやらないと、あいつ死んじゃうかもしれないね。」

それは少年の声でした。

みると、池の水は、もう、いつもの半分ほどにへっているのです。

懐中電灯が動いて、ひとりの少年の顔を照らしました。あっ、井上一郎君です。少年探偵団の井上君です。すると、ここにいる少年たちは、みんな少年探偵団員なのでしょうか。

防空壕のまわりにも、小さい黒い影がむらがっていました。

防空壕の土手には、両方のはしに、出入り口の鉄のとびらが閉まっています。その両方の出入り口の前に、小さい影が集まっているのです。

いっぽうの出入り口の前で、こんな声が聞こえました。

「小林さん、だいじょうぶなの？　あいつ魔法つかいだから、とっくに、防空壕の中からぬけだしてしまったんじゃないかしら？」

「だいじょうぶだよ。あいつは、魔法つかいじゃない。ただの人間だよ。悪知恵をはたらかせて、魔法をつかうように見せかけているだけだよ。いくらゴングだって、この厳重な防空壕から逃げだせるもんか。」

懐中電灯の光が動いて、チラッとふたりの顔を照らしました。ひとりは探偵団長の小林少年、もうひとりは、ちゃめで、おくびょうもののノロちゃんでした。

「そんなら、防空壕の中は、いまごろ水でいっぱいになっているだろうから、あいつ、死んじゃったかもしれないね。」

ノロちゃんが、心配そうにいいました。

「だいじょうぶだよ。明智先生は、人を殺したりなんかしはしないよ。ごらん！　あれを。」

小林少年は、防空壕の土手の上を指さしました。

小山のようになった土手の上に、三人のおとなの影が見えています。ひとりは、そこに立って、懐中電灯を照らしながら、なにかさしずをしています。あとのふたりは、一本ずつシャベルを持って、しきりと、土手の上の土を掘っています。

「ああ、あそこへ穴を掘って、ゴングを助けだすんだね。」

「助けだすんじゃない。つかまえるのだよ。とうとう、ゴングも、明智先生の計略にかかってしまったねえ。これでもう花崎君たちは安心だよ。」

防空壕のまわりには、少年たちのほかに、数人の制服警官の姿も見えました。妖人ゴングを逮捕するために、手ぐすねひいて、待ちかまえているのでしょう。

＊

防空壕の水の中では、魔法の力をうしなったあわれなゴングが、きちがいのように、わめいていました。

「助けてくれええ……、だれか、きてくれええ……。」

しかし、壕の中は水ばかりで、空気はてんじょうにおしつけられているものですから、つまったようなへんな声になってしまいます。むろん、外まで聞こえるはずはないのです。

ゴングは叫びつかれて、とうとう、だまりこんでしまいました。水のつめたさで、からだがしびれてしまって、手足をもがきながら水に浮いているのが、やっとです。

「ちくしょうめ！　明智のやろう、おれをこんなひどいめに、あわせやがって……。だが、おれはまだ、あきらめないぞ。なんとかして、ここをぬけだし、こんどこそ、きさまを、とっちめてやるぞっ！」

ゴングは、口の中で、そんなことを、ぶつぶつ、つぶやいていました。

すると、そのとき、どこかから、ブルルルル……という、へんてこな音が聞こえてきました。なんだか、オートバイのエンジンをかけているような音です。

「いや、ちがう。オートバイが、こんなところへくるはずがない。ひょっとしたら、水がどっかへ流れだしているんじゃないかな。小さな穴から流れだす音じゃないかな。」

ゴングは、手をのばして、てんじょうにさわりながら、じっと考えていました。

しかし、てんじょうと水面とのあいだは、遠くなるどころか、じりじりと、近づいているることがわかりました。水がひいているのではないのです。

「ブルルルルル……。」

その、みょうな音につれて、てんじょうにさわっている手がブルブルふるえてきました。つまり、コンクリートのてんじょうそのものが、ふるえているのです。

「ブルルルル……ブルルルル。」

その音は、ますます強くなり、てんじょうは、いよいよ、はげしくふるえてきました。

地震ではありません。しかし、なにか恐ろしい異変が起こる前ぶれではないでしょうか。さすがのゴングも、なんともえたいのしれぬこわさに、ふるえあがってしまいました。

あっ、たいへんです。コンクリートのてんじょうが、メリメリと音をたてて、ひびわれてきたではありませんか。それが、手さぐりで、わかるのです。

やっぱり、地震かもしれません。てんじょうがこわれ、その上の土手の土といっしょに落ちこんできて、ゴングは生きうめになってしまうのではないでしょうか。

「ブルルル……、ブルルルルル……。」

音はすこしもやみません。そのうちに、上から、なにか、バラバラと落ちてきました。

砂のようなもの、小石のようなもの、なかには、大きな石のかたまりのようなものが、頭の上にふりそそいで、水面に、ボチャン、ボチャンと落ちるのです。

ゴングは、いよいよ、この世のおわりがきたのかと思いました。もう、どうすることもできません。水の中へもぐってみても、助かるみこみはありません。ゴングはかくごをきめて、頭の上にふりそそぐ、砂や小石を、じっとがまんしているほかはないのでした。

穴の上から

防空壕の上の土手では、シャベルで掘れるだけ掘ると、あついコンクリートが、あらわれてきました。防空壕のてんじょうにあたる部分です。

もうシャベルでは掘れませんから、用意してあった電気さく岩《がん》機を庭の電灯線につないで、土手の上にはこび、コンクリートをこわしはじめました。よく、道路工事などで、労働者が長ぼそい機械を地面に立て、上から両手でおさえつけて、ダダダダダ……と、コンクリートをこわしているでしょう。あの機械なのです。

ゴングが地震だと思ったのは、このさく岩機のひびきでした。頭の上から落ちてきたのは、コンクリートのかけらだったのです。

見ているまに、さしわたし五十センチほどの穴があきました。待ちかまえていた明智探偵は、懐中電灯で、その穴の中を照らしました。

穴の下は水でいっぱいです。その水の中から、あわれなゴングの首が浮きあがっていました。頭には、まだネズミがとまっています。そして顔じゅう血だらけなのです。

明智に呼ばれて、土手の下から、ひとりの警官がかけあがってきました。警視庁の中村警部です。

「ゴングは、だいじょうぶか?」

「だいじょうぶ。もう水はとめさせたから、これいじょう、ふえることはないよ。それにしても、ゴングの顔は血だらけになっている。どうしたんだろう。」

「コンクリートのかけらが、ぶっつかったのかな?」

「いや、わかった。そうじゃないよ。見たまえ。あいつの頭には、ネズミがウジャウジャかたまっている。ネズミにかじられたんだよ。かわいそうなことをしたな。」

明智探偵はそういって、にが笑いをするのでした。

水の中のゴングは、しばらくは、なにがなんだかわからないように、ぼんやりと、穴の上を見あげていましたが、やがて、ことのしだいが、のみこめたらしく、ぐっとこちらをにらみつけて、どなりました。

「おい、そこにいるのは明智だな。そして、もうひとりは、中村警部か?」

「そうだよ。ひどいめにあわせてすまなかったね。だが、きみをとらえるのには、こんな手を考えだすほかはなかったのだよ。きみは、魔法つかいだからね。それにしても、きみの魔法はどうしたんだ。こんなときにには、役にたたないとみえるね。」

明智が穴をのぞきこみながらいいますと、下から、また、にくにくしげな、どなり声が聞こえました。

「きさまなんかに、おれの魔法がわかってたまるもんか。いまに、どんなことが起こるか、見ているがいい。こんどこそ、もう、きさまを生かしちゃおかないぞっ！」

「ハハハ……、からいばりは、よしたまえ。きみは、ぜったい人ごろしはしないはずだったじゃないか。それに、きみはもう、魔法なんかつかえはしないよ。あれは魔法でも、なんでもないんだからね。」

「フフン、で、きさま、おれの魔法の秘密を知っているというのか。」

「すっかり知っているよ。だから、いくらきみがおどかしたって、ちっともこわくないのさ。」

「それじゃ、いってみろ。」

「なにも、いまいうことはないじゃないか。きみは、そのつめたい水の中に、まだがまんしているつもりか？」

「おれに、縄がかけたいのだろう。おれのほうでは、ちっともいそぐことはないよ。ここで聞いてやろう。さあ、いってみろ！」

「ごうじょうなやつだな。それじゃ、水の中で泳ぎながら、聞いていたまえ。きみの魔法といっても、たいていは、これまでに種がわれている。わからなかったのは、ゴングの顔が、空にあらわれる秘密と、ここの池の底から、大きなゴングの顔が浮きあがってきた秘密と、それから、れいのウワン、ウワンという音と、この三つぐらいのものだね。」

「うん、その秘密がわかるか。」

「子どもだましだよ。ウワン、ウワンという音は、テープレコーダーと、拡声器があれば、だれにだってだせるよ。拡声器の大きなやつをつかえば、何百メートルもむこうまで、ひびくからね。」

「ふふん、きさまの考えは、まあ、そんなところだろう。だが、あとの二つの秘密は、むずかしいぜ。きさまに、とけるかね？」

水の中から、首だけをだした血まみれのゴングの顔が、にくにくしく、あざ笑いました。

「なんでもないよ。二つとも、やっぱり、子どもだましさ。きみのやることは、いつでも子どもだましだよ。ただ、ちょっと、人の思いつかないような、きばつな子どもだましなので、世間がだまされるのだ。きみのくせを知ってしまえば、その秘密をとくのは、ぞうさもないことだよ。」

「で、とけたか?」

「むろん、とけたさ。」

ひとりは、穴の上にしゃがんで、懐中電灯を照らしながら、ひとりは血まみれの顔で、つめたい水の中に立ちおよぎをしながら、このふしぎな問答は、なおもつづくのでした。

ゴングの秘密

そのとき防空壕の土手のそばに、みょうなことが起こっていました。

そこには少年探偵団とチンピラ隊の子どもたちが、十人ばかり集まって、なにかひそひそとささやきあっていました。

「ね、この考え、いいだろう。おれ、マネキン人形屋のゴミ箱から、これをひろってきたんだよ。子どものマネキン人形だよ。こいつに俊一さんの服を着せるんだよ。」

チンピラ隊の安公という少年が、とくいになって、みんなに話しているのです。安公はじぶんと同じくらいの大きさの、マネキン人形をわきに立たせて、両手でたおれないように、かかえていました。かたほうの耳がかけ、手足もきずだらけになって、もうつかえない人形です。

「きみは、ずいぶん、へんなことを考えるんだねえ。そんなこと、うまくいくと思うかい？」

少年探偵団のひとりが、からかうようにいいました。

「うまくいかないかもしれないよ。だって、もともとじゃないか。まあ、ためしに、やってみるんだよ。だれか俊一さんの洋服かりてきてくれよ。」

チンピラの安公は、あくまでいいはるのです。

みんなは、小林団長の意見をきいてみました。すると、小林少年は、

「やってみたらいいよ。安公の考えはおもしろいよ。ゴングのやつ、だれも助けにきてくれないいんだから、ひょっとしたら、その手にのるかもしれない。ぼく、俊一君の洋服かりてきてやるよ。」

小林少年は、そういって、まっ暗な庭のなかをかけだしていきましたが、しばらくすると、俊一君の着がえの服を持って、帰ってきました。

それから、みんなして、きずだらけの人形に俊一君の服を着せ、人形をしゃがませ、地面にみじかい木の棒を立て、たおれないようにしました。頭には学生帽を深くかぶせましたから、ちょっと見たのでは、俊一君とそっくりです。人形の顔も、なんだか俊一君ににているようです。

小林少年は懐中電灯で、それをしらべながら、

「うまくできたね。ぼくだって、ちょっと見たら俊一君だと思うよ。」

と、安公の知恵をほめるのでした。

やみのなかに、花崎俊一君のカカシがしゃがんでいるわけです。

それにしても、このカカシは、いったい、どんな役目をするのでしょうか。チンピラの安公は、じつにへんなことを、思いついたものです。

カカシができあがると、少年たちはそのまわりに立って、時のくるのを待ちかまえるのでした。

そのあいだにも、防空壕の水の中と、てんじょうの穴の上との、きみょうな問答がつづいていました。

「で、きさま、おれの魔法の種がわかるというのか。」

水の中のゴングが、あざけるように叫びました。

「空いっぱいにゴングの顔があらわれたのは、ガラスにかいた絵を映写したんだよ。」

明智探偵が、こともなげに答えました。

「子どもだましだよ。しかし、大じかけな子どもだましだ。まずヘリコプターを飛ばせて、白い煙を空いっぱいに、まきちらかすのだ。その煙がスクリーンになる。それに向けて、どこかの屋上にすえつけた、サーチライトのような強い光の映写器で、ガラスにかいたゴングの顔をうつすのだ。空にあらわれるゴングの顔が、なんだかもやもやして、はっきりしなかったのはそのためだよ。ゴングが笑っているように見えたのも、スクリーンの白い煙が動くので、そんなふうに感じられたのだ。

どうだ、そのとおりだろう。返事をしないところをみると、ぼくのいったことが、あたっているのだね。

だが、そんなことをするのには、たいへん費用がかかる。ゴングは、なぜそんなバカなまねをしたのか。それは花崎さんをおどかすためだよ。いや、世間ぜんたいをおどかすためだよ。そして、このぼくに挑戦したのだ。え、そうだろう。きみはそういう大げさなことがすきだからねえ。」

ああ、空にあらわれた怪物は、ガラスの絵を映写したのにすぎなかったのです。それにしても、なんというきばつなことを考えついたものでしょう。

水の中のゴングは、だまっていました。懐中電灯の光をあててみると、目をつむっています。明智にすっかりいいあてられて、一言《いちごん》もないというようすです。明智はなおも話しつづけました。

「池の中から、巨人の顔が浮きあがった秘密も、同じような子どもだましだ。大きなゴムびきのぬのか、ビニールに巨大なゴングの顔をかいた。目はガラスかプラスチックの目玉をいれ、鼻は高くふくらませ、口は大きくくぼませ、やっぱりプラスチックかなにかで、二本の牙をはやした。

その大きなゴムぬのかビニールの下には、空気のもれない袋を、いくつもくっつけておき、長いゴム管で、庭の茂みのかげから、あっさく空気を送ったのだ。すると袋がふくらんで、巨大な顔ぜんたいが、スーッと池の底から浮きあがってくるというしかけなのだ。

どうだ、これもあたっているだろう。いかにも、きみの思いつきそうな手品だからね。俊一君が、あの巨大な顔を見て逃げだすと、木の茂みにかくれて、あっさく空気を送っていたきみは、すぐに、そこからとびだして、池の中の顔をひきあげ、袋の空気をぬいて、小さくおりたたみ、それを持って、姿をくらましてしまった。たぶん、そのときには助手がいたのだろう。でなくては、あっさく空気のしかけまで、ひとりで運びだすことは、むずかしいからね。」

これで妖人ゴングの魔法の種は、すっかりとけてしまいました。さすがに名探偵です。明智はずっと早くから、なにもかも見ぬいていたのでした。

水の中のゴングは、それでもまだ、だまりこんでいました。水の上に首だけが、じっと浮かんでいますが、生きているのか死んでいるのかわからないほど、しずかです。

明智は、なおも話しつづけます。

「おい、ばかに考えこんでしまったね。ぼくのいったことが、みんなあたっていたので、すっかり、しょげてしまったんだね。ハハハハ……、ところが、きみにはまだ、もっとでっかい恐ろしい秘密があるのだ。

きみはなぜ、マユミさんと俊一君を、執念ぶかくねらったか。それはおとうさんの花崎検事を苦しめるためだ。きみは花崎検事にひどいめにあったことがある。その復讐をしようとしたのだ。

花崎さんは、すこしも悪い人ではない。しかし検事としては、罪人をきびしくせめるのがつとめだ。だから、花崎さんにうらみを持つものは、罪人のほかにない。きみは花崎さんのかかりで、重い刑をうけたことがあるにちがいない。

ぼくは花崎さんに、そういう罪人の心あたりはないかときいてみた。すると花崎さんは、じぶんをひどくうらんでいるかもしれないという五、六人の名まえを、紙に書いて見せてくださった。その中に、きみの名まえがあったのだ。

ぼくは、さいしょから、その男ではないかとうたがっていた。ただ花崎さんに復讐するだけなら、あんな大げさな魔法を使うひつようはない。その男は、世間をあっといわせたかったのだ。ぼくの前に姿をあらわして、これ見よがしに、戦いをいどんできたのだ。

マユミさんがぼくの助手になったのが、こんどのきみの復讐の、きっかけになったのかもしれない。マユミさんをひどいめにあわせれば、花崎さんを苦しめるだけでなく、ぼくをおこらせることができる。きみは、いっぺんに二つの復讐ができるのだ。

またきみは、小林君や少年探偵団にもうらみがある。だから小林君を、あんな恐ろしいめにあわせたのだ。そして、少年探偵団をおびきよせ、からかったり、いじめたりするつもりだったのだ。

きみ、ゴング君。花崎さんばかりでなく、ぼくや小林君に、そういううらみを持っている男が、世間にふたりとあるだろうか。

ここまでいえば、もうわかっただろう。ぼくは、きみの正体を見やぶったのだ。」

明智探偵は、水の中に首を浮かべているゴングの顔に、まっこうから懐中電灯の光をあてて、底力のある重々しい声で、さいごの宣告をあたえました。

「きみは怪人二十面相だっ！　べつの名は怪人四十面相《しじゆうめんそう》だっ！」

少年探偵団ばんざい

ああ、妖人ゴングが、あの怪人二十面相だったとは、その場にいあわせた中村警部も、あっとおどろいたほどですから、だれひとり、そこまで気づいているものはありません。それをすっかり見ぬいた明智は、さすがに名探偵といわなければなりません。

明智は中村警部に、二十面相を水の中から、ひきあげることをたのみました。警部は、防空壕の土手の下にいた警官たちを呼びあげて、犯人を逮捕するように命じました。

そのとき、警官たちにまじって、小さな人影が防空壕の上にかけあがり、明智探偵のそばによって、なにかささやきました。小林少年です。

明智は小林君の話を聞くと、ニッコリ笑ってうなずき、

「それはいい思いつきだ。きっと、そういうことがおこるよ。」

と、ささやきかえすのでした。

二十面相は防空壕の穴の外にひき出され、手錠をはめられ、三人の警官にとりかこまれて、グッタリとうずくまっていましたが、やがて顔をあげると、明智にむかって、なにかいいはじめました。

「明智君、ざんねんだが、おれの負けだよ。まんまと、きみのしかけたわなにはまってしまった。きみの計画に、これほど裏の裏があろうとは、さすがのおれも気がつかなかった。こんどもまた、きみにやられたが、このしかえしはきっとするから、そう思っているがいい。

だが、明智君。たった一つ聞きたいことがある。マユミと俊一はどこにかくしたのだ。山の中にかくしたのも、にせものだった。この防空壕へかくしたのも、にせものだった。いったい、ほんもののふたりはどこにいるのだ。おれは手錠をはめられている。まわりには、おまわりがウジャウジャいる。もう逃げられっこないよ。秘密をうちあけても、だいじょうぶだよ。」

明智探偵はにこにこ笑って、それを聞いていましたが、相手のことばがおわると、すぐに答えました。

「ふたりは、ここにいるよ。マユミさん、俊一君、もういいから、ここへいらっしゃい。」

その声におうじて、まっ暗なむこうの茂みから、三つの人影がかけ出してきました。明智が懐中電灯をそのほうにむけますと、それは小林少年と、マユミさんと、俊一君であることが、わかりました。

「ああ、ここにいたのか。だが、いく日も庭にかくれていたわけじゃなかろう。いままで、いったい、どこにかくれていたのだ。」

二十面相が、くやしそうにどなりました。

「そんなに聞きたければ、おしえてやろう。ふたりは、ぼくのアパートに、かくまっておいたのだよ。」

明智がいいますと、二十面相は首をふって、

「うそをいうな。おれはきみのアパートを、いくどもしらべたが、あすこにはだれもいなかった。」

「ところが、いたのさ。ぼくのアパートには、いろいろのしかけがある。だれにもわからないかくれ場所も、ちゃんと作ってあるのだ。いくらきみが探しても、あのかくれ場

所はわかるはずはないのだよ。」

明智探偵事務所は、麴町アパートにありましたが、アパートといっても、一室や二室かりているのではなく、六つぐらいも部屋があるのですから、こっそり工事をすれば、そういう秘密のかくれ場所を作ることもできたのです。

二十面相はそれを聞くと、まただまってしまいました。マユミさんと俊一君は、その問答のあいだに土手をおりて、そこにむらがっている少年たちのうしろに、姿をかくしました。

「おい、二十面相、立つんだ。警視庁の特別室が、きみを待っている。さあ、案内してやるから、きたまえ。」

中村警部がどなりました。二十面相は三人の警官にひったてられて、防空壕の土手をおりるのでした。中村警部と残りの警官は、懐中電灯を照らして、厳重にその前後を見はっています。

ところが、二十面相が土手をおりきったときに、なんだか、わけのわからないことが、起こりました。

あっというまに、三人の警官がつきとばされ、二十面相が走りだしていたのです。見ると手錠はいつのまにかはずされて、地面にほうりだされていました。

そしてやみの中から、二十面相の爆発するような笑い声が、ひびいてきたではありませんか。

「ワハハハハ……、おれは魔法つかいだ。手錠をはずすなんて、朝めしまえだよ。マユミはどこにいる。俊一はどこにいる。いまこそ、きみたちを、ひっとらえてくれるぞっ！」

二十面相はそう叫びながら、まっ暗な庭の中を、あちこちとかけまわり、マユミさんと俊一君を探しもとめました。

少年探偵団とチンピラ隊の少年たちは、「ワーッ、ワーッ。」と叫んで、ひとかたまりになって逃げまわっています。マユミさんと俊一君は、その中にまぎれこんでいるのか、どこにも姿が見えません。まるで、暗やみの中の鬼ごっこみたいです。逃げる少年たちの一団、それを追いかける二十面相、そのまた二十面相を追いかける警官たち。なにしろまっ暗な中ですから、懐中電灯が三つや四つあったって、なにがなんだかわけがわかりません。

「やい、マユミ、俊一、どこにいるんだ。いまに思いしらせてくれるぞっ。」

二十面相が、恐ろしい声でどなりました。

「ワーッ、ワーッ……。」少年たちは、ひとかたまりになって逃げていきます。そのとき、ひとりの少年が逃げおくれて、地面にうずくまっているのが見えました。

「あっ、俊一だな！」

二十面相はそう叫んで、その少年にとびかかっていきました。そしてたちまち、少年をこわきにかかえると、くるっと追手のほうをふりむいて、仁王《におう》だちになりました。

「さあ、どうだ。人じちができたっ。おれに手だしをしてみろ、こいつをしめ殺してしまうぞ。さあ、どうだ。明智はいるか。おれの底力がわかったか。ワハハハ……、いいか、この俊一の命がおしかったら、みんな向こうに行けっ！　おれがここをでていくのを追いかけるな。」

二十面相は、気ちがいのようにわめくのでした。すると、暗やみの中から、ひとりの小さい人影が近づいて、懐中電灯の光を、パッと二十面相のほうに向けました。

「おい、二十面相。この光で、よく見たまえ。きみがだいているのは、人間にしては軽すぎやしないかい？　それは俊一君じゃないよ。俊一君によくにた人形だよ。」

二十面相はそれを聞いたとき、ギョッとしたように、こわきにかかえているものを見つめました。たしかに、人間にしては軽すぎたのです。防空壕の水ぜめでつかれはてた二十面相は、心がどうてんして、そこへ気がつかなかったのです。花崎さんの庭に、マネキン人形のわながしかけてあるなんて、だれが想像するでしょう。まして、血まよった二十面相が、それを生きた少年と思いこんだのは、むりもないことでした。

俊一君だとばかり思っていた人じちが、人形だとわかると、二十面相は、ハッとして立ちすくんでしまいました。そこにすきができたのです。そのすきをのがさず、五人の警官が四方からとびついていって、二十面相をつきたおし、地面におさえつけてしまいました。

手錠はだめだとわかっているので、こんどは五人が持っていた縄をつなぎあわせて、二十面相の手といわず、足といわず、ぐるぐる巻きにしばりあげてしまいました。そして、みんなで二十面相のからだを持ちあげて、おもてに待っている三台のパトロールカーの一つへ運びました。

その自動車には、中村警部とふたりの警官が乗りこみ、二十面相をおさえつけたまま、警視庁へといそぐのでした。のこる二台の自動車にも、それぞれ警官たちが乗りこんで、二十面相の車の前とうしろから護衛して走るのです。いかなる二十面相も、もうどうすることもできません。

花崎さんの庭では、少年探偵団とチンピラ隊の少年たちが、明智探偵と小林団長をかこんでいました。そこへ家のほうから、主人の花崎さん夫妻が近づいてきました。少年たちにまもられていたマユミさんと俊一君が、おとうさんとおかあさんのそばへ、とびついていきます。

花崎さんは、ふたりを両手でだきしめながら、お礼のことばをのべるのでした。

「明智さん、小林君、それから少年探偵団のみなさん、ほんとうにありがとう。わたしは、こんなうれしいことはありません。」

「こんやの殊勲者は、このチンピラ隊の安公ですよ。」

明智探偵が安公の手をとって、花崎さんの前におしやりました。すると花崎さんは、モジャモジャと、きたない毛ののびた安公の頭をなでながら、またお礼をいうのでした。

それから花崎さんは、マユミさんと俊一君の手をひきながら、家のほうへ、みんなを案内しましたが、日本座敷の縁がわに近づいたとき、中から書生《しょせい》さんがとび出してきました。

「いま、警視庁の中村さんから電話がありました。二十面相は、ぶじ警視庁の地下室へ閉じこめましたから、ご安心くださいって。」

それを聞くと、少年たちのあいだから「ワーッ」という歓声があがりました。そして、みんなはおどりあがるようにして叫ぶのでした。

「少年探偵団ばんざあい……。」

「チンピラ別働隊ばんざあい……。」

明智小五郎年代記《クロニクル》　戦後編　Ⅲ

平山雄一

第三巻に収録された二作品は、それぞれ二十面相と明智小五郎《あけちこごろう》のバックグラウンドを描いた作品になっており、彼ら登場人物の造形をさらに深くする重要なエピソードです。また物語としても「二十面相対明智・小林《こばやし》」といった王道からさらに一捻《ひとひね》りしてありますので、数ある少年向け作品の中からこの二つを選びました。

なおいつものことながら、解説ではいわゆる「ネタバレ」をしていますので、先に本文をお読みになってからこちらをご覧いただけると、より楽しめます。

「サーカスの怪人」（『少年クラブ』一九五七年一月～十二月号発表）

まず発生年代ですが、笠原《かさはら》団長の息子正一《しょういち》が小学六年生だと記述があります。「正一君と同じクラスに、少年探偵団員のノロちゃん（野呂一平《のろいっぺい》君）がいた」ので、ノロちゃんも小学六年生です。しかし後述の「妖人《ようじん》ゴング」は一九五二年春に発生で、その中でも「野呂君は小学校六年生」と明示されています。「妖人ゴング」は一九五二年春の発生ですので、冬の事件である「サーカスの怪人」は五二年末から五三年初めの事件なのでしょうか。
しかしこの事件の肝心なところは、二十面相が一年間笠原団長に化け続けていたところにあります。全国をサーカスと共に巡業をしながら、二十面相として明智と対決し続けるのは無理があります。二十面相は笠原団長への復讐《ふくしゅう》に専念して、その間は盗みをしなかったと考えたほうがいいのではないでしょうか。すると一九五二年初め、一月から三月までの寒い時期が考えられます。この時はまだノロちゃんは小学五年生のはずですが、少年探偵団員は小学五年生から中学二年生までですから、入団していてもおかしくありません。よって部分的な数字よりも全体の流れを重視して、一九五二年前半の冬に「サーカスの怪人」は発生したと考えます。

この作品で何よりも驚かされるのは、二十面相の本名「遠藤平吉《えんどうへいきち》」が明かされたことでしょう。この情報は明智は「きみの本名が遠藤平吉ということは、ぼくも三年まえにきいた」とあるので、おそらく「宇宙怪人」（一九四八〜四九年の冬発生）か「奇面城の秘密」（一九四九年春発生）で逮捕された際のことでしょうか。このとき裁判で笠原団長が二十面相に不利な証言をしたと記述されています。一九四九年後半は二十面相の事件が発生していないのは、彼の裁判が行われていたからなのでしょう。「宇宙怪人」では二十面相は行方不明になりますが、「奇面城の秘密」では逮捕されています。おそらく両方の事件ともが罪状として起訴されたのでしょう。

今までの事件では裁判が始まる前に脱獄したり、本名がわからず終《じま》いだったにもかかわらず、今回はなぜ二十面相は裁判に出廷し、本名を明らかにしたのでしょうか。その理由として考えられるのは、「宇宙怪人」事件は彼は悪いことをしたとは思っていないから、海外の仲間と協力して世直しの警告をしたと考えているからなのではないでしょうか。脱獄してうやむやにするよりも、むしろ裁判で自分の意見を主張することのほうがいいと思ったのでしょう。だから堂々と自分の本名も名乗ったのではないでしょうか。

もちろん二十面相のことですから、いつでも好きな時に脱獄することができます。彼は十分言いたいことを言ったと思ったら、大手を振るようにして拘置所から出て行ったことでしょう。

そして二十面相は一年間をかけて笠原団長になりすましました。実の子供さえ気が付かないというのですから、たいしたものです。二十面相は十五年前に笠原とグランド＝サーカスの団長の座を争い、負けたことを恨みにおもっていたといいます。すなわち一九三七、八年の頃です。戦前の二十面相の最後の事件「妖怪博士」は一九三三年発生ですから、いったん彼は犯罪から足を洗い、サーカス業界に転職したのでしょう。もともと身軽な男ですから、グランド＝サーカスでもめきめき実力を発揮して、団長の座を争うまで出世したのでしょう。しかし最後の最後で挫折してサーカスを飛び出しました。その後、戦後最初の事件「青銅の魔人」(『明智小五郎事件簿』戦後編第一巻、一九四五～四六年の冬)まで彼が何をしていたのかは、わかりません。再び裏世界に戻ったのでしょうか。それとも中国大陸で一旗揚げるのを夢見て海を渡ったのでしょうか。ともかく彼の動向は、「さすがに戦争中は悪事をはたらかなかったようだ」(「青銅の魔人」)と言う明智の耳には入らなかったようです。

ただ、一年間もグランド＝サーカスの笠原団長になりすますという執念深さは、サーカス団長の跡目争いに敗れたせいだけだとも思えません。ここで注目したのが、笠原団長の子供たち「ふたりのおかあさんは、三年ほどまえになくなって」しまったという記述です。つまり笠原団長夫人です。グランド＝サーカスは笠原団長が独力で立ち上げたものではなく、先代の団長がいて、その次の代を笠原と二十面相が争ったようです。その中心になっていたのがこの笠原団長夫人、十五年前の先代団長の娘だったのではないでしょうか。彼女の婿となることが団長を受け継ぐ条件であり、二十面相は彼女に振られたのかもしれません。

今までそんなことは忘れていたのですが、三年前に裁判で笠原団長に思いがけず再会し、しかも夫人が早死にしてしまった事実を知らされて、改めて怒りが湧き上がってきたとは考えられないでしょうか。彼のねじ曲がった怒りの矛先は、二人の子供にまで向けられました。だから一年もかけて執拗《しつよう》な復讐をしたのではないでしょうか。

「妖人ゴング」（『少年』一九五七年一月〜十二月号発表）

「日曜日の午後」から「三日ほどたったある日」に「いまから三日ののち、今月の十五日」という脅迫電話がかかってきました。すなわち十五日は土曜日になります。これに当てはまる春は一九五二年三月十五日（土曜日）です。よってこの事件はこの年の三月初めから二十八、九日間かけて発生したと考えられます。おそらくその前半と、「天空の魔人」で小林少年たちが遊びに出かけた五日間はだぶっていることでしょう。ちなみに「夏で、縁がわの前には鉢植えのアサガオ」が咲いているという記述がありますが、それよりも花崎《はなざき》マユミが高校を卒業して最初の事件だということのほうを優先して、春の事件であると判断しました。

この事件から、花崎マユミが少女助手として明智小五郎に弟子入りをします。明智小五郎は「宇宙怪人」事件の頃までは文代《ふみよ》夫人と同居していましたが、彼女が胸を患って高原療養所に入院してしまってから、小林少年と麴町《こうじまち》アパートに引っ越して二人暮らしでした。そこにやってきたのがマユミです。彼女は「明智先生のめい」で「先生のおくさんのねえさんの子ども」であり、「おとうさまは花崎俊夫《としお》という検事」です。しかし「魔術師」事件（『明智小五郎事件簿』戦前編第五巻）にあるように、文代夫人には玉村《たまむら》一郎《いちろう》、二郎《じろう》という兄はいましたが、血縁の姉はいません。おそらく兄のいずれかの妻の姉妹の子なのではないでしょうか。

ちなみに「超人ニコラ」事件（一九五三年秋発生）では、「東京の銀座に大きな店をもち、宝石王といわれている玉村宝石店の主人、玉村銀之助《ぎんのすけ》」一家が登場します。玉村宝石店とは、文代夫人の父玉村善太郎《ぜんたろう》から長男玉村一郎に引き継がれた玉村商店が、戦後になって改名したものでしょう。銀之助は一郎の息子の三代目社長、すなわち文代夫人の甥《おい》で花崎マユミの従兄弟《いとこ》だと思われます。独身時代の明智は天涯孤独でしたが、文代夫人との結婚で一気に係累が増えました。

なお、サンフランシスコ平和条約が一九五一年九月八日に調印され、翌一九五二年四月二十八日に発効になりました。ちょうどこの巻が終わった頃のことです。日本は独立を回復し、またGHQの命令で一九四七年に成立したアメリカ式の自治体警察と国家警察の二つの組織は一九五四年に廃止され、戦前のような中央集権型の警察組織に再編されました。

解　説

加藤　元

「おれは魔法つかいだ。どんなところへだって、しのびこむよ。うふふふ……」

『サーカスの怪人』で、謎の「骸骨男」が被害者「笠原《かさはら》さん」にかけて来た脅迫電話である。乱歩作品の悪役は、よく笑う、気がする。過去の事件（『悪魔の紋章』）でも、「川手《かわて》君、久しぶりだなあ、僕の声がわかるかね、ホホホホホホ」と、いやらしく笑っていた。うふふふだのホホホホホホだの、非常に気色が悪い。しかし、被害者である笠原さんや川手さんはともかく、読み手としては、ついつい頬がほころんでしまうのである。

「来た来た来た」

わくわくする。そうそう、これが乱歩なんだ。明智小五郎シリーズなんだよなあ。待っていました。

いつも、そう思いながら、本を手に取り、ページをめくっていた。

そして「犯人」の正体がわかるとき、膝を打つのである。
「やっぱりなあ。待ってました！」

わたしにとっては、明智小五郎こそが、人生で最初に出会った「名探偵」だった。小学校一年生かそこらのころ、古書店で『二十面相の呪い』という一冊にめぐり合ったのである。そう、敵もお約束の二十面相、運命の出会いであった。
「欲しい本があったら、買ってあげる。この百円均一ワゴンの中から好きなのを選びなさい」

と、鷹揚《おうよう》に構えていた母親が、「ええええええ、あんた、乱歩読むの？」と露骨に眉をひそめたのを覚えている。思えば当時、母親の本棚にも『D坂の殺人事件』や『蜘蛛《くも》男《おとこ》』『化人幻戯《けにんげんぎ》』などの乱歩＝明智シリーズ作品がしっかり並んでいたのだ。しかも、内容はかなりこってりエログロ系のものばかりなのだから、眉間にしわが寄るのも無理はない。血は争えないってことですね、お母さん。

わたしは、友だちと外で駆けまわったり飛びまわったりするより、家に引きこもってままごとや読書をしている方が好きだった、暗い子供であった。その後、少年探偵団ものは、全作読んだ。繰りかえし再読した。

そして、何度読んでも、「来た来た来た」と同じ場面でうきうきし、「待ってました」

と身もだえるのであった。

さて『サーカスの怪人』は、二十面相の本名と過去の一部が明らかになる、衝撃の一作である。

「ああ、明智さん、わしには思いだせません。十五年まえの遠藤平吉《えんどうへいきち》は、こんな顔ではなかった」

笠原さんは語る。なにが衝撃って、名前ですよね。遠藤平吉。いや、書かれたのは昭和戦後だし、二十面相が生まれたのはたぶん明治の末年か大正のはじめ。そんなにモダンでハイカラな名前じゃないのは当たり前の話。同世代（であろう）笠原さんは太郎、明智は小五郎。ちなみにそのころ生まれたわたしの祖父の名は實《みのる》、大叔父《おおおじ》は寿《ひさし》。一文字名が流行《はや》ったのかな？　みな、平吉よりはモダンでハイカラな気がしないこともないことも……。

笠原さんの口からは、さらに驚きの過去が物語られる。

「遠藤とわしとは、青年時代に、グランド＝サーカスの曲芸師だった。ところが、わしが、そのグランド＝サーカス団長の二代目をゆずられたので、遠藤はひどく、わしをうらんで、サーカスをとびだしてしまった」

うん、空中ぶらんこで妙技を見せたり巨ゾウに乗ったり、「骸骨男」大活躍だったよね。遠藤平吉のサーカス愛はひしひし伝わって来る。若き日「笠原太郎よりおれの方が団長にふさわしいのに、許せぬ」と、さぞかし大量の血涙を流したのだろうなあ。にしても、あまりにも演目《プログラム》に入って来すぎだし、おれを見ろアピールが激しすぎないか？

「どうして、あんなまねをしたのでしょう。ただ、ハルミさんをこわがらせるためだったのでしょうか。あの怪物が、なんのために、こんなことをするのか、それがまだ、よくわからないのでした」

作者自身が不思議がっている。まあ、乱歩作品は、こうした語り口が魅力なんですが。なんのためめって、やはり「笠原太郎よりおれの方が団長にふさわしいんだぜ！」って衆人環視のもとイキりたかったとしか説明はつかないんじゃないでしょうか。どれだけグランド＝サーカスの団長になりたかったんですか、遠藤さん？

愛してやまないサーカス団という組織から離れたことで、遠藤平吉は変わった。悪の道に足を踏み入れ、稀代《きだい》の盗賊・怪人二十面相として世間を騒がせるようになったのだった。もはや舞台はサーカスのテントの中だけにとどまらない。東京じゅう、日本じゅうの人びとが、遠藤平吉の活躍を瞠目《どうもく》して見届けるようになったのだった。エンターテイナーとしては至上の喜びであろう。

……継がなくてよかったんじゃないの、グランド＝サーカス団？

いかに追いつめられようが、二十面相＝遠藤平吉がいかに周囲の人間を喜ばせずにはいられない性格であるかは、次の場面でもわかる。

「そのときです、おりの戸が、中からパッと開き、大グマが、『ごうッ……。』とうなりながら、いきなり、みんなの前にとび出してきたではありませんか。

それを見ると小林少年が、せいいっぱいの声で叫びました。

『こいつは、ほんとうのクマじゃありません。クマの毛がわの中に、二十面相がかくれているのです』」

遠藤さん、いくら変装の名人といってもさ、それは一瞬でバレるよ……。

しかし、二十面相＝遠藤平吉は、そんなことは百も承知で、あえてクマの毛皮を着たのに違いない。だって、クマに化けてうなってみせる、その瞬間のためだけに用意してあるんだもん、毛皮！

そう、あなたはやはり、グランド＝サーカスを継ぐより、二十面相になるしかなかったんだよ、遠藤さん。

この後、逃げる二十面相＝遠藤平吉と、追う明智小五郎とで繰りひろげられる西部劇さながらの乗馬合戦もすごい。読み手は「もう、おなかいっぱいです」と呟《つぶや》くしかない。名篇《めいへん》です。


『妖人ゴング』も、興味深い事件である。

冒頭から、新たな登場人物、花崎《はなざき》マユミが紹介されるのだが、

「みなさんのおねえさまになってもいいわ」

マユミ、ずいぶん高飛車である。こういう性格の女、乱歩の好みなのだろうか。少なくとも少年探偵団の一員・ノロちゃんは大喜びをしている。

「ぼくらの女王さまだよ。女王さま、ばんざあい！」

ノロちゃんはなにか勘違いをしている気がしないでもないのだが。

「少年たちも、それにひかれて、『女王さま、ばんざい。』と声をそろえました」

うーん、みんな、もう少しよく考えてから発言した方がいいですね。しかも「少年たちは元気百倍でした」。これ、少年探偵団じゃなく、違う趣味のサークルみたいになってませんか？

そんな読み手の困惑をよそに、事件ははじまる。

「そのサーチライトは、下にむけて、銀座《ぎんざ》通りを照らしているのです。光が新橋《しんばし》のほうに、ポツッと出たかとおもうと、銀座の電車通りを、矢のようにサーッと走って、たちまち京橋《きょうばし》のほうへ通りすぎてしまいます」

あれ、このシチュエーション、知っているな。既読感がある。

やがて、その光は、建物の正面に巨大な人間の横顔を映し出し、通りかかった若い娘に嚙《か》みつこうとする。

これ、乱歩の過去作『緑衣の鬼』の発端と同じですね。『緑衣の鬼』では犯人に執拗《しつよう》に狙われる女主人公が影に襲われる。この事件で嚙みつかれるのは、マユミである。『緑衣の鬼』とは異なり「ウワン……ウワン……ウワン……」という妙な音を伴うところから、謎の怪物は『妖人ゴング』と呼ばれるようになる。

以後、マユミは『妖人ゴング』に、弟の俊一《しゅんいち》君とともに、つけ狙われるのである。姉弟の父親である花崎さんが「鬼検事というあだなをつけられていたほどで、悪いやつには、ようしゃなく、びしびしやるほうでしたから、犯罪者には、ずいぶん、うらまれている」人物であったので、復讐《ふくしゅう》の標的にされたのだ。とはいえ、読み手にはその犯罪者が誰であるかは、わかっている。

「来た来た来た」

と、いつも通りの期待感でいっぱいになっているのだ。事件は、さらわれそうになるマユミと、裏をかく明智と小林少年との攻防を「来た来た来た」「待ってました」と存分に楽しませてくれる展開になっている。

発端が『緑衣の鬼』であったように、「ふたりの老人」の章は、『蜘蛛男』の一場面の再現である。のち、「ゴング」の正体であるあの人物（別に名を伏せる必要もないように思えるが、いちおう「遠藤さん（仮名）としておく）が窮地に陥るクライマックス場面も含め、『妖人ゴング』はちょっとした「乱歩過去作名場面集」みたいな趣がある一篇なのだ。むろん、子供のころはそんなことには気がつかずに読んでいたわけだけれど。

「わしは、きみが、いまくるか、いまくるかと、まい日、待ちかまえていたのですよ。奥のかやの中に寝ているきょうだいを、きみが、つれ出しにくることが、ちゃんと、わかっていたのでね……」

変装をした名探偵と「遠藤さん（仮名）」がとぼけた会話を交わしあう。「来た来た来た」「待ってました」「そうそう、これが読みたかったんだよなあ」。こうしたお約束の大切さ。乱歩はエンターテインメントをよく心得ていたんですね。

妖人ゴングの正体が「遠藤さん（仮名）」であると、ついに明らかになったときも、「その場にいあわせた中村《なかむら》警部も、あっとおどろいたほどですから、だれひとり、そこまで気づいているものはありません。それをすっかり見ぬいた明智は、さすがに名探偵といわなければなりません」

いやいやいやいやいやいや、読者はみな、みーーーーんな、気づいてましたって！

しかし、この語りこそ、明智シリーズにおける「来た来た来た」「待ってました」の重要な有効成分なので、やはり身もだえせずにはいられないのである。

という次第で『妖人ゴング』もまた愛すべき佳篇なのだが、唯一残念なのは、「おねえさまになってもいいわ」と偉そうに登場したマユミの活躍があまり見られない点である。デビュー作は防戦一方に終わった。こののちもマユミの登場作品はあるので、そのときを期待しましょう。ということで「待ってました」なしあわせな読書タイムは次巻もまた続くのである。

（かとうげん・小説家）

編集協力＝平山雄一
（ひらやま・ゆういち）探偵小説研究家、翻訳家。一九六三年生まれ。東京医科歯科大学大学院修了、歯学博士。日本推理作家協会会員。著書に『江戸川乱歩小説キーワード辞典』（東京書籍）、『明智小五郎回顧談』（ホーム社）、翻訳にロバート・バー『ウジェーヌ・ヴァルモンの勝利』（国書刊行会）、バロネス・オルツィ『隅の老人・完全版』、アーサー・モリスン『マーチン・ヒューイット・完全版』（ともに作品社）など。

企画協力＝平井憲太郎
（ひらい・けんたろう）祖父は江戸川乱歩。一九五〇年生まれ。立教大学を卒業後、鉄道模型月刊誌「とれいん」を株式会社エリエイより創刊。現在、同社代表取締役。

〈読者の皆様へ〉

『明智小五郎事件簿　戦後編』（全4巻）は講談社文庫版『江戸川乱歩推理文庫』（全65巻、一九八七～八九）を底本に編集いたしました。本文中には、今日の人権意識に照らせば不適切と思われる表現や用語が多々含まれておりますが、故人である作家独自の世界観や作品が発表された時代性を重視し、また乱歩作品が古典的に評価されてきたという観点から、原文のままといたしました。これらの表現にみられるような差別や偏見が過去にあったことを真摯に受け止め、今日そして未来における人権問題を考える一助としたいと存じます。

なお、底本の明らかな誤植および誤記は改め、ルビについては適宜付加および削除を施しました。

集英社　文庫編集部

集英社文庫　目録（日本文学）

宇野千代　私の幸福論
宇野千代　幸福は幸福を呼ぶ
宇野千代　私の長生き料理
宇野千代　私何だか死なないような気がするんですよ
宇野千代　薄墨の桜
冲方丁　もらい泣き
海猫沢めろん　ニコニコ時給800円
梅原猛　神々の流《る》竄《ざん》
梅原猛　飛鳥とは何か
梅原猛　日常の思想
梅原猛　聖徳太子1・2・3・4
梅原猛　日本の深層 縄文・蝦夷文化を探る
宇山佳佑　ガールズ・ステップ
宇山佳佑　桜のような僕の恋人
宇山佳佑　今夜、ロマンス劇場で
宇山佳佑　この恋は世界でいちばん美しい雨

江川晴　企業病棟
江國香織　都の子
江國香織　なつのひかり
江國香織　いくつもの週末
江國香織　薔薇《ばら》の木 枇杷《びわ》の木 檸檬《れもん》の木
江國香織　ホテル カクタス
江國香織　モンテロッソのピンクの壁
江國香織　泳ぐのに、安全でも適切でもありません
江國香織　とるにたらないものもの
江國香織　日のあたる白い壁
江國香織　すきまのおともだちたち
江國香織　左岸(上)(下)
江國香織　抱擁、あるいはライスには塩を(上)(下)
江國香織・訳　パールストリートのクレイジー女たち
江國香織　彼女たちの場合は(上)(下)
江角マキコ　もう迷わない生活

江戸川乱歩　明智小五郎事件簿Ⅰ～Ⅻ
江戸川乱歩　明智小五郎事件簿 戦後編 Ⅰ～Ⅲ
NHKスペシャル取材班　激走！日本アルプス大縦断 密着トランスジャパンアルプスレース 富山～静岡415km
江原啓之　子どもが危ない！ スピリチュアル・カウンセラーからの警鐘
江原啓之　いのちが危ない！ スピリチュアル・カウンセラーからの提言
M　L change the WorLd
ロバート・D・エルドリッヂ　トモダチ作戦 気仙沼大島と米軍海兵隊の奇跡の〝絆〟
遠藤彩見　みんなで一人旅
遠藤周作　勇気ある言葉
遠藤周作　ほんとうの私を求めて
遠藤周作　父親
遠藤周作　ぐうたら社会学
遠藤周作　愛情セミナー
遠藤武文　デッド・リミット
逢坂剛　裏切りの日日
逢坂剛　空白の研究

集英社文庫

明智小五郎事件簿《あけちこごろうじけんぼ》　戦後編《せんごへん》 Ⅲ
「サーカスの怪人《かいじん》」「妖人《ようじん》ゴング」

2022年4月30日　第1刷

定価はカバーに表示してあります。

著　者　江戸川乱歩《えどがわらんぽ》

発行者　徳永　真

発行所　株式会社 集英社
東京都千代田区一ツ橋2-5-10　〒101-8050
電話　【編集部】03-3230-6095
【読者係】03-3230-6080
【販売部】03-3230-6393（書店専用）

印　刷　株式会社広済堂ネクスト

製　本　株式会社広済堂ネクスト

フォーマットデザイン　アリヤマデザインストア　　マークデザイン　居山浩二

Printed in Japan
ISBN978-4-08-744381-3 C0193